Nora Noé
Tod im Jungbusch

AF288104

Wellhöfer Verlag
Ulrich Wellhöfer
Weinbergstraße 26
68259 Mannheim
Tel. 0621/7188167
www.wellhoefer-verlag.de
info@wellhoefer-verlag.de

Titelgestaltung: Uwe Schnieders, Fa. Pixelhall, Mühlhausen
Titelbild: Ulrich Rogalski, www.ulrich-rogalski-nachtfoto.de
Satz: Lukas Fieber, Creative Design, Mannheim

Die Erzählung ist frei erfunden. Ähnlichkeiten mit wirklichen Personen oder tatsächlichen Ereignissen sind nicht beabsichtigt und somit rein zufällig.

Das vorliegende Buch einschließlich aller seiner Teile ist urheberrechtlich geschützt. Jede Verwertung ist ohne schriftliche Zustimmung des Verlages unzulässig.

2. Auflage
© 2014 Wellhöfer Verlag, Mannheim

ISBN 978-3-939540-82-3

Nora Noé

Tod im Jungbusch

wellhöfer VERLAG

Ich danke meiner geliebten Mutter
Eleonore Noé,
die durch ihr hervorragendes Gedächtnis
großen Anteil an meinen literarischen Erfolgen
hat und widme ihr dieses Buch.

1

Es erinnerte an das gleichförmige Schwingen eines Pendels oder das rhythmische Wiegen eines Kindes in den Armen der Mutter. Die sanften Wellen schoben ihre undefinierbare Last auf der Wasseroberfläche spielerisch vor sich her, umschmeichelten sanft dieses kaum erkennbare grüne Etwas, das immer wieder hin- und herschaukelte, auf- und abtauchte, bis es schließlich ganz unter der Brücke verschwand.

*

Herbert stieg in den alten Nachen, der am Ufer des Verbindungskanals festgekettet war. Der alte Mann war verärgert und murmelte in seinen Bart: „Meckern due se alle, aber wenn's ans Oigemachte geht, do lässt sich kenna vun derre Bagasch bligge! Große Tön spugge, un nix dehinna!" Kräftig stieß er sich vom Land ab und ließ sich an die beiden schweren Eisentore unter der Teufelsbrücke treiben. Er blickte hinauf zu seinem Freund Fritz und rief: „Du, isch mach jetzt do unne weita. Du kannscht jo schun amol uf die anner Seit gehe un de Dreck oisammle, isch kumm dann nachher niwwa un helf der!" Fritz nickte und verschwand.

Der Appell, den der *Mannheimer Morgen* zwei Tage zuvor auf seiner Lokalseite abgedruckt hatte, war nur auf wenig, um nicht zu sagen keine Resonanz bei der Bevölkerung gestoßen. Man hatte darin die Mannheimer aufgerufen, sich am Samstagnachmittag, den 11.07.2009 um 14 Uhr an der Teufelsbrücke einzufinden, um den Müll, der sich dort seit Jahren angesammelt hatte, gemeinsam zu beseitigen. Schließlich sollte die unter Denkmalschutz stehende Brücke, wenn in der nächsten Woche die Gutachter aus Karls-

7

ruhe kämen, einen erhaltenswerten Eindruck machen. Ihr Urteil würde letztendlich über das künftige Schicksal des Bauwerkes mitentscheiden.

Herbert begann, die ersten PET-Flaschen aus dem Kanal zu angeln. „Wenn die Leit doch net imma do, wo se grad stehe, ihrn Scheißdreck falle losse däte. Isch weeß a net, bei uns hots des friher net gewwe!", murrte er kopfschüttelnd.

Bald hatte er jede Menge Mineralwasserflaschen unterschiedlichster Marken in seinem Plastiksack, sodass selbst der bestsortierte Getränkemarkt vor Neid erblasst wäre. „Es geht äfach alle noch viel zu gud, des is bares Geld, wo do rumschwimmt!" Nach und nach begann er nun schon den zweiten Sack zu füllen: Tetrapacks jeglicher Größe, Joghurtbecher und Plastiktüten in allen möglichen Designs. Der größte Teil stammte aus dem nahegelegenen Penny-Markt. Am meisten ärgerten ihn jedoch die vielen Plastikteller, -gabeln und -becher, die auf der Wasseroberfläche schwammen. Es waren die Überreste vom Stadtteilfest, das eine Woche zuvor hier am Quartiersplatz stattgefunden hatte und das er auch noch mitorganisiert hatte.

Herbert blickte hinüber an die Stelle, wo die beiden riesigen Torflügel zusammenstießen. Sie waren nicht ganz geschlossen. Seit man die Brücke nicht mehr nutzte, befanden sie sich in dieser Position, denn das Wasser sollte sich nicht stauen, sondern ungehindert auf die andere Seite fließen können. Er kniff die Augen zusammen. „Ah, des derf doch wohl net wohr soi! Do hot doch tatsächlich enna glei en ganze Millsack ins Wasser gschmisse."

Und tatsächlich! Ein großer grüner Plastiksack hatte sich zwischen die beiden Torflügel geklemmt. „Am Schluss is do vielleischt noch Sondermill drin!" Wütend ruderte Herbert auf die Stelle zu. Er beugte sich aus dem Nachen und versuchte, nach einem Zipfel des Sacks zu angeln. Der hatte sich jedoch derart in die Öffnung gequetscht, dass er sich nicht so leicht herausziehen ließ. Aber Herbert, der über vier Jahrzehnte einen Handwerksbetrieb im Jungbusch betrieben hatte, ließ sich davon nicht beirren. Er hatte stets mit seinen Händen gearbeitet und noch immer viel Kraft in den Fingern. Und darum griff er erneut fest zu. Ein Drücken und ein Ziehen – und da plötzlich machte es einen Ruck. Der Sack zerbarst und er hatte ein großes Stück Plastik in seiner Hand.

Fast gleichzeitig entfuhr ihm ein gellender Schrei, der sich wie ein Echo in den Straßen nahe des Kanals fing und einem das Blut in den Adern hätte gefrieren lassen können. Ein bestialischer Gestank schlug Herbert entgegen.

Als er in die toten Augen des wächsernen Frauengesichts blickte, wurde der alte Mann kreidebleich. Von Abscheu und Entsetzen überwältigt, sackte er in seinem Kahn zusammen.

2

„Ist das nicht ein toller Ausblick von hier oben?" Jennifer Trams konnte sich nicht sattsehen. Die junge Frau liebte es, an lauen Sommerabenden auf der Terrasse des *Hafenstrand* in der letzten Etage des Musikparks zu sitzen, sich dort einen *Tequila Sunrise* zu bestellen und sich eine schwarze *Dunhill* anzuzünden, um dabei die Sonne zwar nicht auf- aber über dem Pfälzer Wald untergehen zu sehen.

„Ja, wirklich traumhaft! Die Aussicht ist atemberaubend! – Echt geil von dir, dass du mich mitgenommen hast! Du musst mir alles zeigen, die ganzen spannenden Locations hier im Jungbusch!", meinte Sibylle euphorisch. Sie prostete Jennifer zu: „Cin, Cin, Frau Nachbarin!"

„Geht schon in Ordnung, aber eins nach dem andern!" Lachend ergriff Jennifer ihr Cocktailglas. „Also dann: auf eine gute Nachbarschaft!" Und indem sie hinunter zur Teufelsbrücke schaute, fügte sie hinzu: „Ich bin bloß froh, dass du dich nicht von der üblen Geschichte, die da drüben passiert ist, verunsichern lässt."

„Na ja, ich war schon ziemlich geschockt, als ich das am Sonntagmittag gehört habe. Da ringe ich mich durch, in den Jungbusch zu ziehen – allen Unkenrufen zum Trotz – und nachdem ich grad mal zwei Wochen in der Hafenstraße wohne, findet man unter der Brücke eine Frauenleiche! Wenn ich daran denke, dass die Tote vielleicht schon letzte Woche beim Stadtteilfest da unten im Kanal lag. Stell dir doch mal vor, die wär da schon hochgespült worden! Vielleicht gerade, als ich unten im Kahn von diesem Herbert saß und meinen Döner gegessen habe. Igitt!" Sibylle verzog ekelerregt ihr Gesicht.

„Also, Sibylle, du hast wirklich eine blühende Fantasie! Aber jetzt dramatisier das mal nicht noch mehr! Du kannst

10

mir glauben, so etwas ist zuvor noch nie vorgekommen. Im Gegenteil, der Jungbusch ist sicherer als viele andere Mannheimer Stadtteile. Laut Statistik ist die Kriminalitätsrate sogar niedriger als in anderen Bezirken. Als Kind habe ich mit meiner Mutter meine ersten Lebensjahre im Jungbusch verbracht. Du, da ist nie was passiert. Und jetzt lebe ich ja auch schon wieder seit sieben Jahren in der Hafenstraße. Ich gehe mitten in der Nacht durch den Jungbusch und bin noch nie belästigt worden. Das mit der Leiche von der Teufelsbrücke ist schon eine merkwürdige Geschichte." Jennifer schüttelte nachdenklich den Kopf.

„Weiß man denn schon etwas über die Tote, wer sie war oder vielleicht sogar, wie sie genau zu Tode kam?", forschte Sibylle interessiert weiter.

„Ich kann dir auch nicht mehr sagen als das, was gestern im *Mannheimer Morgen* stand. Allerdings war ich doch erstaunt darüber, wie schnell die Polizei ihre Identität klären konnte, denn so eine Wasserleiche verändert ja stark ihr Aussehen. Aber es lag anscheinend bereits eine Vermisstenanzeige vor. Sie haben geschrieben, dass es weder ein Selbstmord noch ein Unfall war, sondern der Tod eindeutig durch Fremdeinwirkung eintrat. Bei der Toten soll es sich um eine in Berlin ziemlich bekannte Fotografin namens Koko handeln. Sie sei Ende 50, klein und zierlich gewesen und habe an einer Fotoserie über die Industriekultur in Mannheim gearbeitet. Irgendwo stand, glaube ich auch, dass sie früher sogar ein paar Jahre hier im Jungbusch gewohnt habe", erklärte Jennifer. „Schade, dass sie mir nicht persönlich begegnet ist, sie war sicherlich eine interessante Frau. Wie ihr jemand nur so was antun konnte?"

„Ach, interessante Frau hin oder her. Die wär' besser in Berlin geblieben und hätte ihre Fotos in Kreuzberg geknipst", meinte Sibylle mit beinahe abschätzigem Unterton.

11

Sie trank ihre *Bloody Mary* aus und signalisierte der Kellnerin, dass sie ihr eine neue bringen solle.

Jennifer wunderte sich ein bisschen über Sibylles flapsigen Kommentar, angesichts dessen, dass hier ein Mensch gewaltsam zu Tode gekommen war. Auf Sibylle schien wohl doch das Vorurteil über *kühle Blondinen* zuzutreffen, so nüchtern, wie sie über den Vorfall hinwegging. Aber sie hatte keine Lust, weiter darüber nachzudenken. Darum ging sie auch nicht näher auf Sibylles Reaktion ein, sondern meinte nur: „Na ja, die Teufelsbrücke, die Kauffmannsmühle, die Spatzenbrücke – der Jungbusch muss eine richtige Fundgrube für diese Koko gewesen sein. Ich weiß nicht, ob Kreuzberg ihr das hätte bieten können. Aber wie dem auch sei, ich finde es tragisch, was ihr widerfahren ist."

„Ja, natürlich, das ist schon irgendwie schlimm. – Aber was soll's? Das Leben muss weitergehen", antwortete Sibylle, indem sie mit dem Strohhalm in ihrer *Bloody Mary* rührte, „für den einen kommt die Zeit halt früher und für den anderen später", sinnierte sie weiter, während sie einen kräftigen Schluck ihres Cocktails nahm. „Weiß man denn auch schon, wie sie genau umgebracht wurde?", fragte Sibylle weiter.

„Sie schreiben nur, sie sei erschlagen worden. Der Täter habe sie dann in einen grünen Müllsack gesteckt, diesen mit Steinen beschwert und sie in den Kanal geworfen. Laut Polizeibericht sei das schon vor mehr als zehn Tagen passiert, denn so lange brauche eine Wasserleiche in etwa, bis sie wieder vom Grund aufsteige."

„Das ist ja richtig gruselig!" Sibylle schüttelte sich. „Wieso tauchen die Leichen denn überhaupt wieder auf und bleiben nicht für immer unten?"

„Ach, das hängt wohl mit den Bakterien und der Gasentwicklung im Körper zusammen. Wahrscheinlich haben die schweren Steine den Plastiksack teilweise zerschlissen und sind rausgekullert und der Sack mit der Leiche ist dann hochgestiegen", erklärte Jennifer, während sie zu Sibylle hinüber blickte, die genüsslich ihre zweite *Bloody Mary* ausschlürfte.

„Sag mal, schmeckt dir das Zeug denn? Ich finde, das ist ein scheußliches Gesöff!" Jennifer hasste alle Drinks mit Tomatensaft.

„Wieso? Hat doch zu unserem Thema gepasst!" Sibylle grinste, als sie sich erhob und schwungvoll ihre langen blonden Haare nach hinten über ihre Schultern warf.

„Na, du hast vielleicht Humor!", erwiderte Jennifer kopfschüttelnd.

„Man darf das alles nicht so schwer nehmen, dafür ist das Leben viel zu kurz. – Aber ich muss jetzt los. Also, bis dann! Man sieht sich! Und nochmals danke!" Mit diesen Worten tänzelte Sibylle mit ihren hochhackigen Schuhen und einem aufregenden Hüftschwung, den Jennifer Lopez nicht besser hingekriegt hätte, über die Holzplanken der Aussichtsterrasse in Richtung Ausgang.

Die Männerrunde am Nebentisch gaffte ihr unverhohlen hinterher.

„Ein gekonnter Abgang", dachte Jennifer bei sich, „von der kann ich noch was lernen."

Sie zündete sich eine neue *Dunhill* an und nahm einen tiefen Zug, während sie über das Hafengebiet schaute, über das sich langsam das Dunkel der Nacht breitete. Am anderen Rheinufer begannen bereits die ersten Lichter auf dem riesigen BASF-Gelände zu funkeln so wie Tausende von kleinen Sternen. Jennifer atmete tief durch und war ganz froh, dass sie wieder allein war.

Sibylle lag ihr nicht wirklich und sie fragte sich, ob sie den Kontakt mit ihr tatsächlich intensivieren wollte. Im Grunde hatte sie doch wenig mit ihrer neuen Nachbarin gemein, außer, dass sie seit kurzer Zeit Tür an Tür wohnten und, wie es der Zufall wollte, am selben Tag Geburtstag hatten, nur dass Sibylle ein Jahr jünger war.

Genau genommen hätten die beiden Frauen kaum gegensätzlicher sein können. Sibylle Vandenberg war groß und blond, hatte eine schlanke, aber trotzdem wohlproportionierte Figur. Jennifer hingegen war mindestens einen halben Kopf kleiner. Sie hatte dunkelbraune Locken, die ihr bis zur Schulter reichten. Doch auch wenn sie nicht so sexy wie Sibylle war – sie fand ihre Hüften zu breit, ihre Beine zu kurz und ihren Busen zu klein – so war sie doch eine exotische Schönheit mit ihrem bronzenen Teint und ihren großen dunklen Augen, die ihr die italienischen und lateinamerikanischen Vorfahren vermacht hatten.

Sibylle kleidete sich gerne figurbetont. Sie bevorzugte kurze Oberteile und Hosen, die tief auf den Hüftknochen saßen, sodass ihr Tattoo am verlängerten Rückgrat und ihr Bauchnabel-Piercing gut zu sehen waren. Jennifer hingegen liebte es, in bequemen Jeans und Turnschuhen durch die Gegend zu laufen. Das Einzige, in das sie immer investierte, waren ihre Shirts. Da hatte sie einen kleinen Spleen. Die mussten immer ein bisschen ausgefallen sein.

Jennifer drückte ihre Zigarette aus und stand auf. Und während sie im Musikpark in dem geräumigen Fahrstuhl hinunterfuhr, war sie sich ziemlich sicher, dass sie die Beziehung zu ihrer neuen Nachbarin nicht vertiefen wollte. Sibylle erschien ihr doch sehr oberflächlich, egozentrisch und überkandidelt. Eigentlich konnte sie mit solchen Frauen überhaupt nichts anfangen.

Als freischaffende Journalistin war Jennifer immer unterwegs. Wenn sie von ihrem Job leben wollte, blieb ihr gar nichts anderes übrig, als alle möglichen Aufträge anzunehmen, auch wenn das mitunter ziemlich nervte. Die wenige Freizeit, die ihr dann noch blieb, wollte sie lieber mit ihren alten Freunden Cleo und Arteo bei guten Gesprächen in deren Künstlerateliers im Jungbusch und in der Filsbach verbringen. Sie hatte sowieso das Gefühl, dass sie die beiden in letzter Zeit sträflich vernachlässigte. Dabei waren Cleo und Arteo die beiden wichtigsten Menschen in ihrem Leben. Sie waren ihr vertraut und immer für sie da gewesen, obwohl sie selbst große Probleme hatten. Ihre Beziehung war in letzter Zeit alles andere als einfach, um nicht zu sagen katastrophal. Sie stritten sich ständig. Vor Jennifer versuchten sie es herunterzuspielen, aber sie bekam es meist hautnah mit. Sie spürte immer deutlicher, wie die beiden sich mehr und mehr fremd wurden und hätte nur zu gerne zwischen ihnen vermittelt. Denn auch wenn sie nicht mit ihnen verwandt war, so waren Cleo und Arteo doch in gewisser Weise ihre Ersatzfamilie. Bei ihnen fühlte sie sich zu Hause.

3

Die Tote von der Teufelsbrücke war wochenlang Stadtgespräch, aber natürlich trieb das Verbrechen insbesondere die Jungbuschbewohner um. Egal, wo man hinging wurde man mit dem ungeklärten Mordfall konfrontiert.

Überall war davon die Rede: bei den Ausstellungseröffnungen in der *Galerie Strümpfe* oder im *zeitraumexit* schräg gegenüber der *Pop-Akademie* oder beim Plausch mit den Künstlern des *laboratorio 17* und des *Hinterhofateliers*. Der Mord war *das* Thema.

Auch der Quartiermanager war darüber äußerst bekümmert, denn die Negativschlagzeilen würden dem Stadtteil sicher schaden und alten Ressentiments wieder Nahrung geben. Diese Sorge war sicherlich einer der Beweggründe, warum man schon bald konkrete Überlegungen dahingehend anstellte, wie man das tragische Ereignis künstlerisch als Theaterstück oder Video-Projektion während des *Nachtwandels* Ende Oktober umsetzen könnte.

Sogar im türkischen Gemüseladen in der Jungbuschstraße und beim italienischen Feinkosthändler Ecke Beil- und Böckstraße erregte der Fall die Gemüter. Im *Nelsons'* konnte man nicht mehr in Ruhe sein Bierchen trinken und im *Cafga* nicht mehr ungestört in seinen *Buschito* beißen. Es war nicht mal mehr möglich, im *Café Buschgalerie* Ritas leckere selbstgebackene Dalbergschnitte zu genießen, ohne dabei die Wasserleiche vor Augen geführt zu bekommen.

In der Hafen- und Liebfrauenkirche betete man für die Seele der Toten und möglicherweise legte man auch in den beiden Moscheen bei Allah ein gutes Wort für die Verstorbene ein. Die Wasserleiche von der Teufelsbrücke war allgegenwärtig.

16

Jennifer Trams war schon bald maßgeblich in die Sache involviert. Eine Boulevard-Zeitung hatte herausgefunden, dass die freie Journalistin im Jungbusch wohnte und sie beauftragt, in der Sache zu recherchieren. Sie sollte mit kleinen Reportagen ihre Leser auf dem Laufenden halten. Jennifer hatte das finanziell verlockende Angebot nicht abschlagen können, obwohl sie das Blatt eigentlich nicht ausstehen konnte.

Bei der Polizei gab es auch nach drei Wochen so gut wie nichts Neues zum Stand der Ermittlungen. Lediglich an einer wenig einsehbaren Stelle am Ufer unterhalb der Spatzenbrücke hatte man Spuren entdeckt, die eindeutig belegten, dass sich das Verbrechen hier ereignet haben musste. Mittlerweile konnte man auch den Todeszeitpunkt näher eingrenzen. Die Tat musste zwischen dem 30. Juni und dem 2. Juli verübt worden sein. Darüber hinaus gab es jedoch keinerlei Hinweise, weder was den Täter betraf noch sein Motiv.

Als Jennifer gerade das *Tavola Calda*, den italienischen Imbiss in der Beilstraße verließ, wäre sie beinahe mit der kleinen, rundlichen Cleo zusammengestoßen, die mit ihren fliegenden Gewändern draußen vorbeirauschte.

„Na, du lebst ja auch noch, meine Kleine! Ich weiß ja schon fast nicht mehr wie du aussiehst, so lange hast du dich schon nicht mehr bei mir sehen lassen!" Und bevor Jennifer antworten konnte, fuhr sie fort: „Du siehst ja gar nicht gut aus, Jenni!" Cleo umarmte sie überschwänglich. Sie hatte schon immer einen Hang zu großen Gesten.

„Tut mir leid, Cleo, dass ich mich so rar gemacht habe. Aber du hast recht, ich bin wirklich total durch den Wind. Ich soll einen Artikel über die Tote von der Teufelsbrücke schreiben und komme einfach nicht voran. Niemand hat etwas gesehen und keiner weiß was. Der Fall liegt voll-

17

kommen im Dunkeln. Ich habe mir schon überlegt, ob ich nach Berlin fahren soll, wo diese Koko gelebt hat. Vielleicht würde mich das ja weiterbringen. Aber die Fahrkarten sind sauteuer, so viel Kohle habe ich im Moment einfach nicht", sprudelte es aus Jennifer heraus.

Cleo hatte ihr aufmerksam zugehört. „Ich glaube nicht, dass du nach Berlin fahren musst. Das kannst du dir sparen, meine Süße", meinte sie mit einem vielsagenden Blick.

Jennifer schaute sie verwundert an. „Wieso sagst du so etwas?"

„Weil ich dir da vielleicht helfen kann, denn ich habe Koko gekannt."

„Was!" Jennifer blieb vor Erstaunen der Mund offen stehen. „Du? Du hast die Tote aus dem Kanal gekannt?" Jennifer war sprachlos.

„Ja, und nicht nur ich", fuhr Cleo fort, „du hast sie auch gekannt!"

„Was? Ich? – Aber das müsste ich doch wissen! – Das kann nicht sein!" Jennifer war überzeugt, dass Cleo sich irrte.

„Hör zu, Jenni, ich habe jetzt nicht viel Zeit, denn ich muss dringend zum *Doc* in die Jungbuschstraße."

„Bist du krank?", hakte Jennifer nach.

„Ach, nichts von Bedeutung!" Cleo winkte ab. „Aber hör zu, komm doch heute Mittag auf ein Käffchen zu mir ins Atelier, dann können wir in aller Ruhe reden."

Jennifer betrachtete ihre alte Freundin noch immer voller Erstaunen. „Aber Cleo, sag mir wenigstens eins, bevor du jetzt gehst, woher soll ich diese Frau denn gekannt haben? Ich kenne keine Koko! Ich habe diesen Namen noch nie zuvor gehört!"

„Klar, dass du dich nicht erinnern kannst. Sie hieß nämlich nicht immer Koko. Den Künstlernamen hat sie sich nämlich erst zugelegt, als sie weg von Mannheim ist. Du kennst sie wahrscheinlich nur unter ihrem bürgerlichen Namen Kornelia Kolberg."

Kornelia Kolberg? In Jennifers Gehirn ratterte es. Der Name kam ihr tatsächlich bekannt vor. Nur, wo hatte sie den schon mal gehört?

„Wir haben sie damals alle nur Konnie gerufen, denn sie konnte den Namen Kornelia nicht ausstehen. – Und, fällt der Groschen jetzt?" Cleo schaute sie erwartungsvoll an.

„Konnie? – Warte mal! Du meinst jetzt aber nicht die Konnie von damals aus unserer Wohngemeinschaft?" Jennifer legte ihre Stirn nachdenklich in Falten.

Cleo nickte. „Genau die! – So, aber jetzt muss ich wirklich gehen. Über alles andere reden wir heute Mittag bei mir. Bis dann, mein Schatz!"

Gedankenversunken ging Jennifer die Straße entlang. Sie versuchte sich an Konnie zu erinnern und an all die anderen. Mein Gott, wie lange lag das zurück! Doch mindestens 30 Jahre! Es war Mitte der 70er-Jahre gewesen, als sie alle zusammen in der WG in der Jungbuschstraße gewohnt hatten.

Und plötzlich sah Jennifer wieder die ganze Truppe von damals vor sich: Isolde, Lara und Konnie sowie ihre Künstlerfreunde Cleo und Arteo. Und dazwischen sich selbst als kleines Mädchen mit ihrer schönen jungen Mutter Caterina. Die war allerdings schon ein halbes Jahr vor ihrer Geburt, im Dezember 1975, in die Jungbusch-WG gezogen.

4

Cleo und Arteo waren genau genommen ursprünglich die Freunde von Jennifers Mutter gewesen. Sie hatten fast vier Jahre zusammen in der Jungbuschstraße gewohnt. Was eigentlich so auch nicht stimmte. Denn Arteo, der damals noch Artur Becker hieß, hatte zunächst allein im Vorderhaus, einem stattlichen Bauwerk aus der Gründerzeit, eine kleine Wohnung angemietet.

Es war ein imposantes Gebäude, an dem zwar der Zahn der Zeit genagt hatte, dem man jedoch noch immer ansah, dass hier in der Mitte des 19. Jahrhunderts einmal die wohlhabenden Bürger Mannheims gewohnt hatten. Ihre Mutter Caterina war damals allerdings nicht ins Vorderhaus, sondern in die Wohngemeinschaft in dem erst später angebauten Hinterhaus eingezogen.

Im Gegensatz zum Vorderhaus war es ein hässlicher grauer Backsteinbau, den man kurz vor der Jahrhundertwende, als sich die Bevölkerungszahl Mannheims durch den Zuzug von Arbeitssuchenden fast verdoppelte, schnell und lieblos hochgezogen hatte. Damals galt es, Wohnraum zu schaffen, da ganze Völkerscharen mit Kind und Kegel im Anmarsch auf Mannheim waren. Hauptsächlich ließen sich die Neuankömmlinge in der Neckarstadt-West, der Filsbach und dem Jungbusch nieder, also den Stadtteilen, die an den Hafen und die Friesenheimer Insel angrenzten, dort wo die vielen neuen Fabriken lagen.

An dem Hinterhaus war über Jahrzehnte hinweg nichts gemacht worden. Nach dem Zweiten Weltkrieg hatte man lediglich die schlimmsten Mauerschäden behoben, um die Räume schnell wieder vermieten zu können. Die Wohnungen waren heruntergekommen. Auch in den 70er-Jahren gab es noch immer kein Bad und keine vernünftige Heizung, der gemeinsame Abort befand sich im Hausflur zwischen den Stockwerken, so wie anno dazumal. Entsprechend niedrig waren dafür aber auch die Mieten. Somit war der Jungbusch ein ideales Wohngebiet für Studenten und die wenig begüterten Gastarbeiter aus dem Mittelmeerraum, die bereits seit Anfang der 60er-Jahre in die Bundesrepublik strömten und sich vornehmlich in den traditionellen Arbeitervierteln der deutschen Großstädte niederließen.

Jennifers Mutter Caterina konnte damals bei ihrer Zimmersuche nicht wählerisch sein. Und als sie die Anzeige im *Sperrmüll* las: *„Suchen für unsere Frauen-WG im Jungbusch zum 1.12.75 weltoffene und emanzipierte Mitbewohnerin, die zu uns passt. Tel.: 17345"*, hatte sie dort sogleich angerufen und sich um das freie Zimmer beworben.

Als Caterina dann vor dem Haus in der Jungbuschstraße gestanden hatte, war es ihr mulmig geworden. Unwillkürlich fasste sie sich an den kleinen, runden Bauch, den sie geschickt mit ihrer weiten indischen Bluse, den vielen langen Ketten unter ihrer zotteligen beigen Felljacke zu verdecken suchte. Sie fröstelte, obwohl die Temperaturen für Mitte Oktober noch recht mild waren. Ob *sie* wirklich diese emanzipierte Mitbewohnerin war, die man sich hier wünschte?

Schließlich stand sie vor dem alten Gründerzeithaus aus rotem Sandstein mit seinem reichen Fassadenschmuck, seinen Erkern, Simsen und Bögen. Caterina schaute auf das schön gestaltete Klingelschild aus Messing und suchte nach dem richtigen Knopf. Da stand es: Lavalle-Rothmann-Berger-Kolberg. Das musste die WG sein. Mit dieser Cleo Lavalle hatte sie gestern am Telefon gesprochen. Was für ein Name! Sie zog die Hand zurück. Obwohl sie sonst kein Hasenfuß war, traute sie sich nicht zu klingeln.

Und so beschloss sie, erst einmal im *Café Weller*, vorne am Luisenring, in Ruhe eine Tasse Kaffee zu trinken und sich ein bisschen zu sammeln.

*

Caterinas Leben hatte wenige Wochen zuvor eine für sie dramatische Wende genommen und all ihre Zukunftspläne in Frage gestellt. 1971, nach ihrem Abitur, war sie zunächst für ein Jahr nach Indien aufgebrochen.

Dieses ferne Land mit seinen imposanten Palästen aus weißem Marmor, rosafarbenem Granit und schwarzem Alabaster, mit seinen exotischen Gerüchen, seinen bunten Farben und seinen fremden Klängen, auf die sich hinduistische Tempeltänzerinnen in traumhaften Gewändern grazil bewegten. Von alledem fühlte sie sich magisch angezogen. Caterina war fasziniert von Gandhi, den Gurus und den Gesängen. Für sie war Indien das Paradies, in dem Friede und Freiheit herrschten. Sie hatte viel darüber gelesen und wollte auf den Spuren der Beatles, Donovans und Mia Farrows wandeln. Die hatten sich bereits '68 längere Zeit in verschiedenen Ashrams aufgehalten, um in diesen klosterähnlichen Meditationszentren ihren inneren Frieden zu finden, intensive spirituelle Erfahrungen zu sammeln und neue Impulse für ihre künstlerische Arbeit zu bekommen. Tatsächlich waren die Beatles dort zu vielen Titeln ihres Albums *Abbey Road* inspiriert worden. Caterina hatte sich die Platte, als sie ein Jahr später auf den Markt kam, sofort zugelegt, sie rauf und runter gespielt und hatte dabei in Erinnerungen geschwelgt.

1973 reiste Caterina dann in ihren ersten langen Semesterferien nach Südfrankreich. Sie wollte unbedingt bei dem Konzert von Joan Baez in Aix-en-Provence dabei sein. Als die amerikanische Sängerin, die Gallionsfigur der Friedensbewegung, nur mit der Gitarre in der Hand ihre eigenen Lieder und die von Bob Dylan auf der Place Richelme anstimmte, setzten sich alle auf den Boden und zündeten ihre mitgebrachten Kerzen an. Sie umarmten sich: Alte, Junge, Hippies, Deutsche, Franzosen, Japaner und Kanadier summten und sangen mit. „Make love, not war!", lautete ihre Devise. Hier unter Gleichgesinnten fühlten sie sich verstanden, in ihren Träumen und Sehnsüchten nach einer besseren Welt, ohne Apartheid in Südafrika, ohne Hungernde in der Sahel-Zone und Bangladesch, ohne Vietnam-Krieg und ohne ausbeuterische Großgrundbesitzer in Lateinamerika. Zu Hause, wo meist andere Wertmaßstäbe galten, wurden sie oft als linke Bazillen, langhaarige, arbeitsscheue Nichtsnutze oder einfach nur idealistische Spinner abgetan. Aber hier, solidarisch mit Hunderten von Gleichgesinnten aus aller Herren Länder, fühlten sie sich stark. Sie wollten die Generation sein, die diese Welt verändern würde.

Das kommende Frühjahr verbrachte Caterina dann in Israel, wo sie in einem Kibbuz bei der Orangenernte half. Und da ihre unbändige Reiselust noch immer nicht gestillt war, brach sie schließlich im Frühsommer '75 in die USA auf.

Andere Menschen und fremde Kulturen kennen- und verstehen lernen, raus aus dem deutschen Kleinstadtmief, danach drängte es sie. Vielleicht wollte die aparte Schönheit, mit ihren langen dunklen Haaren und großen ausdrucksvollen Augen, aber auch irgendwo da draußen in der Ferne den Mann fürs Leben finden.

Caterina hielt zu diesem Zeitpunkt nicht viel in ihrer Heimat. Seit dem Tod von Oma Nana gab es nur wenige Gründe in Deutschland zu bleiben. Es gab niemanden, für den

23

sich das Hierbleiben gelohnt hätte. Der Kontakt zu ihren Eltern war schon viele Jahre zuvor abgebrochen.

Genau genommen stammte Caterina aus zerrütteten Verhältnissen. Ihr Vater Gianni Bertani, ein Bild von einem Mann, rassig, schwarzhaarig mit italienischen Wurzeln, war kurz nach ihrer Geburt wegen betrügerischer Machenschaften für acht Jahre ins Gefängnis gewandert und hatte sich nach seiner Entlassung, so vermutete man zumindest, nach Italien abgesetzt. Ihre Mutter Renate hatte sich daraufhin von ihm scheiden lassen und war Anfang der 60er-Jahre mit ihrem neuen Mann nach Australien ausgewandert, wo sie wieder eine Familie gegründet hatte. Ihre kleine Tochter Caterina hatte sie bei ihrer Mutter in Mannheim zurückgelassen. Wahrscheinlich wollte sie einen Strich unter ihr deutsches Leben machen und da hätte die kleine Caterina, die ihrem Vater wie aus dem Gesicht geschnitten war, nur schmerzliche Erinnerungen geweckt.

Caterina war damals noch zu jung, um das alles zu verstehen, aber sie war alt genug, um sich von ihren Eltern im Stich gelassen zu fühlen. Und um dem Schmerz irgendwann ein Ende zu bereiten, redete sie sich ein, ihre Mutter und ihr Vater wären beide tot. Irgendwann glaubte sie es dann selbst. Und so erzählte sie allen, ihre Eltern seien 1960 bei einem schweren Verkehrsunfall ums Leben gekommen. Für Caterina war Oma Nana ihre Mutter.

Als Oma Nana dann 1971 fünf Tage vor ihrem Abitur starb und Caterina ein paar Wochen später in ihren Schränken nach Versicherungsunterlagen suchte, fand sie in einer alten Schuhschachtel zahlreiche Briefe ihrer Mutter. Aus einem ging eindeutig hervor, dass Caterina zwei Geschwister hatte, vierjährige Zwillinge, einen Jungen und ein Mädchen. Ihre Mutter hatte diesen Brief anscheinend kurz nach der Geburt geschrieben, sich danach aber nie mehr gemeldet, denn es war von allen der letztdatierte. Sie nahm die Schachtel damals an sich, teilte den Behörden jedoch nicht mit, wo ihre Mutter lebte, obwohl die Adresse gut leserlich auf den blau umrandeten Luftpostumschlägen stand. Caterina dachte überhaupt nicht daran, mit ihrem Vater in Italien oder ihrer Mutter und deren Familie in Australien Kontakt aufzunehmen. Sie hatte ihre Eltern vor vielen Jahren gedanklich tief unter der Erde begraben und da sollten sie bleiben.

Den Mann fürs Leben fand Caterina in Amerika nicht, aber trotzdem genoss sie den USA-Aufenthalt, auch wenn ihr der kapitalistische Lebensstil der Amerikaner gewaltig auf die Nerven ging. *Commercials, Money, TV*, wohin man blickte. Man hätte denken können, es gäbe nichts anderes auf der Welt.

Wiederum versüßt wurde ihr die Zeit jedoch durch die jungen Männer, die ihr in diesen Monaten begegneten: Joey zeigte ihr in der ersten Woche Harlem. Durch seine schwarze Hautfarbe konnte sie an seiner Seite bedenkenlos durch den für Weiße als gefährlich geltenden New Yorker Stadtteil gehen.

Gerade mal zehn Tage später legte Dave ihr Chicago zu Füßen. Er lud sie in den ein Jahr zuvor fertig gestellten *Sears Tower* ein. In der Cocktailbar im höchsten Wolkenkratzer der Welt tranken sie *Manhattan* und *Gin Tonic*. Und während sie zu den Klängen eines farbigen Pianisten, der sie an Louis Armstrong in dem Film *Casablanca* erinnerte, eng umschlungen auf *As time goes by* tanzten, hielt Dave um ihre Hand an. Aber der smarte blonde Amerikaner war nicht ihr Märchenprinz. Er hatte vollendete Umgangsformen und Geld wie Heu, aber sie hatten einfach zu unterschiedliche Weltanschauungen.

25

Ganz anders war das mit Gabriel. Caterina lernte ihn in Kalifornien am 22. Juni 1975 kennen. Sie würde das Datum nie vergessen, denn es war Sommeranfang – und zwar nicht nur auf dem Kalender, sondern auch in ihrem Herzen.

Er begegnete ihr im *Cable Car* in San Francisco. Als sie in einer scharfen Kurve beinahe aus dem Waggon gefallen wäre, packte er sie im letzten Augenblick am Arm und zog sie in die Kabine. Der rassige, gutaussehende Mexikaner mit seinen dichten lockigen Haaren und den blendend weißen Zähnen, die ihn, wenn er lachte, unwiderstehlich machten, eroberte Caterinas Herz im Nu. Wenn der angehende Mediziner, der sich in San Francisco aufhielt, um seinen Doktor zu machen, sie mit seinen glänzenden dunklen Augen anschaute, begannen Caterinas Knie zu zittern. Und wenn er sie dann in die Arme schloss und küsste, schmolz sie dahin. Nie zuvor war Caterina so verliebt gewesen.

Von San Francisco sah sie in den folgenden sechs Wochen nur wenig, denn die meiste Zeit ihres Aufenthalts verbrachte sie mit Gabriel im Bett. Sie konnten nicht genug voneinander bekommen und Caterina sah sich schon als Señora Vargas mit ihm und ihren Kindern am Strand von Acapulco spazieren gehen, während die Sonne als glühender Feuerball am Horizont über dem Pazifik versank.

Caterina wartete bis einen Tag vor ihrem Heimflug darauf, dass Gabriel um ihre Hand anhalten und fragen würde, ob sie sich nicht vorstellen könnte, mit ihm in Mexiko zu leben. – Aber er fragte sie nicht. Im Gegenteil, je näher die Abreise kam, desto mehr entfernte er sich von ihr und so stellte sie ihm schließlich die entscheidende Frage.

Zunächst antwortete er nicht, als sie jedoch weiter in ihn drängte, eröffnete Gabriel ihr kleinlaut, dass es bereits eine Señora Vargas gäbe, die mit zwei kleinen Kindern in Mexiko-City auf die Rückkehr ihres Mannes wartete. Er stotterte herum, dass er Caterina wirklich liebe, er habe ihr nichts vorgemacht. Aber er könne doch seine kleine Familie nicht im Stich lassen, das müsse sie doch verstehen. Er habe ihr das eigentlich von Anfang an sagen wollen, es jedoch nicht fertig gebracht, weil er Angst gehabt habe, sie zu verletzen.

Als Caterina damit begann, wortlos ihre Sachen in die Reisetasche zu werfen, versuchte er sie zu beschwichtigen und meinte, sie hätten doch so eine wunderbare Zeit miteinander gehabt. Das könne doch jetzt nicht so enden. Er verspreche ihr, im nächsten Jahr für ein paar Wochen zu ihr nach Deutschland zu fliegen.

Aber seine Rechtfertigungsversuche machten Caterina nur noch wütender. Und als er sie dann noch in die Arme schließen wollte, haute sie ihm eine runter. „Wage es bloß nicht, mir zu schreiben oder mich anzurufen, geschweige denn, in Deutschland vor meiner Tür zu stehen! Ich will dich nie mehr wiedersehen!", schrie sie ihn an, indem sie die Tür mit voller Wucht ins Schloss warf.

Die Ernüchterung war groß. Caterina heulte die ganze Nacht und den folgenden Tag und als sie abends in die Maschine der *KLM* stieg, liefen ihr noch immer hinter der großen Sonnenbrille die Tränen übers Gesicht. Als dann mitten über dem Atlantik in einem der Musikkanäle John Denvers *I'm leaving on a jet plane, don't know, when I'll be back again, oh babe, I hate to go*, lief, nahm sie die Kopfhörer ab und beschloss, Gabriel, Mexiko und die USA ein für alle Mal hinter sich zu lassen. Eine Stunde später waren die ersten Strahlen der über Europa aufgehenden Sonne am Horizont zu sehen, da fiel ihr Oma Nanas tröstlicher Spruch ein: „Vergiss nie, mein Kind, in der Mitte der Nacht beginnt ein neuer Tag!"

Was Caterina zu diesem Zeitpunkt nicht ahnte, war, dass sie nicht alleine zurückflog, sondern einen *blinden*

27

Passagier mit nach Hause nahm. Mitte August brachte ihr ein Schwangerschaftstest Gewissheit. Da brach für Caterina eine Welt zusammen. Eines stand jedoch sofort für sie fest. Sie würde Gabriel auf gar keinen Fall informieren, sie wollte ihn nie mehr wiedersehen. Er hatte sie zu sehr in ihrer Ehre verletzt. Die Konsequenz daraus würde allerdings auch nicht einfach sein, denn es würde bedeuten, dass sie ihr Kind allein großziehen müsste. Finanziell gesehen war das irgendwie zu schaffen. Gott sei Dank hatte sie die kleine Erbschaft, die ihr die Großmutter hinterlassen hatte, damals gut angelegt.

„Ach, Oma Nana, wenn du nur noch leben würdest! Dann wäre alles viel leichter!" Caterina seufzte. Ihre Großmutter wäre sicher glücklich gewesen, hätte sie gewusst, dass ihre Ersparnisse nun ihrem Urenkelkind zugutekommen würden.

Die meisten Sorgen bereitete ihr jedoch die Frage, wie sie in ihrem Zustand ihre erste Lehramtsprüfung im nächsten Jahr schaffen und danach mit einem wenige Monate alten Baby die Referendarzeit antreten sollte. Wahrscheinlich würde sie nicht darum herumkommen, die Semester unmittelbar vor und nach der Geburt auszusetzen.

*

Caterina trank ihren Kaffee aus und zahlte. „Mensch, stell dich bloß nicht so an!", sagte sie zu sich selbst. „Du brauchst das Zimmer in der WG unbedingt!"

Zurzeit bewohnte sie noch ein möbliertes Zimmer in den Quadraten. Aber da konnte sie nicht bleiben. Frau Warnecke, ihre Vermieterin, würde nie und nimmer ein Baby akzeptieren. Die war derart konservativ und selbstgefällig und schaute sie jetzt schon so seltsam an. Caterina wurde

28

das Gefühl nicht los, dass die Alte etwas ahnte. Aber eine WG – das könnte ihre Rettung sein. Vielleicht hatte sie ja Glück und ihre Mitbewohnerinnen würden sogar ab und zu mal babysitten, wenn ihr Kind erst einmal auf der Welt war.

Als sie nun erneut in die Jungbuschstraße einbog, nahm Caterina ihren ganzen Mut zusammen. „Also, jetzt, Augen zu und durch!" Vor dem Haus blieb sie nochmals kurz stehen, schickte ein kurzes Stoßgebet zum Himmel, atmete tief durch und ohne weiter nachzudenken, betätigte sie den Klingelknopf.

Caterina hörte den Summer, drückte gegen die schwere Haustür aus Holz und Schmiedeeisen und passierte kurz darauf den großzügigen Flur des Vorderhauses mit seinem Terrazzoboden, seinen Stuckverzierungen an der Decke und seinen restaurierten blau-grünen Mosaikfliesen. Dann trat sie in den Hof.

Hier sah es plötzlich ganz anders aus. Der Bereich unmittelbar am Vorderhaus war noch ganz passabel und repräsentativ. In der Mitte stand eine große alte Platane, die das Hinterhaus zunächst verdeckte. Als sie an dem Baum vorbeiging, kam es ihr vor, als würde sie in eine andere Welt eintreten. An dem Hinterhaus aus schmucklosen Backsteinen konnte man noch immer etliche Einschlaglöcher aus dem Zweiten Weltkrieg erkennen. In jeder Etage gab es einen kleinen Balkon, an dessen Unterseite jedoch bereits der Verputz, wenn nicht sogar Baumasse abgefallen war und tiefe Risse erkennbar waren. Es war wohl besser, ihn nicht zu betreten. Der Anblick war trostlos. Sie trat durch eine baufällige Tür in einen heruntergekommenen engen Hausgang, in dem der Kalk von den Wänden rieselte und an dessen sandsteinernen Treppenstufen ganze Ecken herausgebrochen waren.

Kurz darauf stand Caterina vor einer knallrot lackierten Wohnungstür im dritten Stock. Bevor sie erneut klingeln konnte, öffnete sich die Tür, hinter der vier junge Frauen erschienen.

„Da bist du ja endlich, wir warten schon eine ganze Weile auf dich." Und während die Kleinste der Frauen Caterinas Hand nahm und sie in die Wohnung zog, fügte sie hinzu: „Ich bin Cleo. Cleo Lavalle. Cleo kommt von Cleopatra wegen meiner smaragdgrünen Katzenaugen und Lavalle ist mein Künstlername. Ich bin Malerin."

„Guten Tag! Ich bin Caterina. Caterina Bertani!", stellte sie sich vor. „Und ich bin Isolde Rothmann, manche rufen mich auch Isi!" Die Frau neben Cleo begrüßte Caterina mit einem kräftigen Händedruck. „Ich fahre Taxi. Mein Jura-Studium habe ich an den Nagel gehängt. Das war mir zu langweilig." Isolde wirkte robust und resolut, sie hatte fast schon etwas Maskulines, was sie mit ihrer Kleidung bewusst oder auch unbewusst unterstrich – Blue Jeans und ein weitgeschnittenes weißes T-Shirt von *Fruit of the Loom* – genauso hätte auch ein Junge gekleidet sein können. Aber diese Isi schien eine ehrliche, direkte Art zu haben, so offen wie sie sich ihr gleich präsentiert hatte.

Nun schob sich die Nächste nach vorn. „Hallo, mein Name ist Konnie. Konnie mit ‚K'! Kommt eigentlich von Kornelia. Aber ich hasse diesen Namen. Ich bin Fotografin." Die zierliche Frau mit ihren kurzen schwarzen Haaren wirkte sehr stilsicher und selbstbewusst, fast schon ein bisschen kühl und arrogant. Ihr Haarschnitt war ausgesprochen extravagant und sie hatte eine lange Strähne so über ihrer Stirn drapiert, dass ihr rechtes Auge fast verdeckt war. Sie trug schwarze Röhrenjeans und einen topmodischen anthrazitfarbenen Bouclépulli.

Die Vierte im Bunde hätte gegensätzlicher nicht sein können. Sie reichte Caterina schüchtern die Hand: „Ich bin Lara Berger", und mit zarter, leiser Stimme fügte sie hinzu: „Ich bin Kinderkrankenschwester drüben im Städtischen Krankenhaus." Lara war nicht nur groß und schlank; sie war dürr, fast knabenhaft, was sie mit einem karierten Glockenrock und einer weißen Rüschenbluse zu kaschieren versuchte. Sie hatte ein sanftes Lächeln und wirkte sehr unsicher und zurückhaltend.

„Wollen wir eigentlich ewig hier zwischen Tür und Angel stehen bleiben? Lasst uns doch in die Küche gehen! Da ist es schön warm", forderte Cleo die anderen auf. Die attraktive Künstlerin mit ihren in Hennarot gefärbten Locken trug ein langes orientalisches, grün-violett-gemustertes Kleid aus glänzendem Pannésamt mit Spiegelsteinchen und halbtransparentem Gittergewebe am Dekolleté. Cleo war zwar sehr klein, glich das jedoch mit ihrer starken Persönlichkeit aus. So verstand sie es, geschickt ihre Reize zu betonen. Was Caterina darüber hinaus sofort aufgefallen war: Cleo schien das Sagen in der WG zu haben und es sah so aus, als ob die drei anderen das akzeptierten. Klein, aber oho! Auf sie traf auch sicher die landläufige Meinung zu, dass man sich vor den Kleinen in Acht nehmen müsse. Caterina war sofort klar gewesen, dass sie sich in erster Linie an Cleo halten musste. Würde die sie akzeptieren, stünde ihrem Einzug in die WG nichts im Wege.

Die Wohnküche, in der sie sich kurz darauf niederließen, war durchaus sehenswert. Die Küchenschränke, die augenscheinlich vom Sperrmüll stammten, waren in poppigen Farben angemalt und der Kühlschrank war übersät mit bunten Pril-Blumen. Einen richtigen Herd hatten sie nicht, stattdessen gab es einen kleinen Elektrokocher mit zwei

Platten. Daneben stand ein alter Kohleofen mit einem riesigen Ofenrohr.

Unter dem Fenster hatten sie ein Backsteinregal aufgebaut, in dem auf dem untersten Brett alle möglichen Flaschen standen. Auf dem darüber lag ein großer Stoß mit Zeitungen. *Die Zeit*, die *taz*, der *Spiegel*, eine Ausgabe der *Art* und die Monatszeitschrift des *Spartakusbundes*. Das oberste Brett war voll mit kleinen Kakteentöpfchen. Laras Sammlung, wie sich später herausstellte. Um den Küchentisch herum standen vier unterschiedliche Stühle, für Caterina brachte Isolde einen alten Schaukelstuhl aus ihrem Zimmer.

„Wenn du einziehst, musst du einen Stuhl für die Küche mitbringen und das Geschirr, das du für dich brauchst", klärte Isolde sie auf. „Montagabends sitzen wir meist zusammen und legen fest, wer welchen Dienst in der kommenden Woche machen muss", ergänzte Lara.

„Was fällt denn da so alles an?", erkundigte sich Caterina.

„Küche und Klo putzen. Einmal pro Woche die Treppe runterwischen, Geschirrspülen, Müll runtertragen, einkaufen, im Winter Koks und Briketts hochtragen, morgens den Ofen anwerfen", zählte Isolde auf.

„Ach, da kommt schon einiges zusammen. Aber die schweren Arbeiten wirst *du* ja in der nächsten Zeit eh nicht machen können, wenn ich das so recht sehe", fuhr Konnie mit einem vielsagenden Blick auf Caterinas Bauch fort.

Die erschrak fürchterlich, fühlte sich ertappt und glaubte, knallrot zu werden. Unwillkürlich verschränkte sie die Arme vor ihrem Leib. – Die Frauen hatten es also bemerkt!

„Wann ist es denn so weit?", fragte Cleo nach. Sie hatte sich mittlerweile ein Zigarillo angezündet.

„Voraussichtlich im März. Wenn die Schwangerschaft planmäßig verläuft", antwortete Caterina zögerlich.

„Aber du weißt, dass das Zimmer nur an eine Person vermietet wird und vor allem, dass wir eine Frauen-WG sind. Männer sind nur als Besucher geduldet", ergänzte Isolde.

„Keine Sorge, der Vater, oder besser gesagt der Erzeuger, ist am anderen Ende der Welt und wird niemals etwas von seinem Glück erfahren. Ich habe mich entschlossen, mein Kind allein groß zu ziehen", sagte Caterina in bestimmtem Ton.

„Das ist aber traurig. Hast du dir das auch gut überlegt?", fragte Lara betroffen nach. „Als Vater hat er doch auch ein Recht auf sein Kind!"

„Rechte! – Von wegen! – Wer bekommt denn die Kinder, wer rennt denn neun Monate mit einem dicken Bauch rum? Hä? – Das sind doch die Frauen. Das sind wir!" Und indem sich Cleo an den Bauch fasste, meinte sie: „Mein Bauch gehört mir! Und damit basta!"

„Du bist so was von beschränkt, Lara", fügte Konnie in einem ziemlich aggressiven Unterton hinzu, „begreif endlich, seit '68 ist alles anders! Wir sind nicht mehr die braven Weibchen am Herd. Die Zeiten sind Gott sei Dank endgültig vorbei! Wir nehmen unser Leben selbst in die Hand!"

„Also, was meint ihr?" Cleo blickte in die Runde. „Ist das unsere Frau?"

Isolde nickte. „Ja, für mich geht's klar, das Kind werden wir schon schaukeln."

„Und wenn es ein Mädchen wird, erziehen wir es zu einer richtigen kleinen Emanze!", ergänzte Cleo.

„Und wenn es ein Junge wird?", warf Lara nachdenklich ein.

„Dann werden wir dem Burschen gleich zeigen, wo's lang geht!", sagte Konnie bestimmt.

„Ich hoffe, ihr lasst mich auch ein wenig an der Erziehung teilhaben", meldete sich nun Caterina lachend zu Wort.

„Also, dann sind wir uns einig. Du kannst, wenn du willst, zum 1.12. das Zimmer haben. Es kostet 105 Mark im Monat. Und was dein Baby anbelangt, das kriegen wir schon groß. Das wär' doch gelacht! Wozu braucht eine Frau heutzutage noch einen Mann, außer dass er ihr ein paar angenehme Stunden bereitet?" Cleo, Isolde und Konnie lachten tiefgründig, während Lara schwieg.

Als Caterina die Treppe hinunterging, atmete sie auf. Ihre Ängste waren total unbegründet gewesen. Sie musste schmunzeln. Bei der Vorstellung, gemeinsam mit ihr das Kind ohne Vater großzuziehen, waren die vier Frauen schon fast enthusiastisch geworden. Sogar an der Tür hatten sie ihr noch einmal versichert, sie nach allen Kräften zu unterstützen. Caterina brauchte sich also keine Sorgen mehr zu machen, alles würde gut werden.

5

Die Frauen der Wohngemeinschaft hätten unterschiedlicher nicht sein können. In einem Punkt waren Cleo, Konnie und Isolde sich jedoch einig: Heiraten war völlig überholt und Männer, was Kinder anbelangte, überhaupt nur als Samenspender relevant. Dies hatten sie auch der neuen Mitbewohnerin gegenüber gleich klar gemacht.

Von Lara hatte Caterina jedoch einen anderen Eindruck bekommen. Sie schien sich nach einer festen Beziehung und einem Kind zu sehnen, auch wenn sie das nur sehr verhalten durchblicken ließ. Aber für Caterina war das letztendlich unerheblich. Für sie war nur wichtig, dass sie eine Möglichkeit gefunden hatte, ihr Studium zu beenden und gleichzeitig ihr Kind großzuziehen.

Anfang 1976 begegnete Caterina zum ersten Mal dem schlaksigen blonden Artur Becker aus dem Vorderhaus. Lara hatte ihn mit in die WG gebracht. Sie war seit ein paar Wochen mit ihm liiert und schwebte im siebten Himmel. Die zierliche blonde Krankenschwester war mit ihren fast 30 Jahren die Älteste der Frauen und sie fühlte, wie die biologische Uhr bedrohlich tickte.

Lara hatte schon eine ganze Weile das Gefühl, dass ihr die Zeit davonrannte. Im Gegensatz zu ihren Mitbewohnerinnen wünschte sie sich nichts sehnlicher als eine dauerhafte Beziehung. Doch das war gar nicht so einfach, denn sie war nun mal nicht so sexy wie Cleo oder so couragiert wie Isolde. Von Konnie ganz zu schweigen; die war unglaublich selbstbewusst, fast schon überheblich. Und sie konnte gnadenlos sein, so nutzte sie jede Gelegenheit, sich über Laras Äußeres lustig zu machen: „Dich hat man schon in der Bibel angekündigt: Es kam eine lange Dürre!" Cleo und Isolde hatten schallend gelacht und Lara war damals weinend in

35

ihr Zimmer gerannt und hatte am Abend ihren Kummer ihrem Tagebuch anvertraut.

Aber dann war plötzlich Artur Becker in ihr Leben getreten. Das heißt, eigentlich war sie diejenige gewesen, welche die Initiative ergriffen hatte, denn sie hatte den attraktiven Junggesellen aus dem Vorderhaus schon eine ganze Weile ins Visier genommen. Er schien ein geeigneter Heiratskandidat zu sein. Er grüßte sie immer höflich, hielt ihr die Tür auf und war auch sonst sehr zuvorkommend. Und so passte sie ihn an der Haustür, am Briefkasten oder im Hof ab und verwickelte ihn jedes Mal in ein Gespräch. Schließlich fand Artur Becker an seiner liebenswürdigen Nachbarin Gefallen und so hatte er sie eines Tages gefragt, ob sie nicht Lust habe, einmal mit ihm auszugehen. Lara war überglücklich gewesen. Anscheinend war ihr Plan aufgegangen.

Artur Becker fand es ganz angenehm, einmal mit einem Mädchen auszugehen, bei dem er nicht jedes Wort auf die Goldwaage legen und sich nicht vorher genau überlegen musste, wie er sich zu verhalten hatte. Nachdem er von seiner letzten Bekanntschaft als *Spießer* beschimpft worden war, als er sie in die *Alte Münz'* in den P-Quadraten eingeladen hatte und sie sich darüber hinaus auch noch über seine Krawatte lustig gemacht hatte, war er vorsichtig geworden. Diese *neuen* Frauen waren ihm ein Rätsel; man konnte es ihnen nie recht machen. Half man ihnen in den Mantel, wurde das als Respektlosigkeit gegenüber einer selbstständigen Frau ausgelegt, die sehr wohl fähig war, sich allein anzuziehen. Und wollte man die Rechnung im Lokal bezahlen, musste man sich Sätze anhören wie: Ich kann mein Getränk immer noch selber bezahlen!

Aber diese Lara schien anders zu sein. Er hatte sehr wohl gemerkt, wie sie ihn anhimmelte und sofort erkannt, dass er hier leichtes Spiel hatte, aber vor allem er selbst sein konnte. Und so lud er sie zunächst ins *Alster-Café* hinter der Hauptpost ein, wo eine Vier-Mann-Combo Tanzmusik spielte. Drei Wochen später kam er ihr dann zum ersten Mal auf der Tanzfläche der Diskothek *Scala* näher, als sie auf den von Jane Birkin und Serge Gainsbourg gehauchten Titel *Je t'aime, moi non plus* einen Stehblues tanzten. Und als sie im März im *Alhambra* auf den Planken den Film *Der letzte Tango in Paris* mit Maria Schneider und Marlon Brando anschauten, legte er seine Hand auf ihren Oberschenkel und küsste sie zum ersten Mal im Dunkeln. Und sie ließ es gerne geschehen.

Lara war sehr schüchtern und passte in ihrer ganzen Lebensart überhaupt nicht zu ihren Mitbewohnerinnen. Ihr Einzug in die WG war aus der Not heraus geboren worden. Sie verdiente im Krankenhaus nicht viel und hatte damals eine billige Bleibe gesucht. Cleo, Konnie und Isolde wiederum brauchten eine liquide Mitbewohnerin, weil sie die Miete allein nicht stemmen konnten. Im Grunde war es eine Notgemeinschaft gewesen. Wirklich wohl hatte sich Lara jedoch nie in der WG gefühlt, denn die meisten ihrer Ansichten stießen bei Cleo, Konnie und Isolde auf vehemente Ablehnung und es kam nicht selten vor, dass die drei sich über sie lustig machten und sie durch den Kakao zogen. Der Einzug von Caterina hatte die Situation zwar etwas erträglicher gemacht, weil sie immer wieder versuchte, zwischen allen zu vermitteln. Trotzdem war Lara in der WG nicht glücklich.

Sie hütete sich davor, Cleo, Konnie und Isolde zu erzählen, dass sie mit Artur in *Der letzte Tango in Paris* gewesen war, denn sie wusste, dass die drei mit vielen anderen Feministinnen kurz nach Erscheinen des Films auf der Straße ein Aufführungsverbot gefordert hatten. Sie fanden, dass in dem Streifen ein minderwertiges Frauenbild gezeichnet würde. Auch sagte Lara kein Sterbenswörtchen davon, dass sie in der Disco und in einem Tanzcafé gewesen waren. Das hätte nur weitere Spotttiraden nach sich gezogen. Stattdessen hoffte sie, dass sie die WG bald verlassen würde. Artur und sie harmonierten so gut, dass es sicher nur eine Frage der Zeit war, bis sie zu ihm ins Vorderhaus ziehen würde.

Er schien, so glaubte sie, ihre Zurückhaltung zu schätzen und dass sie nicht so leichtlebig wie Cleo, so von sich eingenommen wie Konnie und so feministisch wie Isolde war, die, seit Alice Schwarzers Buch *Der kleine Unterschied* erschienen war, nur noch aus deren emanzipatorischem Werk zitierte.

Aber leider sollte sich Lara da gewaltig täuschen, denn das Gegenteil war der Fall. Je mehr Zeit Artur mit Lara in den kommenden Wochen und Monaten in der WG verbrachte und je mehr er das Leben in der Frauen-WG kennenlernte, desto wohler fühlte er sich dort. Und so gingen diese Besuche nicht spurlos an ihm vorbei. Sie veränderten ihn, denn das lockere, ungezwungene Leben, das dort herrschte, begann ihm zu gefallen.

Mit Caterina verstand er sich von Anfang an gut und nachdem Jennifer auf der Welt war, tobte er all seine väterlichen Gefühle an der Kleinen aus, sodass insbesondere Isolde ihm des Öfteren in die Parade fuhr und ihn zurückpfiff.

„Hey, Typ! Halt dich zurück! Wenn du ein Kind willst, dann mach eins!"

Isolde konnte mitunter recht schroff sein. Doch Artur überging es, lachte über ihre Sprüche und pflegte weiter den Kontakt zur WG. – Und Lara? Sie litt still vor sich hin. So hatte sie sich das nicht vorgestellt. Aber sie wagte es nicht, etwas zu sagen, denn sie hatte Angst, ihn zu verlieren.

Obwohl sich Caterina und Artur gut verstanden, war es von Anfang an nur Freundschaft gewesen, was sie verband. Caterina war viel zu sehr mit dem Baby und ihrem Bestreben, den Anschluss an ihr Studium nicht zu verlieren, beschäftigt, sodass sie gar keine Zeit für eine Liebschaft gehabt hätte. Außerdem war Artur nicht ihr Typ und darüber hinaus war er ja auch mit Lara zusammen und sie hätte sich niemals in deren Beziehung eingemischt. Und obwohl sich Arturs Gefühle für Lara nach und nach abkühlten, sah auch er in Caterina nur eine gute Freundin.

Cleo hingegen faszinierte ihn, obwohl sie kein Kind von Traurigkeit war und sich ihre verschiedenen Lover die Klinke in die Hand gaben. Aber wahrscheinlich war es genau das, was ihn reizte. Ihre Unberechenbarkeit und ihre Freizügigkeit, ihr ungezügeltes Temperament und ihre Sinnlichkeit und nicht zuletzt die Tatsache, dass sie Künstlerin war. All das zog ihn magisch an. Und so kam er in den folgenden Monaten immer häufiger in die WG und ging auch dann nicht in seine Wohnung zurück, wenn Isolde ihren Spätdienst als Taxifahrerin antrat, Konnie in den Abendstunden in der Dunkelkammer der Uni noch ihre Filme entwickelte, Lara zum Nachtdienst ins Krankenhaus aufbrach und die todmüde Caterina mit Jennifer im Arm tief und fest in ihrem Zimmer schlief.

„Und was machen wir jetzt mit dem angebrochenen Abend?", fragte Artur Cleo eines Tages, während sie allein bei einem Glas Rotwein in der gemeinschaftlichen Küche saßen. Die Art, wie er fragte, verriet, dass ihm die Antwort bereits auf der Zunge lag.

Es war einer dieser Tage im Hochsommer, an dem die für Mannheim typische Schwüle über der Stadt lag. Er schenkte Cleo Lambrusco nach. „Es ist noch immer viel zu heiß, ich kann bei der Hitze noch nicht schlafen! Und du?"

Cleo nahm ihr Glas, benetzte ihre Lippen mit Wein, um ihn gleich darauf mit ihrer Zungenspitze genüsslich abzulecken. Sie lächelte Artur vielversprechend an. „Ich finde es auch unglaublich schwül. Ich fließe fast davon." Sie zog ihren Rock langsam hoch und es war unschwer zu erkennen, dass sie nichts darunter trug. Gleichzeitig beugte sie sich so weit zu ihm vor, dass einer der Spaghettiträger ihres dünnen Baumwollhemdchens unweigerlich von ihrer Schulter glitt und so für einen kurzen Augenblick ihre üppigen Brüste entblößt wurden.

„Lass uns rüber zu mir gehen, da ist es etwas kühler als hier in der Küche!", hauchte sie ihm mit verführerischer Stimme zu. Dann nahm sie ihn wortlos bei der Hand und führte ihn in ihr Zimmer.

Als sie die Tür öffnete, stockte Artur für einen Augenblick der Atem. Ein solches Ambiente hatte er nie zuvor gesehen. Cleo hatte den Raum wie einen orientalischen Salon gestaltet. Der Boden war mit dicken Teppichen bedeckt und an fast alle Wände hatte sie indische Saris in glänzenden bunten Farben drapiert, darüber hinaus hatte sie den Stoff an der Decke in der Form eines riesigen Baldachins gespannt. Ein Viertel des Zimmers war mit Matratzen ausgelegt, die mit farblich passenden Decken bezogen waren, auf denen sich wiederum mehr als ein Dutzend rohseiden schimmernder Cocktailkissen in verschiedenen Formen türmten. Der ganze Raum leuchtete in Rot-Orange-Pink und warmen Gelbtönen.

Cleos Zimmer war das einzige, das einen kleinen Balkon hatte. Durch die geöffneten Türen strömte ein zarter Luftzug herein, der die leichten feingewebten Vorhänge hin und her tänzeln ließ. An der Wand hinter den Matratzen hing eine riesige Fototapete, die das Taj Mahal in der untergehenden Sonne zeigte. Auf dem niedrigen runden Tisch in der Mitte des Zimmers brannten mehrere Räucherstäbchen, die über den ganzen Raum einen intensiven Duft von Moschus legten.

„Komm herein und mach es dir gemütlich!", flüsterte Cleo dem verwunderten Artur ins Ohr, indem sie mit ihren Lippen sein Ohrläppchen wie zufällig streifte. Dann schloss sie die Tür.

Cleo ging hinüber zu ihrem Plattenspieler und legte die LP *Wish You Were Here* auf. Die Musik hatte etwas Leichtes, Schwebendes, fast Transzendentales. Cleo streckte die Arme aus als wolle sie zu ihm fliegen, umarmte ihn und ließ sich mit ihm auf die Matratze sinken. Sie strich ihm durchs Haar und meinte: „Ich liebe *Shine On You Crazy Diamond*. Die Musik von Pink Floyd turnt mich richtig an. Und dich?"

„Mich?" Für einen Augenblick hielt er inne. „Du turnst mich an, Cleo. Du machst mich verrückt, du kleines, süßes Biest!" Und mit diesen Worten packte er sie, umklammerte fest ihren wohlgeformten Leib und während er sie unter sich auf die Matratze drückte, küsste er sie mit einer Leidenschaft, die Cleo niemals von ihm erwartet hätte.

Sie liebten sich die ganze Nacht, voller Lust und Hingabe, immer und immer wieder. Cleo rang ihm Höchstleistungen ab, förderte Liebhaberqualitäten an ihm zu Tage, die er selbst nie an sich vermutet hätte. Sie konnte nicht genug von ihm bekommen und verstand es, ihn immer und immer wieder zu erregen. Auch Artur konnte und wollte nicht von ihr lassen. Nie zuvor hatte er eine derart sinnliche und verführerische Frau in seinen Armen gehalten.

Ihr heimliches Verhältnis ging über Wochen. Isolde, Konnie und Caterina bemerkten ziemlich bald, dass zwischen den beiden etwas lief. Alle hielten jedoch dicht. Insgeheim fanden Isolde und Konnie es wahrscheinlich sogar gut, dass der biederen Lara endlich mal eine Lektion erteilt würde. Caterina hingegen war alles andere als wohl dabei. Ihr tat Lara leid. Sie vermutete darüber hinaus, dass sie längst etwas ahnte, es jedoch nicht wissen wollte und hoffte, es würde bald vorbei sein.

Wäre es nach Cleo gegangen, hätte es ewig so weitergehen können. Sie hatte nichts dagegen, dass Artur auch weiterhin ab und zu mit Lara schlief. Sie wollte nicht, dass diese etwas von ihrem Verhältnis merkte. Artur hingegen hätte gerne klare Verhältnisse geschaffen. Nach dem aufregenden und exzessiven Sex mit Cleo war das Zusammensein mit Lara eher eine lästige Pflichtübung, die auch nicht immer klappte, weil seine Geliebte ihm einige Stunden zuvor bereits das letzte abverlangt hatte. Cleo war hemmungslos und unersättlich und konzentrierte sich mit der Zeit immer mehr auf Artur, weil keiner ihrer anderen Lover ihre Bedürfnisse so gut befriedigen konnte wie er.

Die Wochen, in denen Lara keine Nachtschicht hatte, waren allerdings schwierig. Artur und Cleo nutzten jede Gelegenheit, um zusammen zu sein und wurden unvorsichtig. Sie liebten sich an den unmöglichsten Orten: in Isoldes Schaukelstuhl, auf Konnies Schreibtisch, einmal sogar unter der Kellertreppe. Bis Lara sie eines Tages auf Jennifers Wickelkommode in flagranti erwischte.

Während Artur fluchtartig die WG verließ, kam es zwischen den beiden Frauen zu einer heftigen Auseinandersetzung. Cleo warf Lara Spießigkeit, Kleingeistigkeit, Neid und Eifersucht vor. Aber auch die sonst eher ruhige Lara wusste sich zu wehren und beschimpfte Cleo nach allen Regeln der Kunst. Der Streit gipfelte schließlich darin, dass Lara sie als „dreckige kleine Hure" beschimpfte und danach heulend in ihr Zimmer lief. Cleo rannte ihr wutentbrannt hinterher und kündigte ihr das Zimmer fristlos zum Ers-

42

ten des folgenden Monats. Da der Mietvertrag der WG auf Cleos Namen lief, konnte Lara ihr nichts entgegensetzen.

In ihrer Verzweiflung lief sie zu Artur ins Vorderhaus, der ihr erst öffnete, als sie Sturm klingelte und mit beiden Händen lautstark gegen die Tür trommelte. Sie hastete in seine Wohnung, schrie ihn an, machte ihm Vorwürfe, weinte und warf ihm den Freundschaftsring an den Kopf. Lara zog alle Register. Artur ließ sie toben und als sie sich langsam beruhigte, entschuldigte er sich zwar bei ihr, teilte ihr jedoch gleichzeitig mit, dass es aus sei.

Doch Lara konnte und wollte das nicht akzeptieren.

„Wenn du mir versprichst, dass du das Verhältnis mit Cleo beendest, dann verzeihe ich dir. Lass uns noch einmal ganz von vorn anfangen!" Sie versuchte mit allen Mitteln, ihn zurückzugewinnen. „Ich verspreche dir, ich werde mich auch ändern. Ich werde mehr aus mir herausgehen. Und wenn du willst, können wir auch mehr Sex haben und ich werde auf deine Vorlieben eingehen, wenn dir das so wichtig ist. Wir müssen auch nicht heiraten und wenn du keine Kinder willst, dann nehme ich halt die Pille. Ich kann auch versuchen mehr zu essen, dann nehme ich sicher auch zu und bekomme einen größeren Busen. Wenn du das möchtest, schminke ich mich auch für dich und lasse mir die Haare rot färben. Aber, bitte, lass es uns noch einmal versuchen. Ich kann nicht ohne dich leben! Bitte, bitte, Artur, bleib bei mir!" Es sprudelte gerade so aus ihr heraus, sie war fast nicht zu bremsen.

Artur schwieg eine ganze Weile. Dann ging er auf sie zu, nahm ihre Hände und sagte ruhig: „Schau mal, Lara, das bringt doch alles nichts. Du sollst dich nicht für mich ändern. Bleib so, wie du bist. Lara! Du bist ein wunderbarer Mensch und ich mag dich wirklich sehr. Aber du hast doch selbst gemerkt, dass wir nicht zusammenpassen."

Lara schüttelte heftig den Kopf: „Nein, das stimmt doch alles nicht. Wir passen wunderbar zusammen. Wir sind jetzt seit fast einem Jahr ein Paar. Und es war doch immer schön."

„Nein, das war es nicht. Du machst dir da was vor. Das mit Cleo und mir geht schon seit dem Sommer. Ich hätte es dir längst sagen müssen. Du und ich, wir sind viel zu verschieden. Du brauchst einen häuslichen Mann, der dich liebt und mit dir eine Familie gründen will. Und das bin ich nicht! Ich kann es dir nur nochmal sagen, Lara, wir passen definitiv nicht zusammen!"

„Und Cleo, passt die zu dir? – Sie hat doch ständig andere Typen am Bändel. Sie wird dich, wenn du ihr langweilig wirst, genauso abservieren, wie all die anderen. Ist es wirklich das, was du willst?"

„Siehst du, Lara, genau da sind wir beim Thema. Ich will mich nicht fest binden, weder an dich, noch an Cleo, noch an irgendeine andere Frau. Und jetzt habe ich keine Lust mehr, weiter zu argumentieren. Akzeptiere es endlich: Es ist aus!"

Lara musste die WG im Oktober 1976 verlassen. Zuvor hatte sie Konnie noch einen langen Brief geschrieben und sie darin inständig gebeten, sich bei Cleo dafür einzusetzen, dass sie in der Wohnung bleiben könne. Aber Konnie hatte ihr nur kühl geantwortet, dass es für alle Beteiligten das Beste sei, wenn sie auszöge, sie hätte sowieso nicht zu ihnen gepasst.

Wortlos ging sie und brach den Kontakt zu allen ab.

6

Auch wenn es niemand geglaubt hätte, so funktionierte die Beziehung von Cleo und Artur doch besser als erwartet; denn sie blieben zusammen, auch wenn es – oder gerade weil es – eine *offene Partnerschaft* war, in der keiner dem anderen Vorschriften oder gar Vorwürfe machte.

Artur hatte kurz nach Laras Auszug seine Wohnung im Vorderhaus gekündigt und war in das nun vakante Zimmer in der WG eingezogen. Konnie und Isolde waren davon nicht sehr begeistert gewesen, hatten aber schließlich Cleo zuliebe zugestimmt.

Nachdem Jennifer einen Platz im antiautoritären Kinderladen in der Jungbuschstraße bekommen hatte, trat ihre Mutter Caterina ihre Referendarzeit an. Um ihre kleine Tochter musste sie sich keine Sorgen machen, denn fast alle ihre Mitbewohner rissen sich förmlich darum, etwas mit Jennifer unternehmen zu dürfen. Sie war ein ausgesprochen niedliches, kleines Mädchen mit ihrem schwarzen Lockenkopf, den großen dunklen Augen und ihrem bronzefarbenen Teint. Zumindest das hatte ihr mexikanischer Vater ihr vermacht. Ihre Gesichtszüge hatte sie jedoch eindeutig von ihrer schönen Mutter geerbt.

Isolde genoss es, Jennifer nach dem Kinderladen abzuholen und mit ihr auf den Spielplatz Ecke Beil- und Böckstraße zu gehen, wo sie mit Gina, Carmen, Costa und Ayşe Kuchen, Pizzas, Tortillas oder Pitas aus Sand backte, und sich somit schon früh eine interkulturelle Kompetenz aneignete. Zwischen den anderen schwarzhaarigen Kindern fiel sie überhaupt nicht auf.

Oft war sie aber auch mit Cleo und Artur unterwegs. Sie liebten Jennifer so, als wäre sie ihre eigene Tochter. Konnie hingegen konnte nicht viel mit Kindern anfangen, sie fand die kleinen Schreihälse nur lästig und war der Meinung, dass es sowieso zu viele Menschen auf der Erde gebe, da müsse sie sich nicht auch noch reproduzieren. Sie bemühte sich zwar freundlich zu sein, war aber ansonsten äußerst reserviert.

Cleo und Artur nahmen Jennifer überall mit hin. Artur war derart in die Kleine vernarrt, dass er sich sogar einen Kindersitz an den Lenker seines Fahrrads montierte. Und wenn er dann zu ALDI fuhr, um für die WG jede Menge Miracoli, eine Billigsalami, Scheiblettenkäse, serbische Bohnensuppe, Ravioli, zwei Liter Lambrusco und vieles mehr zu kaufen, musste er auf der Rückfahrt in der Jungbuschstraße zwischen G und H7 gewaltig strampeln, um seinen Drahtesel mit den vollgepackten Satteltaschen und der ihn anfeuernden Jennifer *Schneller Artur, schneller Artur!* den Anstieg hochzuquälen. Eigentlich hasste er die Einkauferei, aber diese Tätigkeit war neben Geschirrspülen, Küche- und Kloputzen seine Aufgabe in der WG. Das hatten Isolde und Konnie damals bei seinem Einzug zur Bedingung gemacht.

Caterina absolvierte indessen ihre Referendarzeit. Und während sie mal wieder in einer öden Vorlesung über Schul- und Beamtenrecht saß, strickte sie nebenbei für Cleo und Artur als kleines Dankeschön zwei helle Alpaka-Pullover mit schwarzem Lama-Muster im Partnerlook. Cleo weigerte sich allerdings, ihn mit Artur gleichzeitig zu tragen und zog ihn nur an, wenn sie alleine wegging. Das war ihr dann doch zu viel Zweisamkeit.

Artur hatte ein Jahr zuvor seine Malerpinsel, mit denen er jahrelang Zimmerwände, Decken, Türen und Fensterrahmen angestrichen hatte, zur Seite gelegt und mit einem Kunststudium begonnen. Er meinte, endlich habe er seine wahre Berufung gefunden. Mit dem Beginn dieses neuen Lebensabschnittes ging einher, dass er den anderen Silvester '79 mitteilte, dass er sich künftig nur noch *Arteo* nennen

46

werde. Sicherlich war Cleo an diesem ganzen Gesinnungs-
wandel nicht ganz unbeteiligt. Denn sie war es schließlich
gewesen, die ihn in ihr Atelier im Hinterhof eines baufäl-
ligen, nie renovierten Hauses in der Werftstraße mitge-
schleppt und ihn zum Malen animiert hatte. Das, was er auf
die Leinwand brachte, konnte sich durchaus sehen lassen.
Zweifelsohne hatte er Talent und entwickelte schnell seinen
eigenen unverwechselbaren Stil.

Caterina musste nach dem 2. Staatsexamen ausziehen.
Nachdem sie den Brief vom Oberschulamt gelesen hatte,
holte sie zunächst einmal ihren alten *Diercke Weltatlas* heraus und suchte das Dorf, in dem sie bereits zwei Wochen
später ihre erste Lehramtsstelle antreten sollte. Als sie es
schließlich in der Nähe von Bad Mergentheim fand, war sie
zunächst geschockt. „Mein Gott, das ist ja in *Badisch-Ostsibi-
rien*, weiter geht's wohl nicht mehr! Da liegt doch der Hund
begraben!"

Cleo war noch deutlicher geworden: „Du Arme, da haben sie dich ja wirklich an den Arsch der Welt versetzt!"

Allen war klar, dass es zum Pendeln zu weit war. Caterina und Jennifer würden sich eine kleine Wohnung in der
Nähe der Schule suchen müssen.

Im ersten Jahr besuchten sich alle noch gegenseitig, wenn
auch nur sporadisch. Das letzte Mal sahen sie sich eineinhalb Jahre später, an Heiligabend 1980. Es sollte ein sehr
bedrückendes Weihnachtsfest werden. Als Arteo Caterina
und Jennifer in seiner neuen weinroten Ente vom Bahnhof
abholte, warnte er sie bereits im Auto vor.

„Es gibt keine guten Nachrichten", meinte er nachdenklich.

In der Jungbuschstraße gab Isolde ihr dann schließlich
ein schwarz umrahmtes Kuvert in die Hand. Caterina öffnete den Umschlag und begann zu lesen:

47

Unfassbar!
Plötzlich und unerwartet, in der Blüte ihrer Jahre, ist unsere ge-
liebte Tochter, Mutter, Schwester, Nichte und Tante, Frau
Lara Berger
im Alter von 34 Jahren für immer von uns gegangen.
Möge sie in Frieden ruhen und im Tode das finden, was ihr im
Leben versagt blieb.
In tiefer Trauer
Erna und Friedrich Berger
und alle Anverwandte
Landau, 13. Dezember 1980

Erneut las Caterina den Brief ‚Mutter'? Lara hatte ein Kind? Sie überflog die Anzeige noch einmal. „Da steht aber nichts von einem Mann. Das muss ein Druckfehler sein! Lara hat es doch immer abgelehnt, ein Kind allein großzuziehen!" Und nach einer Weile fügte Caterina hinzu: „Habt ihr schon versucht, mehr zu erfahren? An was ist sie denn gestorben?"

Isolde nickte betroffen. „Ich habe damals, als sie in die WG einzog, ihre Schwester Martina flüchtig kennengelernt und sie vorgestern angerufen."

„Ja, und? Konntest du etwas herausfinden?" Caterina ließ sich in Isoldes Schaukelstuhl nieder. Derweil hatte Arteo sich mit Jennifer auf dem afrikanischen Flickenteppich niedergelassen und versuchte, zusammen mit ihr ein Haus aus großen Naturholz-Bauklötzen zu errichten.

„Ich habe nur ein paar Minuten mit Martina gesprochen", berichtete Isolde weiter, „sie war ziemlich kurz angebunden. Sie teilte mir zunächst nur mit, dass Lara sich das Leben genommen habe."

„Was! Sie hat sich umgebracht?" Caterina war sichtlich erschüttert.

Isolde nickte stumm. „Das Gespräch mit Martina war ziemlich unangenehm. Sie hat mir alles Mögliche an den Kopf geworfen. ‚Wie ich die Unverfrorenheit besitzen könne, bei ihr anzurufen' und ‚uns sei wohl gar nichts heilig.' Ehrlich gesagt, ich möchte das gar nicht alles wiederholen", Isolde winkte ab.

„Aber was soll das denn?", unterbrach Caterina sie und schaute auf den Absender des Kuverts. „Sie selbst hat uns doch die Todesanzeige geschickt."

„Ach, da soll einer draus schlau werden!" Isolde schüttelte den Kopf. „Jedenfalls hat sie mir Vorwürfe ohne Ende gemacht. Lara sei, nachdem sie die WG verlassen habe, ein anderer Mensch gewesen. Sie habe schwerste Depressionen bekommen und die letzten drei Jahre fast nur in der Psychiatrischen Klinik in Klingenmünster verbracht. Nur wir mit unserer Jungbusch-Kommune seien schuld daran. Wir hätten sie seelisch zerstört mit unserem ausschweifenden Lebenswandel. Sie habe Laras Tagebuch gelesen und wisse alles. Dann hat sie einfach aufgelegt."

„Also, ich finde das ganz schön dreist, uns die Schuld zu geben", warf Konnie ein. „Diese Martina kennt doch ihre Schwester. Dann müsste sie doch auch wissen, dass Lara schon immer ein bisschen meschugge war."

„Die arme Lara! Das alles ist furchtbar traurig." Caterina wischte sich die aufsteigenden Tränen ab. „Wenn ich das gewusst hätte, wäre ich mal nach Landau gefahren oder hätte sie in der Klinik besucht. – Und hat sie tatsächlich ein Kind?", fragte Caterina voller Zweifel.

„Ich kam leider nicht mehr dazu, Martina das zu fragen. Aber ich kann es mir nicht vorstellen. Das muss ein Druckfehler gewesen sein", erklärte Isolde.

„Wie sollte sie denn auch ein Kind haben, wenn sie die ganze Zeit in der Klapse war?", meinte Konnie abschätzig.

Caterina ignorierte die Äußerung und murmelte vor sich hin: „Lara hätte niemals ein Kind allein zurückgelassen, dazu hatte sie meines Erachtens viel zu viel Verantwortungsbewusstsein." Sie schüttelte den Kopf: „Nein, das hätte sie nie und nimmer getan, da bin ich mir ganz sicher."

Während Arteo den ganzen Abend hindurch versuchte, sich so normal wie möglich zu verhalten, schien Isolde ganz froh darüber zu sein, ihren Fahrdienst bei der Taxizentrale antreten zu können. „Leute, ich muss los, Weihnachten und Silvester sind für uns Taxler die lukrativsten Tage im Jahr, da kann man richtig Kohle machen." Auch Konnie verabschiedete sich gleich nach der Bescherung. „Ich geh noch mit Freunden ins *Genesis*, dieses Weihnachtsgedöns geht mir auf die Nerven. Das ist nicht mein Ding."

Cleo hingegen war im Vergleich zu sonst äußerst schweigsam. Sie schenkte sich einen Punsch nach dem anderen ein, bis sie schließlich den Moralischen bekam und sich lauthals mit Selbstvorwürfen quälte.

„Ich hätte damals nicht so rigoros sein dürfen. Es war nicht in Ordnung, dass ich sie aus der WG rausgeworfen habe", lallte sie vor sich hin. Dabei begann sie zu heulen. „Und daran warst nur du schuld!" Sie deutete auf Arteo. „Männer! Ihr seid doch alle gleich!" Sie trank ihr Glas in einem Zug leer.

Arteo antwortete ihr nicht. Der Selbstmord Laras ließ ihn alles andere als kalt, auch wenn er sich das nicht anmerken ließ. Ausgerechnet Cleo glaubte, ihm Vorhaltungen machen zu müssen. Arteo kannte mittlerweile ihre Spielchen zur Genüge und ließ sich nicht mehr so leicht von ihr anmachen.

„Komm, schenk mir noch was ein, Caterina. Wir Frauen müssen zusammenhalten!" Sie schob Caterina das leere Glas hin.

Nun stand Arteo auf. „Ich denke, du hast genug gehabt, es reicht jetzt, Cleo!" Und ohne weiter auf sie einzugehen, packte er sie unter den Armen und brachte sie ins Bett.

Die Nachricht von Laras Selbstmord hatte alle getroffen, auch wenn sie sehr unterschiedlich darauf reagiert hatten. Ihr Tod lag wie ein Schatten über dem Weihnachtsfest. Darum beschloss Caterina, vorzeitig nach Hause zu fahren und nahm bereits am 1. Weihnachtsfeiertag den Zug zurück nach Bad Mergentheim.

Ein Jahr später sollte Jennifer an Weihnachten bereits auf dem Schoß ihres neuen Papas sitzen. Caterina lernte nämlich im Februar '81 den um einige Jahre älteren Peter Trams kennen, einen ausgesprochen erfolgreichen Architekten, der darüber hinaus in seiner Gemeinde an der Bergstraße noch mehrere politische Ämter innehatte. Nach all den ruhelosen Jahren bot der einflussreiche und gut situierte Mann Caterina und ihrer Tochter ein sicheres, geborgenes Zuhause. Und obwohl es bei Caterina nicht die große Liebe war, heiratete sie ihn bereits im Spätsommer. Sie wollte endlich zur Ruhe kommen und vor allem Jennifer sollte wissen, wo sie hingehörte.

Peter Trams verehrte und liebte Caterina und ihre Tochter über alles und zögerte keinen Augenblick, Jennifer zu adoptieren. Er hatte allerdings auch seine Prinzipien, von denen er nicht gewillt war abzugehen. So bestand er darauf, dass Caterina ihren Job aufgab, zu ihm an die Bergstraße zog und unter ihre Vergangenheit einen endgültigen Strich machte. Das bedeutete, dass sie die Beziehung zu ihren Freunden im Mannheimer Jungbusch unverzüglich zu beenden hatte. Er war der Meinung, die Lebenswelten seien einfach zu verschieden, außerdem müsse er auf seinen guten Ruf als Geschäftsmann und Politiker achten und er wolle nicht, dass er oder seine Frau in irgendeiner Weise

51

mit diesem Rotlicht-Viertel in Mannheim in Verbindung gebracht würden. Caterina meldete sich in der Folgezeit immer seltener bei Cleo, Arteo, Isolde und Konnie und brach schließlich den Kontakt zu ihnen ganz ab.

Und so sollte Jennifer den alten Freunden aus dem Jungbusch erst viele Jahre später wieder begegnen.

7

Jennifer war stinksauer, als sie die Treppe der Kunstakademie hinabstieg. „Diese Wichtigtuer! Die haben doch keine Ahnung! Scheiß Kunstakademie! Das ist so was von ungerecht. Ich möchte wissen, was deren Bewertungskriterien sind! – Wahrscheinlich haben sie gar keine!"

Im Frühjahr '96 hatte die 20-Jährige ihr Abitur gemacht und gleich danach Privatunterricht bei einer Heidelberger Künstlerin genommen. Zusammen hatten sie eine Mappe erarbeitet, die sich sehen lassen konnte.

„Das sind wirklich gute Arbeiten, Jennifer. Du hast zweifellos Talent", hatte ihre ehemalige Kunstlehrerin gemeint und sie von Anfang an in ihrem Wunsch, sich bei der Kunstakademie zu bewerben, bestärkt.

Ganz anders hatten das allerdings ihre Eltern gesehen. Sie waren von ihrer Idee, Kunst zu studieren, überhaupt nicht begeistert gewesen.

„Das ist doch ein brotloses Gewerbe, Jennifer. Es gibt Tausende von freischaffenden Künstlern und fast alle dümpeln sie am Existenzminimum herum. Die Wenigen, die wirklich den Durchbruch schaffen, die kannst du an einer Hand abzählen", hatte Caterina besorgt gemeint und hinzugefügt: „Wenn es schon unbedingt Kunst sein muss, dann werde doch wenigstens Kunstlehrerin. Als Lehrerin bist du Beamtin und hast ein sicheres Einkommen."

Jennifer, deren Verhältnis zu ihrer Mutter seit der Pubertät sehr gespalten war, hatte ihr nur geantwortet: „Meinst du vielleicht, ich will einmal so werden wie du? – Nein, danke! Du hast doch alle deine Ideale verraten. Da ist doch gar nichts übrig geblieben."

Ihre Mutter war ihr ins Wort gefallen: „Ich verbiete dir, so mit mir zu reden. Du weißt genau, ich habe immer nur unser Bestes gewollt. Wenn dein Vater mir damals nicht begegnet wäre, hätte unser Leben um einiges anders ausgesehen. Gerade du hast doch nur davon profitiert. Ich weiß gar nicht, was du willst!"

„Was *ich* will? Das hat dich nie wirklich interessiert. Du warst doch diejenige, die sich ein gepflegtes Eigenheim an der Bergstraße gewünscht hat und deren Lebensinhalt seit Jahren aus nichts anderem mehr besteht, als mit ihren vornehmen Freundinnen Golf und Tennis zu spielen oder Spa-Urlaub im 5-Sterne-Hotel auf Mallorca zu machen."

„Ich weiß nicht, was du dagegen einzuwenden hast, dass ich in meinem Alter etwas für meine Gesundheit und mein Aussehen tue", wies Caterina die Vorwürfe ihrer Tochter zurück.

„Du verstehst gar nichts, Mama! Was warst du früher, als ich klein war, für eine tolle Frau, richtig stolz war ich auf dich."

*

Jennifer erinnerte sich an die Reise nach Kuba. Für sie war Havanna die schönste Stadt der Welt, vielleicht auch deshalb, weil ihre frühesten Kindheitserinnerungen damit verbunden waren.

Sie musste so etwa dreieinhalb Jahre gewesen sein, als Caterina in den Herbstferien beschlossen hatte, mit ihr nach Kuba zu fliegen. – Daheim hatte sie noch immer irgendwo den alten Super-8-Film. Mein Gott, war der schräg! Ihre Mutter hatte damals zum Brüllen ausgesehen, in ihrer blau-weiß-gestreiften Latzhose, der monströsen runden Sonnenbrille und vor allem der Minipli. Gott sei Dank hatte sie sich diese Dauerwelle schnell wieder rauswachsen lassen. Und dann noch ihr Rucksack mit Gestänge, an dem die Isomatte mit Schlafsack und eine Wasserflasche hingen. Und vorn auf der Brust hatte Caterina einen Tragegurt befestigt, in den sie Jennifer setzte, wenn diese zu müde zum Laufen war.

So war ihre Mutter damals gewesen: eine richtige Globetrotterin, abenteuerlustig und neugierig auf die Welt, davon hatte sie auch die Tatsache, dass sie eine kleine Tochter hatte, nicht abhalten können.

Alle um sie herum, insbesondere ihre neuen Kollegen in der Schule, hatten sie damals für verrückt erklärt. „Frau Bertani, wie können Sie nur mit einem Kleinkind eine solche Reise machen und dazu noch allein? Und dann noch in so ein Land, mit einem kommunistischen Diktator, der mit den Sowjets kollaboriert!"

Caterina ließ sich jedoch nicht davon abhalten. Wenn sie sich etwas in den Kopf setzte, zog sie das auch durch. Ein Charakterzug, den sie zweifellos ihrer Tochter vererbt hatte. Sie wollte unbedingt diesen Fidel Castro in natura sehen, wie er auf der *Plaza de la Revolución* zum kubanischen Volk sprach. Sie wollte sich selbst eine Meinung darüber bilden, wie die Menschen auf dieser Insel, sozusagen im Vorgarten der Amerikaner, lebten oder besser gesagt seit Jahrzehnten überlebten – trotz des US-Embargos. Aber Fidel sprach in den beiden Wochen ihres Aufenthaltes nicht in der Öffentlichkeit und so standen Caterina und ihre kleine Tochter ganz allein auf der riesigen Plaza, die von dem gigantischen Konterfei Che Guevaras an der Fassade des Innenministeriums beherrscht wurde. Überhaupt begegnete ihnen an jeder Ecke *Che*. Der vor über 20 Jahren in Bolivien ermordete *Comandante* war in Kuba allgegenwärtig und wurde als Volksheld mehr verehrt als Fidel Castro. Wahrscheinlich musste man erst sterben, um unsterblich zu werden!

Jennifer erinnerte sich, dass sie als Kind stets ihren morgendlichen Kakao aus der großen Tasse trinken wollte, auf der Che mit seiner schwarzen *Boina*, seiner Baskenmütze mit dem roten Stern, abgebildet war. Aber irgendwann war die Tasse nicht mehr aufzufinden. Sie war wie vom Erdboden verschluckt. Vermutlich hatte sie ihr Stiefvater heimlich entsorgt. Dieses sozialistisch-kommunistische Zeug passte nicht in seinen Haushalt und schon gar nicht aufs Geschirr! Und so wie sich damals die Tasse in Luft auflöste, verflüchtigten sich, an der Seite ihres liebevollen, aber tonangebenden Mannes, auch nach und nach Caterinas Ideale und machten über die Jahre hinweg einen anderen Menschen aus ihr.

*

Wahrscheinlich wäre die Auseinandersetzung zwischen Mutter und Tochter noch ewig weitergegangen, wäre nicht in diesem Augenblick Peter Trams aus seinem Büro nach Hause gekommen. Obwohl auch er es nur zu gerne gesehen hätte, wenn Jennifer Architektur studiert hätte, um später mal sein Unternehmen zu leiten, so ging er doch etwas diplomatischer mit der Situation um als seine Frau.

Nachdem Jennifer sich standhaft geweigert und darauf bestanden hatte, sich an der Kunstakademie bewerben zu dürfen, hatte er schließlich klein beigegeben und ihr sogar den roten Minicooper gekauft, den sie sich schon lange gewünscht hatte. So würde sie mobil sein und wenigstens zu Hause bei ihnen wohnen bleiben. Peter Trams liebte seine Frau und seine Kinder. Und auch wenn Jennifer nicht sein eigen Fleisch und Blut war, machte er keinen Unterschied zwischen ihr und ihrem acht Jahre jüngeren Bruder Nico.

Jennifer durchquerte den Garten der Kunstakademie und öffnete schwungvoll die kleine Eisenpforte zur Straße.

„Zum Donnerwetter, pass doch auf, wo du hinläufst!" Beinahe hätte sie den Mann, der gerade eintreten wollte, umgerannt.

„Entschuldigung, tut mir leid, ich wollte Sie nicht anrempeln!"

Verlegen blickte sie den Mann an. Er war dunkel gekleidet und hatte die graumelierten Haare im Nacken zu einem Zopf zusammengebunden. Er war zweifellos eine interessante Erscheinung, obwohl er bestimmt schon um die 50 war.

Mit der Hand wischte er über seine dunkle Hose, um den hellen Staub, den die alte Gartentür auf ihr hinterlassen hatte, zu entfernen, dabei schaute er sie zum ersten Mal genauer an. Ihr Aussehen stimmte ihn milder. „Wenigstens ist es ein hübsches junges Mädchen, das mich beinahe umgehauen hätte", lachte er. „Das macht es erträglicher!"

Je länger Jennifer ihn betrachtete, desto mehr hatte sie das Gefühl, ihn zu kennen. Besonders dieses Lachen schien ihr vertraut zu sein und auch die Art, wie er sprach, dieser leichte, doch unverkennbare pfälzische Akzent kam ihr bekannt vor. Und plötzlich fiel es ihr wie Schuppen von den Augen und sie musste grinsen.

Der Mann war sichtlich irritiert, als sie ihn fragte: „Sind Sie nicht *Arteo*?"

Er zögerte einen Augenblick. „Kennen wir uns?" Er betrachtete sie von oben bis unten und ein Schmunzeln legte sich um seinen Mund. „An so eine schöne, rassige junge Frau würde ich mich doch sicher erinnern?" Er legte die Stirn in Falten.

„Anscheinend doch nicht!" Jennifer lachte. „Aber ich vergebe dir. Es ist ja auch schon eine ganze Weile her."

Nun wurde sein Blick noch unsicherer. „Sind wir sogar *per du*? – Langsam zweifle ich nun doch an meinem Gedächtnis, obwohl ich für eine Demenz eigentlich noch zu jung bin."

Jennifer war amüsiert. „Ich will dich nicht länger auf die Folter spannen. Ich bin's, Jennifer, die Tochter von Caterina!"

Er öffnete vor Erstaunen den Mund. „Du bist der kleine quakende, schwarze Lockenkopf, der damals vorn bei mir auf dem Fahrrad saß? Ich kann es nicht fassen! Wie viele Jahre ist das denn her? – So ein großes und vor allem so ein wunderschönes Mädchen!" Er nahm Jennifer in den Arm und drückte sie fest an sich.

„Was machst du denn hier in der Kunstakademie?" Er schaute sie an. Sein Blick fiel auf die Mappe unter ihrem Arm.

„Aha, verstehe. Du hast dich beworben. Und? Hat's geklappt?" Er blickte sie skeptisch an.

„Was glaubst du denn?", fragte sie ihn und verzog dabei die Mundwinkel.

„Na ja, so aufgebracht, wie du gerade aus der Akademie gestürmt bist, da legt sich mir die Vermutung nahe, dass es nicht so toll gelaufen ist." Arteo legte die Stirn in Falten.

„Ja, so kann man das sagen. Die haben mich abgelehnt, diese Idioten! Und die größte Frechheit war, dass sie am Schluss noch meinten, sie müssten mir gute Ratschläge mit auf den Weg geben. ‚Ich solle doch alles noch einmal überarbeiten und es im nächsten Jahr wieder versuchen.' Die haben sie doch nicht mehr alle. Den Teufel werde ich tun! Ich denke überhaupt nicht daran, mich bei denen noch einmal zu bewerben."

Das war 1996 gewesen. Arteo hatte sie damals in sein Atelier in der Filsbach eingeladen. Die Räumlichkeiten, die er angemietet hatte, lagen in den G-Quadraten in einem malerischen Hinterhof. Hätte man es nicht besser gewusst, hätte man unweigerlich glauben können, man befände sich in der Toskana oder der Provence: alte Mauern, an denen sich Efeuranken und Wein hochzogen, Terrakotta-Krüge, Amphoren, kleine Kakteen und Sukkulenten in verschienen Formen und viele bunte Topfpflanzen schmückten den Hof. Und dann die verfallene Treppe, die in den Keller des Vorderhauses führte, der anscheinend noch ein altes Tonnengewölbe hatte. Es war eine wahre Idylle, ein Ort, an dem ein Künstler sicherlich jede Menge Inspirationen fand.

Aber Arteo hatte es auch verstanden, im Atelier eine beschauliche Atmosphäre zu schaffen. Er schien große Pflanzen zu lieben, denn neben einer Yucca- und einer Kokospalme hatte er in der Mitte des Raumes einen riesigen Benjamini aufgestellt. „Ja, der ist mein ganzer Stolz", hatte er gemeint, „den hüte ich wie meinen Augapfel und er erfährt auch eine ganz besondere Behandlung."

„Ach, und einen Goldfisch hast du auch?" Jennifer hatte gerade das Aquarium entdeckt. Sie ging hinüber. „Hat der auch einen Namen?"

Arteo lachte: „Ja, hat er: Prometheus, der ist schon zehn Jahre alt."

„Was? So alt! Das hätte ich nicht gedacht!" Jennifer wunderte sich, sie war immer der Meinung gewesen, Goldfische hätten eine Lebenserwartung von ein bis zwei Jahren.

„Goldfische können alt werden, 25, 30 Jahre oder noch mehr, vorausgesetzt man hält sie artgerecht und sperrt sie nicht in ein kleines rundes Glas!"

Arteo und Jennifer verstanden sich von Anfang an prächtig. Sie unterhielten sich über Gott und die Welt: die Mannheimer Kunstszene, die Lokalpolitik und vor allem über die alten Zeiten, damals in der Jungbusch-WG. Arteo wollte wissen, wie es Caterina gehe, ob sie glücklich und noch immer eine so schöne Frau sei.

Sie erzählte ihm von ihrer Mutter und verhehlte nicht, dass ihre Beziehung nicht die allerbeste war.

Arteo hörte ihr aufmerksam zu. Er strich sich mit der Hand übers Kinn. „Ja, äußerlich hat sich Caterina anscheinend wenig verändert, aber ansonsten ist mir die Frau, die du beschreibst, eher fremd."

„Und mir erst. Manchmal sehne ich mich so nach der Frau, die meine Mutter früher mal war." Jennifer seufzte. „Aber lassen wir das!" Sie hatte keine Lust, noch mehr über das Leben ihrer Mutter an der Seite ihres konservativen Vaters zu erzählen, darum wechselte sie schnell das Thema. „Und was ist aus Isolde geworden?

„Ach, Isolde! Die ist sich treu geblieben. Sie lebt seit ewigen Zeiten auf Mallorca und hat dort eine Art Gnadenhof für streunende Hunde eröffnet. Sie hat irgendwann einmal ein paar Mark geerbt und sich davon ein ziemlich zerfallenes Gehöft auf der Insel gekauft. Aber alle Achtung! Sie hat die ganze Finca aus eigener Kraft renoviert. Das soll ihr erst mal einer nachmachen! Aber die hatte ja schon immer Mumm in den Knochen! Kennst du die Geschichte, wie sie einmal einen, der sie überfallen wollte, so zugerichtet hat, dass er reif fürs Krankenhaus war?"

„Was? Tatsächlich? Nein, das habe ich nicht gewusst", antwortete Jennifer lachend, „aber warte mal, hat sie nicht damals Taekwondo-Unterricht genommen?" Irgendetwas schien ihr zu dämmern.

„Ja, das stimmt. In den 70ern war irgendwo in den F-Quadraten eine Schule für asiatische Kampfsportarten. Da ist sie immer hin. Wer weiß, wenn sie das nicht gemacht hätte, wär das damals vielleicht ganz anders ausgegangen. Jedenfalls hat der Typ sich von ihr nachts mit dem Taxi zum Käfertaler Wald fahren lassen und wollte sie dort ausrauben. Und da hat sie ihn platt gemacht." Arteo lachte lauthals. „Ja, die konnte ganz schön rabiat werden. Wenn ich dran denke, wie die und die andere, diese Konnie, mich damals in der WG traktiert und herumkommandiert haben, das würde ich mir heute von keiner Frau mehr gefallen lassen."

„Und was ist aus Konnie geworden?", fragte Jennifer weiter.

„Keine Ahnung! Die ist damals gleich nach diesem furchtbaren Weihnachtsfest, bei dem wir beide uns ja auch zum letzten Mal gesehen haben, ausgezogen. Soweit ich weiß, ging sie mit ihrem Freund nach Berlin und hat sich fortan nur noch *Koko* genannt. Du wirst jetzt vielleicht lachen, aber die hat richtig Karriere gemacht. Kürzlich stand ein ziemlich langer Artikel über sie in der *Art*. – Aber ich habe sie Gott sei Dank seit damals nicht mehr gesehen. Ich weiß noch, ich war richtig froh, als die endlich weg war. Das war ein furchtbares Weib. Kalt wie Hundeschnauze und immer nur auf den eigenen Vorteil bedacht. Mit der hab ich mich ständig gezofft, manchmal hätte ich sie erschlagen können!"

Jennifer lachte. „So aggressiv habe ich dich gar nicht in Erinnerung!"

„Ich bin der friedlichste Mensch der Welt, aber die konnte mich echt in Rage bringen, ich habe mich manchmal selbst nicht mehr gekannt."

„Und Cleo? Seid ihr noch zusammen?"

„Ach, Cleo! Ja und nein! Das ist schwer zu sagen, Jennifer. Wir haben es immer wieder versucht. Aber ich glaube, auf Dauer halten wir zu viel Nähe nicht aus. Daran hat sich bis heute nichts geändert. Und darum wohne und arbeite ich hier in der Filsbach und Cleo nach wie vor drüben im Jungbusch. Das ist auch besser so. Manchmal sind wir bei mir und manchmal bei ihr. Ich denke, wahrscheinlich können wir nicht miteinander, aber auch nicht wirklich ohne einander."

In den folgenden Monaten suchte Jennifer immer mehr den Kontakt zu den alten Freunden, was ihre Eltern überhaupt nicht gerne sahen. Als sie ihnen dann eines Tages eröffnete, dass, nachdem es ja mit der Kunstakademie nicht geklappt hätte, sie nun beschlossen habe, Journalismus zu studieren, schlugen sie die Hände über dem Kopf zusammen. Besonders ihr Stiefvater war zutiefst enttäuscht, denn er hatte insgeheim immer noch gehofft, sie würde einmal in seine Fußstapfen treten. Zum endgültigen Bruch mit ihren Eltern kam es jedoch erst nach ihrem Studium, als sie ihnen 2002 nach ihrem Staatsexamen mitteilte, dass sie in den Jungbusch ziehen werde. Da war Peter Trams Geduld am Ende.

„Keinen Cent werde ich dir geben, wenn du in dieses verkommene Viertel ziehst!", hatte er gedroht und dabei vergessen, dass Jennifer von ihrer frühen Erziehung im Kinderladen geprägt und somit im „Renitent-Sein" geübt war.

„Ich komme auch ohne dein Geld klar!", hatte sie ihm trotzig geantwortet. Und bevor sie die elterliche Villa an der Bergstraße verließ, hatte sie sich noch demonstrativ eine Zigarette angezündet, denn sie wusste genau, dass sie ihren Stiefvater, einen beinahe schon fanatischen Nichtraucher, damit endgültig auf die Palme bringen würde.

Jennifer verkaufte ihren roten Mini, nahm Werkverträge an, für die sie im Stadtarchiv oder in der Uni-Bibliothek tagelang in Büchern und Dokumenten wälzte und schrieb Artikel für fast alle Zeitungen der Region: über aktuelle Kunstausstellungen oder historische Jubiläen, Jahres- und Gedenktage.

So hatte sie 2005 anlässlich des 60-jährigen Kriegsendes für eine Gedenkschrift einen Artikel mit dem Titel „Überleben in Mannheimer Luftschutzkellern" verfasst. Um sich ein besseres Bild machen zu können, hatte sie sogar einen noch vorhandenen Luftschutzkeller im Jungbusch ausfindig gemacht. Die Mitarbeiter des Bewohnervereins hatten ihr den Tipp gegeben, mit dem Besitzer des Gebäudes in der Dalbergstraße Kontakt aufzunehmen. Als Jennifer dann vor dem Haus Nummer 19 an der Bundesstraße 44 stand, durch die sich der ganze Verkehr von der Neckarstadt ins Zentrum quälte, war ihr zum ersten Mal die Markierung *LSR* für Luftschutzraum mit nach unten zeigendem Pfeil in verblasster, aber immer noch gut sichtbarer, weißer Farbe aufgefallen. Der Hausbesitzer hatte ihr bereitwillig die Kellertür aufgeschlossen und war in seinen Pantoffeln zurück in seine Wohnung geschlurft.

Obwohl Jahrzehnte vergangen waren, konnte man die im Keller vorgenommenen baulichen Maßnahmen noch immer gut erkennen: die abgestützten Decken, die geflickten Mauern und die mit Kalksandstein verschlossenen Fenster. Bei der Umrüstung der privaten Wohnhauskeller zu Luftschutzräumen hatte man alles Erdenkliche in Betracht gezogen, um die Bewohner bei einem Bombenangriff so gut wie möglich zu schützen.

Jennifer fand all das ungemein aufschlussreich und interessant, trotzdem fröstelte es sie, als sie den Bereich hinter der Luftschutztür betrat. Sie konnte sich nur allzu gut die Frauen, Kinder und Alten vorstellen, die damals verängstigt hier unten gesessen und um ihr Leben gebangt hatten.

„Mit was du dich alles beschäftigst!" Arteo hatte den Kopf geschüttelt und einen Schluck Bordeaux genommen.

„Ich muss für alles offen sein, wenn ich über die Runden kommen will, außerdem ist es spannend, ich lerne immer wieder etwas dazu. Und wer weiß, vielleicht braucht man es ja noch mal", hatte sie Arteo geantwortet.

„Nein, das ist nichts für mich. Da wende ich mich lieber den schönen Dingen des Lebens zu", hatte er mit Blick auf das blutjunge Aktmodell gemeint, das sich bereits vor ihm auf dem Podest räkelte.

„Es geht doch nichts über einen wohlgestalteten Leib!", murmelte er, indem er mit ein paar Kohlestrichen die Konturen des Mädchens skizzierte.

Mit der Zeit fiel Jennifer auf, dass sie Arteo in seinem Atelier immer wieder mit neuen *Musen* antraf. Vor allem waren es junge Frauen mit wohlgeformten Körpern.

„Ein Künstler braucht eben von Zeit zu Zeit neue Inspirationen und darf sich der Ästhetik des Lebens nicht verschließen", hatte er gegenüber Jennifer erklärt.

Während die *Musen*, die ihn offensichtlich nicht nur künstlerisch inspirierten, kamen und gingen, blieb Jennifer. Für Arteo war sie wie die Tochter, die er nicht hatte. Und schon bald wusste er ihre Meinung zu schätzen und wollte sie nicht mehr missen. Besonders, wenn es darum ging, Bildertitel zu erfinden, Ausstellungen vorzubereiten und die Exponate auszusuchen, zog er sie zu Rate. Cleos Vorschläge kannte er nach mehr als 30 Jahren in- und auswendig. Überhaupt wurde das Verhältnis zwischen den beiden immer schwieriger. Einer der Gründe war sicherlich, dass Cleo sich in den letzten Jahren äußerlich immer mehr gehen ließ. Arteo machte keinen Hehl daraus, dass er sie alles andere als begehrenswert empfand. Von der anfänglichen Leidenschaft zwischen ihnen war nichts mehr übrig geblieben.

Es war Jennifer darüber hinaus nicht entgangen, dass es zwischen den beiden immer heftiger krachte, denn die einst so freizügige Cleo war auf die jungen Modelle derart eifersüchtig, dass sie Arteo damit ständig in den Ohren lag. Das

64

ließ ihn jedoch unbeeindruckt. Er dachte gar nicht daran, auf seine *Musen* zu verzichten, geschweige denn, sie vor Cleo zu verbergen. Im Gegenteil! Man konnte den Eindruck gewinnen, dass er sie absichtlich so einbestellte, dass Cleo ihnen unweigerlich begegnen musste. Vielleicht wollte er sie damit auf Distanz halten.

Einmal war Jennifer gerade dazugekommen, wie Cleo auf eines der Modelle losgestürzt war und versucht hatte, es zu ohrfeigen. Sie hatte kurz zuvor Arteo und das Mädchen in einer ziemlich eindeutigen Situation angetroffen. Arteo hatte gerade noch dazwischengehen können und Cleo kurzerhand hinausgeworfen. Dabei hatte er ihr hinterher gerufen: „Wenn du noch einmal versuchst, dich an einem meiner Modelle zu vergreifen, dann drehe ich dir den Hals rum!" Anschließend hatte er in seinen Bart gemurmelt: „Irgendwann bring ich das Weib noch um."

8

„Und wie war's beim Doc?", fragte Jennifer ihre Freundin, als sie sich auf das Sofa in Cleos Atelier fallen ließ.

„Er meint, ich müsste unbedingt abnehmen. – Ausgerechnet der, dabei hat der selbst eine ganz schöne Wampe!" Cleo nuschelte, denn sie hatte ein Zigarillo im Mundwinkel.

„Ja, und was sagt er zu deiner Raucherei?", fuhr Jennifer fort.

„Themawechsel! – Und außerdem, meine Kleine, solltest du nicht so eine große Lippe riskieren. Oder hast du das Rauchen gesteckt?" Ohne eine Antwort abzuwarten, fuhr Cleo fort: „Du weißt ja, wer im Glashaus sitzt, sollte nicht mit Steinen werfen!"

„Ist ja schon gut. Mea culpa, mea maxima culpa", Jennifer lenkte ein.

Cleo hantierte in ihrer kleinen Küche herum, wo sie gerade versuchte, das Kaffeepulver in der gläsernen *Bodum-Kanne* nach unten zu drücken. Jennifer betrachtete Cleo. Wie sehr sie sich doch verändert hatte! Sie war einmal eine so schöne, sinnliche Frau gewesen mit ihrer verführerischen Figur, ihren wunderschönen langen roten Locken, ihrem unvergleichlichen Augenaufschlag und dem Schmollmund. Aber der Zahn der Zeit hatte gewaltig an ihr genagt. Sie war regelrecht aus der Form gegangen. Jennifer musste unwillkürlich an Brigitte Bardot denken. Wenn man Fotos von ihr aus den 60er und 70er-Jahren mit denen von heute verglich, konnte man kaum glauben, dass es sich um dieselbe Person handelte.

Cleo hatte kräftig zugelegt und war viel zu dick für ihre Körpergröße, was sie mit wallenden, zeltartigen Gewändern zu kaschieren versuchte. Auch ihr Gesicht hatte sich verändert. Es war rund und ihr Doppelkinn war nicht zu übersehen. Die feine Haut um ihre Augen herum war welk und dünn geworden, eine Folge von Lidschatten und Eyeliner, die sie jahrzehntelang üppig aufgetragen hatte, um sich die verführerischen Augen Cleopatras zu malen. Ihre einstmals langen Locken hatte sie auf Kinnlänge gekürzt. Keine gute Entscheidung, wie Jennifer fand, denn die Frisur stand ihr überhaupt nicht. Nur die rote Hennafarbe, die war geblieben.

Es gab durchaus ein paar Gewohnheiten, von denen sich Cleo nie getrennt hatte, wie ihre Vorliebe für große Ohrringe, wuchtige Halsketten und schwere Ringe an den Fingern. ‚Das scheint so ein Tick von Künstlern zu sein', dachte Jennifer bei sich, denn der Maler Markus Lüpertz dekorierte ja auch seine Hände mit unzähligen Ringen. Allerdings fand sie, dass es an einem Mann noch bizarrer aussah.

Cleo war über die Jahre schon etwas sonderbar geworden. Sie war in mancher Hinsicht stehen geblieben und hatte nicht bemerkt, dass das, was früher als modern und avantgardistisch gegolten hatte, heute eher altbacken wirkte. Die Art, wie sie sich kleidete und benahm, war nicht immer zeitgemäß. Vieles wirkte überzogen und exaltiert und manchmal war sie total überdreht. Cleo war zu einer schrulligen Alten geworden. Jennifer störte das jedoch nicht. Sie fühlte sich trotzdem in Cleos Gesellschaft wohl, denn sie hatte noch immer die vielen schönen Stunden vor Augen, die sie in ihrer Kindheit mit ihr und Arteo verbracht hatte.

Sie erhob sich. Jennifer liebte es, im Atelier auf- und abzugehen und die Arbeiten zu betrachten. Cleo malte fast nur in Öl und in Acryl. Obwohl Jennifer Arteos Stil besser gefiel, insbesondere die Harmonie seiner Farben und Formen faszinierte sie, fand sie auch Cleos expressiven, fast schon chaotischen Bildmotive spannend. Manchmal wurde sie dann ein wenig traurig und bedauerte, dass sie sich damals nicht noch einmal bei der Akademie beworben und stattdessen eine andere Laufbahn eingeschlagen hatte.

Jennifer ging um eine der Staffeleien herum, die im hinteren Teil des Ateliers stand. Als sie auf die Leinwand blickte, erschrak sie, denn das Dargestellte hatte etwas Grausames, Furchterregendes. Das Bild war sehr düster. Trotzdem konnte sie verschwommene Gesichter und Schemen erkennen, Fratzen und Symbole. Sie wirkten sehr suggestiv, man konnte sich ihnen kaum entziehen. Die Farben waren eigentlich undefinierbar, alles Mögliche zusammengemischt. Sie gaben dem Bild einen morbiden Ausdruck, der Vergänglichkeit und Tod assoziieren ließ. Jennifer bekam Gänsehaut.

„Cleo, sag mir jetzt bitte nicht, dass das dein neuer Stil ist. Das ist ja schrecklich!", bemerkte Jennifer beinahe angewidert.

„Ich finde es auch scheußlich", erwiderte Cleo gelassen.

„Und warum malst du dann so was?"

„Ach, Jenni, das ist doch gar nicht von mir. Die ganzen Bilder dahinten sind von meiner Malklasse. Ich gebe doch seit dem letzten Monat wieder Unterricht. Von irgendetwas muss ich doch leben." Cleo zog an ihrem Zigarillo.

Jennifer atmete auf. „Gott sei Dank! Wenn das deine neuen Arbeiten gewesen wären, dann hätte ich mir echt Sorgen um dich gemacht."

„Brauchst du nicht. Obwohl es schön ist, wenn sich wenigstens ein Mensch um mich sorgt." Sie atmete schwer, es klang fast wie ein leichtes Seufzen.

„Dir geht es nicht so gut, oder?", fragte Jennifer.

Cleo schwieg.

„Du kannst mir nichts vormachen. Dafür kenne ich dich schon zu lange."

„Ach, Jenni, wie sagte mal die Schauspielerin Mae West?! *Altwerden ist nichts für Feiglinge.* – Manchmal fühle ich mich von Arteo abgelegt wie ein alter Hut. – Aber manchmal denke ich auch, er zahlt mir jetzt alles heim. Weißt du, wir haben uns in den über 30 Jahren genau gegensätzlich entwickelt. Am Anfang war er der Biedere, fast schon Häusliche und ich suchte ständig Abwechslung und Abenteuer und heute ist es genau umgekehrt. Ja, das ist die Tragik des Lebens. – Aber lass uns über etwas anderes reden."

Jennifer ging auf sie zu und nahm sie in den Arm. „Du darfst nicht verzweifeln. Arteo ist in einem Alter, wo Männer Bestätigung suchen. Ich denke, er ist ganz einfach in der Midlife-Crisis. Das geht wieder vorbei. Der muss sich jetzt halt ein bisschen austoben. Aber im Grunde liebt er dich doch und weiß, was er an dir hat, nach so vielen Jahren."

„Lieb von dir, dass du mich trösten willst, mein Schatz. Aber ich gebe langsam die Hoffnung auf. Manchmal denke ich, ich sollte weggehen und nochmals irgendwo ganz neu anfangen. Alles hinter mir lassen. – Die Isolde, die hat es richtig gemacht. Die scheint in Mallorca ganz glücklich zu sein mit ihren Hunden. Apropos Hund! Ich habe mir bei ihr einen bestellt. Warte mal, wo habe ich denn das Foto?"

Während Cleo in einer Mappe kramte, ging Jennifer nochmals auf das Bild zu. Was musste das für ein Mensch sein, der so etwas malte? Entweder litt diese Person an einer gewaltigen Depression oder sie verspürte einen abgrundtiefen Hass. Oder auch beides.

„Das Bild hat es dir ja anscheinend angetan?" Cleo lachte und kam auf Jennifer zu.

„Irgendwie wirkt das auf mich schizophren", stellte Jennifer fest.

„Ach, was. Das sind alles junge Leute, die zu mir kommen. Die Jungs und die Mädels, die ich unterrichte, sind noch ganz am Anfang und sie probieren sich noch aus, suchen ihren eigenen Stil. Das kennst du doch von dir selbst."

„Ich hätte nie so etwas Schreckliches gemalt", widersprach Jennifer.

„Komm, jetzt geh mal weg von diesem Bild und setz dich zu mir aufs Sofa, sonst wird noch unser ganzer Kaffee kalt." Mit diesen Worten zog Cleo sie von der Staffelei weg.

„Schau mal, das ist mein Hund." Sie reichte Jennifer das Foto, während sie ein neues Zigarillo aus ihrer kleinen Blechdose zog. „Magst du auch eins?"

„Nein, danke, ich habe heute schon zu viel geraucht. Ich muss ein bisschen langsam machen", erwiderte Jennifer.

„Der ist aber süß. So richtig zum Knuddeln. Was ist das denn für eine Rasse?", fragte sie, während sie das Foto betrachtete.

„Das ist keine Rasse. Das ist ein einfacher Straßenhund, eine Mischung aus Pudel und kanadischem Hirtenhund. Aber das sind die treuesten. Wenn schon die Männer nichts taugen, na ja, dann bin ich jetzt halt auf den Hund gekommen", meinte Cleo mit sarkastischem Unterton.

„Und wann kriegst du ihn?", fragte Jennifer weiter.

„Ich denke in den nächsten Tagen. Isolde muss irgendeinen Touristen finden, der ihn mitbringt, sonst wird das zu teuer."

„Verstehe. Dann reist der Kleine sozusagen als Beigepäck mit", Jennifer lachte.

„Sozusagen. Aber Jenni, jetzt lass uns mal zum eigentlichen Grund deines Besuches kommen. Du wolltest doch von mir etwas über Koko beziehungsweise Konnie wissen." Cleo wechselte das Thema.

„Ja, ich habe heute Nachmittag nochmals versucht, mich an die alten Zeiten in der WG zu erinnern, aber Konnie kann ich mir am wenigsten von allen vorstellen." Jennifer schüttelte den Kopf.

„Das ist kein Wunder. Konnie hat auch am wenigsten mit dir gemacht. Die war eigentlich immer nur mit sich selbst und ihren Belangen beschäftigt. Ich glaube, in unserer WG hatte niemand wirklich Zugang zu ihr. Und Arteo, der konnte sie nicht ausstehen. Für ihn war sie immer nur eine arrogante Zicke.

Weißt du, mir tut das zwar ausgesprochen leid, was ihr passiert ist, aber richtig nahe geht es mir auch nicht. Die Frau war eiskalt und hat für niemanden etwas übrig gehabt. Da macht man sich nicht so viele Freunde. Vielleicht hat sie ja irgendjemandem auf die Füße getreten und der hat sich gerächt. Für ihre Karriere ist die über Leichen gegangen, ich habe da so einiges mitgekriegt. Da stand sogar mal was in der Presse."

Jennifer hatte Cleo aufmerksam zugehört.

„Hat sie sich denn bei dir gemeldet, als sie jetzt in Mannheim war?", fragte Jennifer.

„Das war ja gerade die Frechheit. Da meldete die sich nach – lass mich rechnen – nach 28 Jahren bei mir und fragte, ob ich ihr helfen könne. Sie wolle eine Fotoserie über die Anfänge der Industrialisierung im Jungbusch machen. – Nach all den Jahren, in denen sie absolut nichts von sich hören ließ. Weißt du, ich habe ihr Mitte der 80er-Jahre mal geschrieben, da hat sie schon recht erfolgreich in Berlin gearbeitet, und sie gefragt, ob sie nicht versuchen könnte, für Arteo und mich eine Ausstellung in der Hauptstadt zu ermöglichen. Du, die hat mir damals nicht einmal geantwortet. Und als sie jetzt wollte, dass ich mich dafür einsetze, dass sie in die Kauffmannsmühle rein kann und in das Maschinenhäuschen von der Teufelsbrücke, da habe ich ihr auch was gepfiffen. Ich habe ihr am Handy klipp und klar gesagt, dass ich keine Zeit hätte, mit ihr zu all diesen Orten zu gehen, da müsste sie sich schon jemand anders suchen. Der Anruf kam sowieso äußerst ungeschickt. Mitten im Unterricht, als ich gerade meine Malklasse hatte. Meine Schüler haben das natürlich alles mitgekriegt, das war mir richtig unangenehm. Ich habe mich dann entschuldigt und ihnen alles erzählt, damit sie auch verstanden, warum ich am Telefon so schroff und abweisend reagiert habe. Das ist ja sonst nicht meine Art."

„Das heißt, du hast Konnie gar nicht gesehen?", fasste Jennifer zusammen.

„Nein, woher denn. Ehrlich gesagt habe ich auch gar keinen Wert darauf gelegt."

„Und Arteo? Hat sie sich bei dem gemeldet?"

„Soweit ich weiß, nicht. Zumindest hat er nichts zu mir gesagt. Aber ich kann mir nicht vorstellen, dass sie sich an ihn gewandt hat, so schlecht wie ihr Verhältnis damals war."

Als Jennifer das Atelier verließ, war sie innerlich aufgekratzt. Kokos Tod, Cleos Liebeskummer, Arteos rücksichtsloses Verhalten, aber vor allem dieses schreckliche Ölbild auf der Staffelei hatten sie zutiefst aufgewühlt. Alles schien so zusammenhanglos und willkürlich zu sein. Aber auch Tage danach bekam Jennifer diese Bilder einfach nicht aus dem Kopf, immer wieder holten sie dieselben Gedanken ein. So, als würden sie in irgendeiner Weise miteinander zusammenhängen.

9

Grübelnd saß Jennifer vor ihrem Notebook und knabberte gedankenversunken am Nagel ihres kleinen Fingers. Hätte sie diesen Auftrag doch bloß nicht angenommen! Sie würde den Artikel nun schon zum dritten Mal schreiben. Die ersten beiden Fassungen hatten zwar sachlich und seriös geklungen, aber keine neuen Erkenntnisse geliefert. Woher denn auch? Die Polizei tappte noch immer gänzlich im Dunkeln, was den Täter und das Tatmotiv betraf. Aber die Redaktion wollte spektakuläre Reportagen, die ihre Leser aufschrecken ließen, sie in Angst und Schrecken versetzten. Schließlich musste die Auflage stimmen. Dafür war denen doch alles recht. Nicht umsonst wurde die Zeitung von vielen als Revolverblatt bezeichnet. Je reißerischer desto besser! Am liebsten wäre den Machern des Blattes wohl gewesen, wenn ihren Lesern nach der Lektüre nicht Druckerschwärze, sondern Blut an den Fingern geklebt hätte.

Sie stand auf, schenkte sich heißen Kaffee ein und zündete sich eine Zigarette an. Ruhelos ging sie auf und ab. Neben den knarrenden Dielen wurde die Stille nur von dem rhythmischen Ticken der alten Bahnhofsuhr, die über ihrer Tür hing, unterbrochen. Arteo hatte sie ihr zum 30. Geburtstag geschenkt und gemeint: „Geh sorgsam mit deiner Zeit um, meine Kleine! Carpe diem! Das Leben ist viel zu kurz." Er hatte die alte Uhr einer türkischen Familie abgekauft, die in einem der Häuschen der ehemaligen Eisenbahnersiedlung auf der Neckarspitze wohnte. Das Geschenk war typisch für ihn.

Jennifer blieb am Fenster stehen und blickte eine ganze Weile hinüber zum Verbindungskanal. Plötzlich legte sich ein Lächeln um ihren Mund. Aber natürlich, das war's! Schnell lief sie zurück an ihren Schreibtisch. Während sie sich setzte, murmelte sie vor sich hin: „Also gut, dann sollt ihr jetzt das kriegen, was ihr wollt." Sie drückte auf die Löschtaste und ging nochmals ganz zurück an den Anfang der Seite. Dann begann sie zu schreiben:

Kanal-Killer hält ganzen Stadtteil in Atem

Seit Wochen leben die Bewohner des Jungbuschs in Angst und Schrecken. Kaum einer traut sich mehr allein aus dem Haus, denn der brutale Kanal-Killer ist noch immer auf freiem Fuß und treibt weiterhin sein Unwesen. Es ist nur eine Frage der Zeit, wann er wieder zuschlägt …

Nachdem sie den letzten Punkt gesetzt hatte, lehnte sie sich zufrieden zurück. Der Artikel war richtig spannend geworden, aber offen gestanden, mit der Realität hatte er nur noch wenig zu tun. ,Gott sei Dank', dachte sie, denn alle hofften, dass es nicht zu weiteren Mordfällen kommen würde, geschweige denn, ein Serientäter hier sein Unwesen trieb.

Erneut ging Jennifer ans Fenster und schaute hinüber zur Teufelsbrücke. Sie liebte diesen Ausblick und hatte die Wohnung damals hauptsächlich deshalb angemietet. Besonders der marode Charme der alten Brücke hatte es ihr angetan. Daran würde auch der Mord nichts ändern. ,Der hätte schließlich überall passieren können. Dass man die Wasserleiche gerade hier gefunden hatte, war doch reiner Zufall gewesen.'

Wenn man die Teufelsbrücke genauer betrachtete, konnte man noch so viele ursprüngliche Details erkennen: das Jugendstilgeländer auf der einen Seite und auf der anderen das kleine Häuschen, in dem sich die gesamte Mechanik der Hub- und Drehbrücke befand. In der Mitte waren sogar noch die hölzernen Bodenplanken vorhanden. Sie waren jedoch so morsch, dass einige bereits teilweise oder ganz herausgebrochen waren. Die noch vorhandenen waren nicht mehr begehbar. Darum blockierte ein provisorischer Bauzaun seit Jahren den Zugang. Trotzdem gelang es immer wieder einigen, meist alkoholisierten Jugendlichen, sich an der Barriere vorbeizudrücken. Sie glaubten, durch waghalsiges Balancieren auf den wackeligen Brettern ihren Mut unter Beweis stellen zu müssen.

Jennifer hatte sich immer wieder gefragt, warum die Stadt so wenig Geld in die Restaurierung der Kulturdenkmäler hier am Hafen investierte. Die Kaufmannsmühle, die Teufels- und Spatzenbrücke gehörten zu den ältesten Zeugnissen der Industrialisierung Mannheims. Insofern wunderte es Jennifer auch nicht, dass Koko gerade hierhergekommen war. Die Teufelsbrücke war die älteste Brücke Mannheims und stand unter Denkmalschutz. Allerdings war seit einiger Zeit im Gespräch, dass sie „zurückgebaut" werden sollte, was viel schöner klang als abreißen, jedoch im Endeffekt aufs selbe rauskam.

Trotzdem hatte die verschleiernde Wortwahl nicht verhindern können, dass sich fast über Nacht die Initiative *Rettet die Teufelsbrücke* gebildet hatte, die Unterschriften für den Erhalt des Industriedenkmals sammelte. Jennifer hatte die Petition als eine der Ersten unterschrieben.

Die Anwohner liebten ihre Brücke, identifizierten sich mit ihr, waren genauso trutzig wie das Bauwerk. Unter dem Druck der Öffentlichkeit war es nun wenigstens zu Gesprächen mit der Hafengesellschaft gekommen und mittlerweile zog man auch einen Teilabriss oder einen Teilerhalt, je nach Sichtweise, in Betracht. Aber Jennifer war auch gegen einen Teilabriss. Was würde das dann noch für eine Brücke sein? Das Ensemble der drei alten Gebäude wäre unweigerlich für alle Zeiten zerstört. Jennifer war für ihren Erhalt und darüber hinaus auch für eine Sanierung und Restaurierung der drei historischen Bauwerke.

Denn auch wenn sie sich geweigert hatte, Architektur zu studieren, so hatte sie doch eine Leidenschaft für die Architekturgeschichte. Technische Zeichnungen anzufertigen und sich mit allen möglichen Berechnungen und Kalkulationen auseinanderzusetzen, das wäre absolut nicht ihr Ding gewesen. Aber die Geschichte von Bauwerken und vor allem die Schicksale, die mit ihnen verknüpft waren, das fand sie ungeheuer spannend.

Hier an der alten Jungbuschbrücke, wie die Teufelsbrücke ursprünglich einmal hieß, war die Zeit stehen geblieben. Jennifer konnte sich nur allzu gut das lebendige Treiben im Jungbusch Ende des 19. Jahrhunderts vorstellen: die Sackträger mit ihren schweren Lasten auf dem Buckel, die Kapitäne und Schiffer mit ihren Schirmmützen, prächtige Schiffe, alte Kähne und dazwischen Frauen in langen Röcken mit Körben am Arm und eine riesige Schar lärmender und spielender Kinder. Sie sah die mit Getreidesäcken und Fässern vollgeladenen Pferdefuhrwerke, die sich die Jungbuschbrücke hinaufquälten und hörte die Kutscher, wie sie fluchten: „Zum Teufel mit dieser Brücke!" Die hätten sich damals wahrlich nicht träumen lassen, dass sie damit den späteren Namen der Teufelsbrücke ins Leben riefen. Denn als man die große Neckarbrücke, die von der Dalbergstraße in die Neckarstadt West führte, von „Hindenburgbrücke" in „Jungbuschbrücke" umtaufte, musste für die alte Jungbuschbrücke ein neuer Name her. Solche Geschichten hatten Jennifer immer interessiert und sie hatte oft im Stadtarchiv nachgeforscht, wo man sie mittlerweile schon gut kannte. Orte, an denen vergangene Zeiten spürbar waren, an denen die Steine noch immer atmeten und den Vorbeigehenden Geschichten zuflüsterten, hatten Jennifer stets fasziniert.

Sie erinnerte sich an eine Klassenfahrt nach Venedig. Als sie damals mit ihren Schulfreundinnen im *Vaporetto* den *Ca-*

nal Grande entlangfuhr, vorbei an den prächtigen, teilweise halb zerfallenen *Palazzi* mit ihren abbröckelnden Fassaden, glaubte sie den Pulsschlag dieser einzigartigen Stadt zu spüren. Und als sie dann die Seufzer-Brücke, die *Ponte dei Sospiri* überquerte, schloss Jennifer die Augen und versetzte sich in *Casanova* und die vielen anderen, die über diese Brücke vom Dogenpalast hinüber in den dunklen Kerker geführt worden waren und nicht gewusst hatten, ob sie jemals das Tageslicht wiedersehen würden. Trotz dieser düsteren Begebenheiten fand Jennifer Venedig himmlisch. Die marode Lagunenstadt übte dieselbe Faszination auf sie aus wie die Altstadt von Havanna, die Lieblingsstadt ihrer Kindertage.

Genau dieses Altstadtflair war sicherlich auch noch einer der Gründe gewesen, warum sie sich vor sieben Jahren entschlossen hatte, wieder in den Jungbusch zu ziehen.

Sie schaute zum Himmel. Ein paar kleine Wölkchen waren aufgezogen, die sich ab und zu vor die Sonne schoben. Trotzdem war es ein warmer Augusttag mit angenehmen Temperaturen. Drüben im Hafen wurde es auch langsam ruhiger. Freitagnachmittags starteten bereits alle ins heißersehnte Wochenende. An den anderen Werktagen war dort jedoch die Hölle los. Die kleine Spatzenbrücke in Richtung Parkring wurde fast erdrückt von der Last der Lkw, die sich auf ihr eng aneinanderreihten, um von der Innenstadt in den Hafen zu gelangen. Und die gigantische Kurt-Schumacher-Brücke, die sich direkt über der Spatzenbrücke in Richtung Ludwigshafen erhob, tat ein Übriges. Sie ließ das alte Gemäuer fast gänzlich unter sich verschwinden.

Jennifer beschloss, noch ein bisschen rauszugehen. Nachdem sie nun stundenlang über dem Artikel gesessen hatte, würde ihrem Geist und ihrem Körper ein bisschen sportliche Betätigung und frische Luft gut tun. Seit einem halben Jahr versuchte Jennifer, wann immer sie Zeit hatte, ein paar Runden zu laufen. Genauer gesagt, machte sie es seit dem Tag, als sie im Wartezimmer vom *Doc* in der Jungbuschstraße einen Test gemacht hatte. Er war in einer dieser Zeitschriften gewesen, die immer bei Ärzten oder Friseuren herumlagen. Zeitschriften, die angeblich niemand kaufte, über deren Inhalt aber alle bestens informiert waren. Jennifer hatte das Testergebnis mit Schrecken zur Kenntnis genommen. Ihr BMI, ihr Body Maß Index, war zwar durchaus im grünen Bereich, ihre Fitness ließ jedoch schwer zu wünschen übrig. „Ab 30", stand da in fetten Lettern geschrieben, „kann man dem Muskelabbau nur mit regelmäßigem Sport entgegenwirken." Und sie war ja immerhin schon fast 33!

Jennifer hatte sich zu Hause erst einmal splitternackt ausgezogen und sich vor den Schlafzimmerspiegel gestellt. Eingehend betrachtete sie sich von allen Seiten. Eigentlich fand sie sich ganz passabel. Na ja, unter den Pobacken an den Oberschenkeln waren erste leichte Cellulite-Spuren auszumachen, man sah sie allerdings nur, wenn man wirklich ganz genau hinschaute. Sie drückte mit dem Daumen gegen die Haut und ließ sie dann schnell los. Der „Elastizitätstest", laut der Frauenzeitschrift. Sofort zog sich die Haut wieder zusammen. Gott sei dank, so schlimm war es also doch noch nicht!

Trotzdem hatte sie Arteo damals gefragt, ob er mit ihr laufen würde. Aber der hatte nur abgewinkt. Und Cleo hatte gemeint: „Sport ist Mord!" und genüsslich an ihrem Zigarillo gezogen. „Ich weiß mit meiner Zeit wirklich Besseres anzufangen, als wie eine Bekloppte durch die Gegend zu rennen."

Und so war ihr nichts anderes übrig geblieben als alleine zu joggen. Denn wenn Jennifer sich einmal etwas vorgenommen hatte, dann konnten sie keine zehn Pferde mehr davon abbringen. Was ihre Beharrlichkeit und Sturheit betraf, war sie keinen Deut besser als ihre Mutter Caterina.

Anfangs joggte sie noch über die Spatzenbrücke. Bald jedoch änderte sie ihre Laufstrecke. Der gesundheitliche Effekt ihrer sportlichen Betätigung wurde nämlich genau durch diese Etappe erheblich in Frage gestellt. Die beißenden Abgase der Brummis, deren Fahrer nicht im Traum daran dachten, ihren Motor abzustellen, während sie im Rückstau auf der Brücke warteten, raubten ihr den letzten Atem, sodass sie keuchend, die Arme auf die Knie gestützt, auf der anderen Seite des Kanals erst einmal nach Luft rang. Sie hatte damals befürchtet, jeden Moment an den Folgen einer Abgasvergiftung das Zeitliche zu segnen.

Aber heute war es ruhig. Und so lief sie schon kurz darauf die Hafenstraße entlang. Sie war gerade dabei, die Kanalseite zu wechseln, als ihr Handy klingelte. Mitten auf der Spatzenbrücke blieb sie stehen und schaute aufs Display. Es war Arteo.

„Hallo, Arteo, na, wie geht's? – Ich bin gerade beim Joggen."

„Hallo, Jenni! Endlich! Gott sei Dank erreiche ich dich. Ich habe es schon den ganzen Vormittag über auf der anderen Nummer versucht."

„Ach, tut mir leid. Ich benutze zurzeit mein Ersatzhandy. Mein Richtiges ist mir am Dienstag runtergefallen und wird gerade repariert. Heute Mittag krieg ich es wieder", erklärte ihm Jennifer. „Aber was gibt's denn so Dringendes?"

„Jenni, meine Kleine, du musst mir helfen. Ich glaube, es ist was Schlimmes passiert." Er klang überaus besorgt.

Jennifer hatte allerdings den Eindruck, dass Arteo nicht ganz nüchtern war.

„Aber was ist denn los mit dir? Was ist geschehen? Warum bist du so aufgeregt?", fragte ihn Jennifer, noch immer leicht außer Atem.

„Cleo ist verschwunden. Sie ist weg, ganz einfach weg, der Wind, der Wind, das himmlische Kind!" Er begann unzusammenhängendes Zeug zu lallen. Jennifer war mittlerweile sicher, dass Arteo getrunken hatte, und zwar anscheinend nicht zu wenig.

„Weißt *du* denn nicht, wo sie ist? Du musst es mir sagen, hörst du, Jenni! Diese Ungewissheit macht mich ganz fertig, ich halte das nicht aus. Verstehst du?"

„Nun mal ganz ruhig, Arteo! Es gibt sicher für alles eine plausible Erklärung!" Sie versuchte ihn zu beruhigen.

„Meinst du wirklich?" Er schien wieder Hoffnung zu schöpfen.

„Sicher wird sich das aufklären. Ich habe allerdings auch keine Ahnung, wo sie stecken könnte. Also ich habe sie zuletzt am vergangenen Donnerstag gesehen, genauer gesagt, gestern vor einer Woche. Da war ich in ihrem Atelier", erklärte Jennifer.

„Bei mir war sie noch letzten Montag, sie stand mal wieder plötzlich abends in meinem Atelier. Mitten in meine Arbeit ist sie reingeplatzt – wie ein Elefant im Porzellanladen." Arteo musste gar nicht mehr erklären. Jennifer konnte sich lebhaft vorstellen, was sich da wieder abgespielt hatte. Sicher war Arteo wie so oft nicht alleine gewesen, sondern hatte sich von einer seiner jungen Musen inspirieren lassen. Trotzdem hatte Jennifer den Eindruck, dass ihn Cleos Verschwinden gewaltig aus dem Gleichgewicht brachte. Er war ziemlich verstört. Anscheinend bedeutete ihm Cleo doch wesentlich mehr, als er es sich gemeinhin eingestehen wollte.

„Mir geht es gar nicht gut, Jenni", jammerte er weiter, „komm doch bitte rüber, hörst du. Ich brauche dich. Cleos

Verschwinden macht mich ganz krank!" Arteo schien tatsächlich fix und fertig zu sein.

„Okay, aber jetzt komm erst mal ein bisschen runter. Ich bin so schnell wie möglich bei dir. Bis gleich!" Sie drückte das Gespräch weg. So hatte sie Arteo noch nicht erlebt, aber er schien wirklich verzweifelt zu sein und sich ernsthaft um Cleo zu sorgen. Sie kehrte schnell um und lief die Akademiestraße hinunter in Richtung Innenstadt.

Obwohl sie bereits zehn Minuten später in seinem Atelier in den G-Quadraten stand, hatte sich sein Zustand in der kurzen Zeit beträchtlich verschlechtert. Arteo ging es miserabel. Er saß in seinem alten Ohrensessel und starrte ins Leere. Auf dem Tischchen neben ihm standen ein halb ausgetrunkenes Glas Rotwein, eine leere Bordeauxflasche und eine volle.

„Arteo, was ist denn los?" Jennifer ging auf ihn zu.

Er antwortete nicht, worauf sie ihn an den Schultern packte und schüttelte. „Jetzt sag doch was!"

Langsam hob er seinen Kopf und blickte sie mit glasigen Augen an. „Cleo ist fort! Einfach so fort." Er schnippte mit den Fingern und schaute wieder nach unten.

„Aber das hast du mir schon gesagt. Seit wann ist Cleo denn weg?" Er schwieg. „Jetzt red doch schon, Arteo!" Sie nahm seine Hände und kniete vor ihm nieder, sodass er sie unweigerlich ansehen musste.

„Cleo? – Ich glaube, seit zwei Tagen. Einfach fort", stammelte er. „Keiner weiß, wo sie ist. – Wie vom Erdboden verschluckt."

„Aber das gibt es doch nicht, Arteo. – Habt ihr euch wieder mal gestritten?", forschte Jennifer weiter.

„Nein! Ja! So wie immer", er zuckte mit den Schultern.

„Aha! Hab ich mir's doch gedacht! Es war mal wieder wegen der Modelle, stimmt's?"

Er nickte.

„Dann musst du dich nicht wundern. Vielleicht hat sie ja die Nase voll und braucht einfach mal ein bisschen Abstand." Jennifer erinnerte sich an das letzte Gespräch, in dem Cleo angedeutet hatte, dass sie manchmal am liebsten ihre Koffer packen würde.

„Vielleicht ist sie ja für ein paar Tage zu Freunden gefahren." Jennifer dachte nach. Sie stand auf und machte ein paar Schritte hinüber zu seiner Staffelei. Plötzlich drehte sie sich um: „Ach, warte mal, natürlich, ich hab's! – Da hätte ich auch schon vorher draufkommen können. Sie ist wahrscheinlich zu Isolde nach Mallorca geflogen! Sie hat sich doch bei ihr einen Hund bestellt. Vielleicht hat sie ja beschlossen, runterzufliegen und ihn selbst abzuholen?"

Arteo schüttelte den Kopf. „Das Vieh ist schon längst da. Den haben am Wochenende ein paar Touris mitgebracht." Er fuchtelte mit seinem Finger in der Gegend herum und schaute in eine Ecke des Ateliers. Dahinten liegt er auf der alten Decke. Ich hab ihn gestern Abend aus Cleos Wohnung geholt, die Nachbarn hatten mich angerufen und sich beschwert, weil er die ganze Zeit kläffte. Der nervt bloß, der Köter! Und außerdem macht mir meine Tierhaar-Allergie zu schaffen."

Erst jetzt nahm Jennifer das schwarze, wuschelige Knäuel in der Ecke wahr, das sie mit traurigen Augen anblickte. Sie stand auf, ging zu ihm hinüber und kniete sich nieder. „Ja, wer bist du denn?" Der Hund kam schwanzwedelnd auf sie zu, setzte sich auf die Hinterläufe und streifte mit seiner rechten Vorderpfote immer wieder über ihr Knie.

„Du bist aber ein Freundlicher!" Sie strich ihm übers Fell und meinte zu Arteo gewandt: „Hast du ihm denn schon was zu Fressen gegeben?"

82

Arteo schüttelte den Kopf. „Nicht nötig, der hat sich selbst bedient. Er hat eine ganze Salami verdrückt."

„Schlaues Kerlchen!" Sie kraulte ihn hinter den Ohren. „Hat er denn einen Namen?"

„Keine Ahnung! Interessiert mich auch nicht. Aber wenn er dir so gut gefällt, dann nimm ihn doch einfach mit!", lallte Arteo. „Mir reicht es schon, wenn ich Prometheus versorgen muss."

„Wie kann man nur einen Goldfisch mit einem Hund vergleichen? Aber es ist wohl wirklich besser, wenn ich den Kleinen mitnehme, zumindest so lange, bis Cleo wieder auftaucht."

Arteo trank den restlichen Rotwein aus und machte Anstalten, die andere Bordeauxflasche zu öffnen.

„Meinst du nicht, du solltest jetzt mal langsam mit dem Trinken aufhören?" Jennifer ging auf ihn zu und wollte ihm die Weinflasche wegnehmen. Aber er kam ihr zuvor. „Mach mir keine Vorschriften, ich bin es leid, mich von euch Weibern bevormunden zu lassen!", geiferte er sie an.

Jennifer sah ein, dass es vergebliche Liebesmühe war, in diesem Zustand weiter an seine Vernunft zu appellieren.

„Am besten, ich geh jetzt", meinte sie resigniert. „Und wenn du mich brauchst, du hast ja meine beiden Handynummern, ich bin dann auch wieder auf meinem richtigen Handy zu erreichen." Mit diesen Worten verließ sie sein Atelier.

Jennifer ging mit ihrem neuen Mitbewohner die verlängerte Jungbuschstraße entlang. Der Vierbeiner setzte fast an jeden Pfosten eine Duftmarke und blieb dreimal stehen, um sein Geschäft zu verrichten. Arteo hatte ihn anscheinend in der ganzen Zeit nicht einmal ausgeführt. Trotzdem hatte er ihm nicht ins Atelier gemacht, zumindest hatte es dort nicht danach gerochen. „Du bist wirklich ein schlaues Kerlchen!"

Sie betrachtete ihn lächelnd und hielt einen Moment inne. „Ich weiß ja nicht, wie du heißt, aber ich werde dich jetzt *Sly* nennen. Das passt zu dir, so gescheit, wie du in die Welt guckst."

Als sie am Telefonladen in H7 vorbeikamen, ging Jennifer schnell hinein und fragte nach ihrem Handy.

„Es war nur eine Kleinigkeit. Aber machen Sie es gleich mal an", meinte der freundliche Verkäufer.

Sie gab ihre PIN ein und schon kurz darauf ertönte ein Signal, das anzeigte, dass ihr jemand eine neue SMS geschickt hatte. Die Nachricht war vom Vortag. Sie öffnete sie und las: *Hallo Jenni, brauche Tapetenwechsel, versorge bitte meinen Hund. LG. Cleo.*

Jennifer atmete auf. Sie hatte zwar wesentlich gelassener als Arteo auf das Verschwinden Cleos reagiert, trotzdem hatte sie die Tatsache, dass sie einfach so ihren Hund allein zurückgelassen hatte, sehr irritiert. Doch somit war das nun auch geklärt. Dass aber auch ihr Handy gerade in diesen Tagen seinen Geist aufgegeben hatte …

Jennifer schüttelte den Kopf. Und trotzdem, Cleo war ganz schön daneben, sich einfach so sang- und klanglos abzusetzen. Diese verrückte Nudel! „Ich muss die SMS sofort an Arteo weiterleiten, damit er die gute Nachricht gleich hat, wenn er wieder nüchtern ist", murmelte sie vor sich hin, während sie die entsprechenden Tasten drückte.

Als sie zwanzig Minuten später mit ihrem neuen kleinen Freund den Hausgang in der Hafenstraße betrat, fragte sich Jennifer allerdings, ob sie ihm den Namen *Sly* nicht doch zu früh gegeben hatte. Denn als sie im ersten Stock Sibylle begegneten, legte Sly plötzlich die Ohren an, fletschte die Zähne und knurrte. Jennifer zog an seiner Leine und rief ihn zur Ordnung: „Wirst du wohl, Sly!" Sie entschuldigte sich bei Sibylle.

Die reagierte jedoch gelassen und meinte nur: „Macht doch nichts, Jennifer, wahrscheinlich riecht er meine Katze."

„Du hast eine Katze? Das wusste ich gar nicht", antwortete Jennifer.

„Ja, einen rabenschwarzen Kater, so wie alle Hexen!", meinte Sibylle lachend. „Mephisto ist sehr scheu, er verkriecht sich immer, wenn Fremde kommen." Und leise fügte sie hinzu: „Meist unter meine Bettdecke, aber sag das bloß keinem! Am meisten Angst hat er jedoch vor dem Staubsauger. Ach, übrigens, da fällt mir gerade was ein. Könntest du mir deinen leihen, meiner ist nämlich kaputt gegangen."

„Kein Thema, ich stell ihn dir nachher vor die Tür", erwiderte Jennifer.

Als sie die Wohnungstür hinter sich geschlossen hatte, meinte sie zu Sly: „Das war jetzt aber gar nicht schlau, mein Kleiner, sich gleich mit meiner neuen Nachbarin anzulegen! Du bist hier nur zu Gast, verstehst du, wenn Cleo zurückkommt, geht's wieder nach Hause zu deinem verrückten Frauchen, verstanden!"

10

Als Jennifer am nächsten Tag Arteo anrief, hatte der zwar immer noch fürchterliche Kopfschmerzen, war jedoch wieder Herr seiner Sinne.

„Ich war heute Morgen bei der Polizei und habe eine Vermisstenanzeige aufgegeben. Und in den großen Krankenhäusern der Umgebung habe ich auch schon angerufen. Aber da ist sie nirgends eingeliefert worden. Heute Nachmittag werde ich jetzt noch mit zwei Beamten von der Spurensuche in ihr Atelier gehen. Vielleicht bringt uns das ja weiter."

„Aber Arteo, das hättest du dir alles sparen können. Hast du denn meine SMS nicht gelesen?" Jennifers Stimme klang vorwurfsvoll. Sie nahm ihm übel, dass er sich am Vortag so hatte volllaufen lassen.

„Was für eine SMS denn?", fragte Arteo.

„Am besten, wir legen jetzt auf und du liest sie", meinte Jennifer verärgert.

Kurz darauf meldete sich Arteo wieder. Er war stinksauer und schimpfte wie ein Rohrspatz. „Dieses abgefuckte Weib, der Teufel soll sie holen. Ich gieße mir einen hinter die Binde vor lauter Sorge um sie und die hockt jetzt wahrscheinlich irgendwo am Strand und lässt sich die Sonne auf die Wampe scheinen! Ich will sie nicht mehr sehen, am besten sie bleibt da, wo sie ist. Hingehen soll sie, wo der Pfeffer wächst! Aus und Schluss!" Er legte auf. Arteo wusste nämlich genau, dass Jennifer Cleo in Schutz nehmen würde, und das wollte er in dem Augenblick überhaupt nicht hören.

Als die Beamten vom Polizeirevier in H4 am Nachmittag in Arteos Atelier auftauchten, zeigte er ihnen die SMS.

„Damit hat sich die Angelegenheit ja wohl erledigt." Er ziehe hiermit seine Anzeige zurück, meinte er und man könne die Aktion somit getrost abblasen, da Cleo sicher irgendwann wieder auftauchen würde.

Jennifer, die gerade dazu kam und ebenfalls befragt wurde, bestätigte Arteos Angaben und erklärte dem Beamten, dass ihre Freundin Cleo ein sehr impulsiver Mensch sei und sie ihr durchaus zutraue, dass sie sich einfach mal für einige Zeit abgesetzt habe.

Die Beamten äußerten jedoch, dass sie sich Cleos Atelier in der Werftstraße zumindest mal ansehen wollten. Sie baten darüber hinaus Arteo und Jennifer, sie dorthin zu begleiten. Die beiden könnten am ehesten beurteilen, ob etwas fehle.

Jennifer suchte zunächst Cleos kleines Bad auf und stellte fest, dass ihre Zahnbürste und das Schminkzeug weg waren. Auch ihre Handtasche mit ihrem Geld, Schlüssel, Handy und ihren persönlichen Dokumenten war nicht auffindbar. Als Jennifer Cleos Kleiderschrank öffnete, kamen ihr alle möglichen Gewänder entgegen. Er war zum Bersten voll. Sie hatte den Eindruck, dass Cleo über die ganze Jahre hinweg all ihre Kleidungsstücke aufgehoben und nie etwas weggeworfen hatte. Das meiste davon war ihr sicherlich mittlerweile viel zu klein. Jennifer konnte beim besten Willen nicht feststellen, ob da etwas fehlte.

Cleos Atelier sah genauso aus wie immer: leicht, um nicht zu sagen, ziemlich chaotisch. Da sie hier nicht nur arbeitete, sondern auch wohnte, weil sie sich irgendwann einmal die zwei Mieten nicht mehr hatte leisten können, gingen die Bereiche fast nahtlos ineinander über. Alles vermischte sich. Und so standen mehrere ungespülte Kaffeebecher neben mit Terpentin gefüllten Gläsern, in denen alle möglichen Pinsel eingeweicht waren und in ihrer Küche hingen und lagen neben den Geschirrhandtüchern jede Menge farbverschmierte Lappen.

„Sag mir, wie du wohnst und ich sage dir, wer du bist", meinte Arteo ironisch und zu den Beamten gewandt, fügte er hinzu: „Schauen Sie sich doch hier um. Dann wissen Sie alles! Das Atelier ist ein Spiegel ihrer Persönlichkeit."

Die Polizisten gingen nicht weiter darauf ein und fragten nur: „Fällt Ihnen etwas auf? Sieht irgendetwas anders aus als sonst?" Arteo schüttelte den Kopf: „Nein, es herrscht hier dieselbe Unordnung wie immer."

Jennifer ärgerte sich, dass Arteo versuchte, Cleo vor den Polizisten so herunterzumachen und erklärte den beiden Beamten: „Ja, Künstler sind halt sehr unkonventionell, sie brauchen das sozusagen als kreativen Input." Sie lächelte. „Sie wissen ja, nur Dilettanten halten Ordnung, Genies dagegen überblicken das Chaos." Dabei schaute sie Arteo ein wenig schadenfroh von der Seite an, der schmerzlich sein Gesicht verzog.

„Ja, fällt Ihnen jetzt etwas auf oder nicht, Frau Trams?" Die Polizisten schienen langsam ungeduldig zu werden.

„Nein, es ist alles wie immer. Ich glaube wirklich nicht, dass wir uns um sie Sorgen machen müssen. Sie hat mir gegenüber erst letzte Woche angedeutet, dass sie am liebsten mal für einige Zeit weggehen würde."

„Was? Und das sagst du mir erst jetzt!", rief Arteo wütend dazwischen.

„Reg dich nicht so auf, Arteo! Ich habe das nicht wirklich ernst genommen. Cleo redet so viel bis der Tag rum ist! Außerdem würde ich den Teufel tun und, wenn Cleo mir etwas im Vertrauen sagt, gleich zu dir hinrennen und es dir brühwarm weitererzählen!" Jennifer verteidigte sich, gleichzeitig ärgerte sie sich über ihn.

„Ja, ist ja schon gut!" Er winkte ab.

„Schauen Sie doch mal, ihre Handtasche ist weg und auch ihre Kosmetiksachen und die Zahnbürste", meinte

Jennifer zu den Polizisten gewandt, „und dann hat sie mir ja schließlich auch noch die SMS geschickt, das weist doch alles darauf hin, dass sie nur verreist ist. Oder haben Sie schon mal von einer Toten eine SMS bekommen?" Jennifer blickte einen der Beamten fast schon provozierend an und war sich sicher, dass er ihr recht geben würde.

Der reagierte jedoch ganz anders, als sie es erwartet hatte und meinte: „Ja, wissen Sie, das sagt zunächst mal gar nichts aus. Wenn hier wirklich ein Verbrechen vorliegt, dann kann der Täter auch die Sachen zum Schein mitgenommen haben. Und die SMS, die kann Ihnen auch jemand anders geschrieben haben, jemand, der sich Frau Lavalles Handys bemächtigt hat. Verstehen Sie mich nicht falsch. Ich will Sie nicht beunruhigen, aber das ist alles schon da gewesen."

„Und außerdem bereitet uns der Stadtteil zur Zeit sowieso einiges Kopfzerbrechen", mischte sich nun sein Kollege ein. „Sie haben das ja mitgekriegt, mit dem Leichenfund an der Teufelsbrücke. Wir treten in dem Fall nun schon seit Wochen auf der Stelle, obwohl wir nach allen möglichen Richtungen ermitteln. Ihre Freundin hat ja diesbezüglich auch eine Aussage bei uns gemacht. Oder wissen Sie das gar nicht, dass Frau Lavalle die Tote gekannt hat?"

„Doch, natürlich, weiß ich das. Aber das eine hat mit dem anderen überhaupt nichts zu tun", versicherte Jennifer den Beamten. „Wer sollte denn Cleo etwas antun wollen? – Sie hat keine Feinde", antwortete Jennifer mit überzeugter Stimme.

Nun meldete sich Arteo zu Wort. „Also, ich muss Frau Trams recht geben. Ich denke auch, dass das zwei ganz unterschiedliche Fälle sind. Ich sehe da keinerlei Zusammenhang. Ich habe ja ebenfalls bei Ihren Kollegen eine Aussage gemacht, denn ich kannte Koko, also Kornelia Kolberg auch von früher, weil wir alle in derselben WG gewohnt haben.

Doch es bestand schon seit Jahrzehnten überhaupt kein Kontakt mehr zwischen uns allen." Arteo machte eine Pause und wandte sich dann zu Jennifer: „Was jedoch deine Aussage anbelangt, Cleo habe keine Feinde gehabt, das kann ich so nicht bestätigen. Cleo hatte schon manchmal ein lockeres Mundwerk und konnte einen mit ihrer Art zur Raserei bringen. Sie ist so einigen Leuten auf die Zehen getreten. Und meine Modelle hätten sie manchmal am liebsten auf den Mond geschossen und zwar ohne Rückfahrkarte! Cleo hatte nicht nur Freunde", meinte Arteo halb scherzhaft.

„Na ja, wer hat nur Freunde?", entgegnete einer der Polizisten. „Vielleicht liegen Sie ja richtig und die beiden Fälle haben tatsächlich nichts miteinander zu tun. Hier im Atelier können wir jedenfalls nichts Auffälliges feststellen. Und wer weiß, vielleicht meldet sie sich ja tatsächlich in den nächsten Tagen wieder per Handy. Dann geben Sie uns bitte gleich Bescheid. Und falls sie wieder auftaucht, soll sie bitte selbst bei uns vorbeikommen. Hier ist unsere Karte, unter der Telefonnummer können Sie uns Tag und Nacht erreichen."

Sie waren gerade am Rausgehen, als Jennifer plötzlich regungslos stehen blieb. Es war wie eine plötzliche Eingebung, ein Gefühl, dass ein winziges Detail anders war als beim letzten Mal, als sie hier gewesen war. Sie drehte sich um und ließ den Blick durch den Raum gleiten. Dann kehrte sie nochmals um. Sie durchquerte das Atelier und ging in die Ecke, wo die Arbeiten von Cleos Schülern standen. Aber ja, das war es! Dass ihr das nicht schon vorher aufgefallen war! Natürlich! Es war weg! Das schreckliche Bild, das einer von Cleos Schülern gemalt hatte, war nicht mehr an seinem Platz.

„Es fehlt ein Ölbild, das letzte Woche noch hier stand!", rief sie den Beamten zu, die gerade hinausgehen wollten. „Da bin ich mir ganz sicher!"

90

Sie drehten sich um und machten kehrt und auch Arteo kam auf sie zu. „Welche Arbeit meinst du denn, Jenni?"

„Ist es ein wertvolles Bild?", fragte einer der Polizisten.

„Nein, es ist nicht wertvoll und Cleo hat es auch nicht gemalt. Es gehört einem ihrer Schüler", erklärte Jennifer.

„Ach so! Dann hat der es sicher abgeholt. Das ist nicht von Bedeutung", stellte Arteo im Hinausgehen fest.

Als Jennifer am späten Nachmittag mit Sly am Neckar entlangging, ließ sie alles noch einmal Revue passieren. Sie war fest davon überzeugt, dass Cleo nur zu Arteo auf Abstand gegangen war, weil sie seine ganzen Weibergeschichten nicht mehr ertragen hatte und sich als Frau von ihm gedemütigt fühlte. Vielleicht wollte sie ihn damit ja zur Räson bringen. Zum Teil war ihr das ja auch gelungen, denn sie hatte ihm zweifellos einen ganz schönen Schrecken eingejagt, so panisch wie der reagiert hatte. Was Jennifer jedoch nach wie vor Unbehagen bereitete, war dieses furchtbare Bild. Sie hätte zu gerne gewusst, wo es gelandet war und vor allem, wer es gemalt hatte. Auch wenn es dafür keine logische Erklärung gab, so beunruhigte sie doch sein Verschwinden.

11

Kein Anruf, keine SMS, keine Mail – nichts. Mittlerweile waren sechs Wochen vergangen, ohne dass irgendjemand ein Lebenszeichen von Cleo erhalten hatte. Die Polizei hatte indessen noch einmal ihr Atelier gründlich durchsucht und war aufgrund der Indizien zu dem Ergebnis gelangt, dass, falls Cleo wirklich etwas zugestoßen sei, der Tatort außerhalb ihres Ateliers gewesen sein musste oder sie sich an einem abgelegenen Ort das Leben genommen habe. In beiden Fällen würde man ihre sterblichen Überreste vielleicht nie finden.

Während Jennifer beide Theorien verwarf und auch der Polizei gegenüber vehement versicherte, dass Cleo nie und nimmer Selbstmord begangen habe, nahm Arteo nach dem ersten Schock die Wahrscheinlichkeit ihres Ablebens erstaunlich gelassen hin.

Bei einem gemeinsamen Abendessen Ende September auf dem Museumsschiff nahm Arteo plötzlich Jennifers Hände. „Ich weiß ja, Jenni, dass Cleo dir sehr fehlt, aber wir müssen wohl akzeptieren, dass sie nicht mehr zurückkommt. Du darfst dich nicht länger quälen, meine Kleine."

„Sie kommt zurück!", antwortete Jennifer trotzig und zog ihre Hände zurück.

„Ich weiß ja, sie war wie eine Mutter für dich, vielleicht stand sie dir ja sogar näher als Caterina, aber du musst den Tatsachen ins Auge blicken. Sieh mal, laut Bundeskriminalamt erledigen sich die Hälfte aller Fälle, in denen Personen vermisst werden, innerhalb der ersten Woche und nach einem Monat liegt die Aufklärungsquote sogar bei 80 Prozent, hat mir der Polizeibeamte erklärt. Und Cleo ist nun schon eineinhalb Monate verschwunden."

„Na, und? Sie will halt genügend Abstand finden. Cleo hat gespürt, dass das mit dir nicht so weitergeht. Ich denke, sie will sich neu orientieren und das braucht eben Zeit." Jennifer war für seine Argumente nicht zugänglich.

„Wenn ich dich so reden höre, könnte man ja denken, ich wäre ein Unmensch. Ich finde, du bist ganz schön voreingenommen, Jenni!"

„Und ich finde, du bist herzlos! Bedeutet dir denn Cleo nach so vielen Jahren gar nichts mehr? Manchmal denke ich, du bist ganz froh, dass du sie los bist! So wie du dich aufführst. Jetzt hast du wenigstens eine sturmfreie Bude", warf Jennifer ihm vor.

Arteo schüttelte den Kopf. „Du, ich bin ein freier Mensch und die Zeiten, wo Cleo glaubte, sie müsse mich nach ihrer Vorstellung formen, die sind längst vorbei. Cleo und ich, wir haben uns schon seit vielen Jahren auseinandergelebt. Sieh doch mal, Jenni, als wir beide uns damals vor der Kunstakademie getroffen haben, da hat es doch schon nicht mehr zwischen Cleo und mir gestimmt. Und in den letzten Jahren ist das immer schlimmer geworden. Du hast es doch selbst einige Male mitgekriegt und das lag nicht nur an mir."

„Ja, du hast ja recht. Vielleicht will ich ja wirklich nicht wahrhaben, dass es für dich und Cleo besser ist, wenn ihr getrennte Wege geht. Aber das ändert nichts an der Tatsache, dass ich davon überzeugt bin, dass sie eines Tages wieder hier vor der Tür steht. Sie ist nicht tot!"

Arteo seufzte. „Du bist wirklich hartnäckig. Wenn du dir mal was in den Kopf gesetzt hast. Mann, oh, Mann!" Er schüttelte den Kopf. „Der arme Kerl, der dich mal kriegt, der wird es nicht leicht haben!" Er lachte und strich ihr durch die Locken.

„Woher willst du denn wissen, dass ich tatsächlich eine feste Beziehung will? Wenn ich das ganze Theater um mich herum sehe, da vergeht mir alles! Manchmal denke ich wirklich, allein lebt sich's besser. Aber abgesehen davon, so ganz allein bin ich eh nicht mehr, denn seit sechs Wochen habe ich ja einen Mann."

Arteo schaute sie verdutzt an, während Jennifer laut lachen musste. Und als hätte er das Gespräch verstanden, ertönte plötzlich von unter dem Tisch ein lautes „Wuff".

„Ach so, du meinst den Vierbeiner!", bemerkte Arteo amüsiert.

„Ja!" Jennifer lachte glücklich. „Der ist mir so ans Herz gewachsen. Cleo wird sich, wenn sie zurückkommt, einen neuen Hund besorgen müssen, denn Sly gebe ich nicht mehr her."

„Falls sie zurückkommt", korrigierte sie Arteo.

„Lass uns nicht noch einmal davon anfangen", schlug Jennifer vor und trank ihren Wein aus.

*

Arteo hatte sich seit Cleos Verschwinden wie ein Besessener in die Arbeit gestürzt. Sicher war einer der Gründe dafür, dass er sich nicht mit seinen Gefühlen auseinandersetzen wollte. Und so nahm er einen Auftrag nach dem anderen an, denn plötzlich machten ihm mehrere große regionale Galerien interessante Ausstellungsangebote. Danach hatte er sich ein Leben lang gesehnt. Stets hatte er darauf hingearbeitet.

So makaber es klingen mochte, aber durch das mysteriöse Verschwinden von Cleo und die wochenlangen Presseberichterstattungen darüber, war man auch auf ihn als Künstler aufmerksam geworden. Und plötzlich begannen nun alle möglichen Leute sich für ihn und seine Kunst zu interessieren. Jennifer war das Ganze fast schon unheimlich.

Die erste große Vernissage war für Freitag, den 2. Oktober geplant. Ein paar Tage vorher klingelte es abends an Jennifers Tür. Als sie öffnete, stand Sibylle vor ihr. Sofort sprang Sly auf und rannte bellend zur Tür. Jennifer erwischte ihn gerade noch am Halsband und hielt ihn fest. „Tut mir leid, ich weiß wirklich nicht, was mit dem Hund los ist. Eigentlich ist er sonst ganz zutraulich", entschuldigte sie sich.

„Ach, mach dir keinen Kopf, mein Kater ist manchmal auch neben der Rolle. Tiere sind halt unberechenbar."

„Ich würde dich ja gerne reinbitten, aber das ist vielleicht nicht ganz so ratsam, du siehst ja selbst, wie er sich anstellt", Jennifer zuckte mit den Achseln.

„Ist schon gut, ich möchte dich nicht lange stören", meinte Sibylle leise, „aber ich wollte einfach nur mit jemandem ein paar Worte reden. Mir geht's grad nicht so gut."

Jennifer betrachtete ihre Nachbarin. Die Art und Weise, wie sie sprach und auch wie sie zurechtgemacht war, hatte wenig mit der Frau gemein, die sie bisher wahrgenommen hatte. Sie sah gänzlich anders aus. Das war nicht die Sibylle, die vor einem Vierteljahr diesen spektakulären Auftritt auf der Terrasse des Musikparks hingelegt hatte. Vor ihr stand vielmehr eine blasse, unscheinbare Frau in einem beigen Trainingsanzug. Sie war ungeschminkt und hatte ihre blonden Haare im Nacken mit einem schlichten Gummiband zusammengehalten. Sibylle wirkte alles andere als arrogant oder überheblich. Vielleicht fand Jennifer sie gerade deshalb wesentlich sympathischer als damals im Musikpark.

„Man sieht es dir an, dass es dir nicht gut geht. Du wirkst sehr bedrückt!" Sibylle tat ihr leid, ihre geröteten Augen waren nicht zu übersehen.

„Weißt du, irgendwie läuft in meinem Leben gerade alles schief", sagte Sibylle mit Tränen in den Augen.

Als Jennifer ihre Nachbarin so deprimiert im Hausgang stehen sah, brachte sie es nicht übers Herz, sie so kurz und bündig an der Tür abzufertigen.

„Warte mal einen Moment!" Jennifer schloss Sly in der Küche ein, wo er wie besessen an der Tür zu scharren begann. Daraufhin bat sie Sibylle herein und ging mit ihr ins Wohnzimmer.

„Darf ich dir ein Glas Prosecco anbieten? Es ist zwar nur ein ganz einfacher drüben vom *Penny*, aber er schmeckt eigentlich gar nicht so schlecht." Jennifer begann die Flasche zu entkorken.

Sibylle nickte dankbar.

Während sie zusammensaßen, schüttete Sibylle ihr Herz aus und berichtete Jennifer, dass ihr Freund sie einige Tage zuvor verlassen habe. „Fünf Jahre waren wir zusammen, wir haben so viel geplant, wir wollten gemeinsam nach Kanada auswandern und dort ganz neu anfangen. Ein Haus bauen, eine neue Existenz gründen und auch Kinder haben. Eine ganze Fußballmannschaft!" Erneut begann sie zu weinen. „Und jetzt, jetzt ist alles vorbei. Er hat sich wegen einer anderen von mir getrennt. Sie scheint ziemlich viel Geld zu haben." Sibylle schluchzte laut auf. „Und ich, was hab ich? – Nichts! Vor zwei Monaten habe ich meinen Job als MTA verloren und jetzt auch noch meine große Liebe!" Sie schlug die Hände vors Gesicht.

„Du warst Medizinisch Technische Assistentin? Sicher ein interessanter Beruf!" Jennifer war erstaunt. „Das hätte ich, ehrlich gesagt, nicht vermutet. Ich habe eher gedacht, dass du vielleicht in der Mode- oder Kosmetikbranche arbeitest. Da siehst du, wie wenig ich eigentlich von dir weiß. – Und warum hast du den Job nicht mehr?"

Sibylle putzte sich die Nase. „Die haben rationalisiert und da ich die Letzte war, die sie eingestellt hatten, war ich

96

eben auch die Erste, die wieder gehen musste. Ich wollte das eigentlich gar niemandem sagen, weil ich mich so geschämt habe. Aber dir vertraue ich. Du bist einfach ein wunderbarer Mensch und vor allem kannst du zuhören."

Jennifer fühlte sich geschmeichelt. Gleichzeitig tat ihr Sibylle leid. Es war schon schlimm genug, dass sie arbeitslos war, aber dass sich jetzt auch noch ihr Freund von ihr getrennt hatte, musste sie schwer getroffen haben.

„Ich halte mich schon seit zwei Monaten mit allen möglichen Jobs über Wasser, damit ich meine Miete noch bezahlen kann", fuhr Sibylle fort. „Zurzeit arbeite ich in so einem furchtbaren Callcenter. Da muss ich den ganzen Tag alle möglichen Leute anrufen und ihnen Gewinnspiele aufschwatzen. Ich finde das so ätzend, aber was soll ich denn machen?"

„Verdient man denn da überhaupt was?", fragte Jennifer nach.

„Ach was, das langt hinten und vorne nicht! Ich arbeite darum auch noch als Modell bei der Abendakademie. In den Aktzeichenkursen brauchen die ab und zu jemanden. Die zahlen zwar auch miserabel, aber ich bin nun mal auf jeden Cent angewiesen. Das Problem ist nur, wenn sie die Kurse wegen zu weniger Teilnehmer absagen müssen, dann bekomme ich halt auch nichts. Und dabei bin ich wirklich gut." Das erste Mal lächelte sie wieder. „Ich kenne mittlerweile alle Aktposen. Aber es gibt halt so viele andere, die auch als Modell arbeiten", seufzte sie und schüttelte resigniert den Kopf. „Ich weiß wirklich nicht, wie es weitergehen soll."

Jennifer hatte Sibylle ausreden lassen, weil sie das Gefühl hatte, dass es ihr gut tat, ihren Kummer einfach mal rauszulassen.

„Du hast ja wirklich im Moment eine richtige Pechsträhne", meinte Jennifer, die sich schon während der Unterhaltung zu Sibylle aufs Sofa gesetzt hatte. Jennifer legte ihren Arm um die Schulter der Nachbarin. „Aber weißt du, meine Uroma Nana sagte immer, wenn man ganz unten ist, dann gibt es nur noch eine Blickrichtung und die ist nach oben. Und meine Uroma muss eine kluge Frau gewesen sein. Meine Mutter hat immer von ihr geschwärmt." Sie lachten beide.

„Das tut so gut, wenn mal jemand seinen Arm um einen legt. Weißt du, das habe ich mein Leben lang vermisst. Vor allem hat mir mein Vater gefehlt. Du weißt ja selbst, wie das ist, wenn man seinen Vater nie kennengelernt hat. Dir ging es ja auch nicht anders." Sibylle schaute Jennifer traurig an.

„Ja, wir haben tatsächlich einige Gemeinsamkeiten. Am gleichen Tag Geburtstag, wenn auch nicht im selben Jahr. Und Mütter, die uns bis heute die Antwort schuldig geblieben sind, wer unsere leiblichen Väter sind." Jennifer trank ihren Prosecco aus und schenkte sich nach.

„Bloß hat meine Mutter im Gegensatz zu deiner nicht mehr geheiratet", bemerkte Sibylle verbittert.

„Ach, weißt du, ich habe mich oft gefragt, ob ich nicht lieber mit meiner Mutter allein geblieben wäre", erwiderte Jennifer und nach einer Pause fuhr sie fort: „Na ja, vielleicht bin ich jetzt auch ungerecht. – Aber sag mal, ich wusste gar nicht, dass du einen Freund hattest." Jennifer zündete sich eine Zigarette an. „Stört es dich, wenn ich rauche?"

Sibylle schüttelte den Kopf.

„Du hast Ralph deshalb nie gesehen, weil er nicht in Mannheim wohnt. Er ist beruflich viel unterwegs. Zurzeit ist er gerade wieder in Berlin", erklärte Sibylle.

„Und was macht er da?", wollte Jennifer wissen.

„Er ist beim Fernsehen, beim ZDF", erklärte sie etwas zögerlich.

„Ich dachte immer, das ZDF hat seinen Sitz in Mainz?", warf Jennifer ein.

Anstatt zu antworten, erwiderte Sibylle: „Ach, lass uns nicht mehr von Ralph reden, das tut mir nur weh. Es ist ja sowieso Schluss." Dabei schniefte sie in ihr Taschentuch und trank anschließend ihr Glas aus.

„Magst du noch einen Schluck?" Jennifer griff nach der Prosecco-Flasche.

Sibylle nickte.

„Komm, die trinken wir jetzt gemeinsam aus und dann überlegen wir mal, wie wir dir helfen können", schlug Jennifer vor, „ich glaube, ich habe da schon eine Idee."

Nach einer Weile redete sie weiter: „Also, meine liebe Sibylle, zunächst müssen wir dich einmal auf andere Gedanken bringen. Am nächsten Freitag hat ein Künstlerfreund von mir eine Vernissage. Er heißt Arteo, vielleicht hast du ja schon mal von ihm gehört. Er malt wirklich nicht schlecht. Seine Bilder werden dir sicherlich gefallen. Wenn du Zeit und Lust hast, dann könntest du mich dahin begleiten. Magst du mitkommen?"

„Oh, das wäre toll, wenn du mich mitnehmen würdest." Sibylle lächelte sie dankbar an.

„Also gut, abgemacht!", fuhr Jennifer fort. „Du wirst mich auf jeden Fall begleiten. Und wenn dann der offizielle Teil vorüber ist, werde ich euch miteinander bekannt machen. Weißt du, Arteo braucht nämlich immer neue Modelle. Und im Augenblick ist er gut im Geschäft. Ich denke, dass du dir berechtigte Hoffnungen machen kannst, dass das klappt und er dich engagiert. Und außerdem, wenn ich dich empfehle, dann kann gar nichts mehr schiefgehen! Was hältst du davon?" Jennifer versuchte Sibylle aufzumuntern.

„Ja, kennst du denn diesen Arteo so gut? Steht ihr euch so nahe, dass du dir da so sicher sein kannst?" Sibylle runzelte die Stirn.

„Ja, schon, ich denke, ich bin so eine Art Ersatztochter für ihn, insbesondere da er ja keine eigenen Kinder hat. Und es beruht auch auf Gegenseitigkeit, denn ich empfinde ihn auch als väterlichen Freund."

Obwohl Sibylle sie weiterhin anlachte, bekamen ihre Augen für einen Moment einen seltsamen Ausdruck.

‚Das hätte ich jetzt nicht sagen sollen', ging es Jennifer durch den Kopf. ‚Ich rede hier von meinem Stiefvater und von meinem väterlichen Freund, wo sie doch gerade darunter leidet, dass sie allein bei ihrer Mutter aufwachsen musste.' Jennifer wechselte schnell das Thema: „Also, dann geht der Freitag klar? Okay?"

„Und du nimmst mich wirklich mit? Und du willst tatsächlich versuchen, mir einen Job als Aktmodell bei ihm zu besorgen? Das alles würdest du für mich tun?" Sibylles Gesicht erhellte sich erneut.

„Klar! Das mache ich gerne!", erwiderte Jennifer und freute sich, dass sie so ihr unbedachtes Verhalten wieder gut machen konnte.

12

Die Ausstellung war in jeder Hinsicht außergewöhnlich.

‚Der Raum ist wie geschaffen für Arteos große Formate. Hohe weiße Wände, großzügige Wandflächen und geniale Lichtverhältnisse, genau das, was sich jeder Künstler für die Präsentation seiner Werke wünscht', dachte Jennifer, als sie mit Sibylle die renommierte Galerie in der Mannheimer Oststadt betrat.

Arteos Arbeiten kamen hier hervorragend zur Geltung. Die intensiven Töne, die kraftvollen Kontraste, aber auch die feinen Nuancen vereinten sich zu einem mitreißenden Farbenspiel. Die gekonnte Ausleuchtung verlieh den einzelnen Bildern einen ganz besonderen Reiz, der die Betrachter gefangennahm und sie in seinen Bann zog. Die Vernissagen-Besucher, die der Einladung in Scharen gefolgt waren, standen fasziniert vor Arteos Werken und waren voll des Lobes. Viele meinten, dass sie gar nicht gewusst hätten, dass so ein fantastischer Maler hier in Mannheim, dazu noch in der Filsbach, lebe und sie könnten auch gar nicht verstehen, dass er nicht schon längst mal in der Städtischen Kunsthalle oder beim Kunstverein ausgestellt worden sei.

„Ja, Sie wissen doch, wie das ist", sinnierte Arteo, „das steht ja schon in der Bibel: *Der Prophet gilt nichts im eigenen Lande.*"

Die Umstehenden nickten zustimmend.

Der Galerist bat Arteo, neben ihm Platz zu nehmen. Der hatte gerade noch einige Augenblicke zuvor einer Redakteurin des *Mannheimer Morgen* ein Interview gegeben und diese hatte ihm versichert, die Ausstellung auf der Kulturseite ausführlich zu besprechen und einen großen Artikel über seine Arbeit zu schreiben.

Dann ging ein Raunen durch die Reihen, denn niemand anderes als der berühmte Pianist Angelos Kapari trat nun nach vorn, setzte sich an den Steinway-Flügel und begann Mussorgskys *Bilder einer Ausstellung* anzustimmen.

Nachdem der Kulturdezernent die Grüße des Oberbürgermeisters und des Stadtrats überbracht hatte, übergab er das Mikrofon dem renommierten Kölner Kunstkolumnisten und Moderator der Sendung *Kultur-Talk am Mittwoch* Prof. Dr. Dr. Günter von Beusshagen.

Dieser verstand es exzellent, in Arteos Bilderwelt einzuführen.

„Es ist mir eine große Ehre", begann er seine Rede. Dann schaltete Jennifer ab.

Da alle Sitzplätze schnell belegt waren, stellte sie sich mit Sibylle an die Seite. Von hier aus konnte sie das Geschehen um sich herum wunderbar betrachten. Das Brimborium, das bei Ausstellungseröffnungen gemacht wurde, war ihr mehr als vertraut. Sie kannte das alles in- und auswendig, da sie als freie Journalistin immer mal wieder über Vernissagen berichtete. Sie hatte auch über Arteos Ausstellung schreiben wollen, aber man hatte ihr in der Redaktion mitgeteilt, dass man zu diesem wichtigen Event jemanden aus dem Hause schicken würde. Einerseits hatte sie das bedauert, denn sie war stolz auf Arteo und hätte gerne einen Artikel über ihn geschrieben, andererseits freute sie sich für ihn, denn Redaktionsmitglieder gingen meist nur zu hochkarätigen Veranstaltungen.

Während sie so die Leute betrachtete, musste sie innerlich lachen. Sie hatte sich schon vor langem einen Spaß daraus gemacht, die Anwesenden in unterschiedliche Kategorien einzuteilen.

Da waren die *Offiziellen*, also diejenigen, die bei der Stadtverwaltung oder einer Kultur- oder Lehrinstitution beschäftigt waren. Man erkannte sie an ihrem *Office-Look*, den sie für diesen Anlass je nach Geschlecht mit einer Satinbluse, hochhackigen Pumps oder einer geschmackvollen Krawatte veredelt hatten. Sie nahmen die Einladung am Freitagnachmittag gerne zum Anlass, ihre Dienststelle früher verlassen zu können. Denn immerhin galt das dann noch als Arbeitszeit. Die Organisatoren von Ausstellungseröffnungen waren sich dessen durchaus bewusst und hüteten sich darum auch, ihre Veranstaltungen in die Abendstunden zu legen. Erfahrungsgemäß würden sich wesentlich weniger Eingeladene in ihrer Freizeit noch einmal aufraffen. Aber die Arbeitswoche mit einem kostenlosen Gläschen Sekt oder auch zweien ausklingen zu lassen, das gefiel den meisten.

Und dann gab es natürlich die *Wichtigen*, die leitenden Funktionsträger in der Stadt, die Direktoren und Chefs. Sie kamen hauptsächlich, weil es zur Imagepflege gehörte, bei solchen Events gesehen zu werden. Am besten war es natürlich, sich – ganz am Rande versteht sich – gegenüber der Presse zu äußern, um dann am nächsten Tag seinen Namen in der Zeitung zu lesen. *Direktor Müller, der nicht nur Leiter der Städtischen Wasserwerke, sondern auch ein großer Kunstliebhaber ist, meinte ...* Was er tatsächlich meinte, war im Grunde unwichtig. Nur *sehen und gesehen werden*, das war entscheidend.

Neben den *Wichtigen* gab es die *Wichtigtuer*. Das waren diejenigen, die sich *mit Kunst bekleckern* wollten. Sie legten eine von Bedeutungsschwere triefende Miene auf, die Kunstverstand suggerieren sollte und hofften, allein durch den Besuch der Ausstellung und der Möglichkeit, ein paar Worte mit dem Künstler zu wechseln, selbst in den Künstlerolymp aufzusteigen. Das ließen sie sich dann auch gerne mal was kosten. Und so waren sie es, welche die meisten roten Punkte verteilten. Denn sofern sie das nötige Kleingeld hatten und die Farben des Bildes wohlwollend mit den Farben des häuslichen Sofas oder der Teppiche harmonisierten, holten sie sich auch mal ein Gemälde in die eigenen vier Wände. Da die Künstler das wussten, machten sie auch oft gute Miene zum bösen Spiel und beantworteten zum hundertsten Mal die bei Malern so beliebte Frage: *Was will uns der Künstler denn damit sagen?*

Die *Individualisten* stachen durch ihre alternative, teils exotische Kleidung hervor. Sie wollten nicht aussehen wie all die anderen und sich von jeglichem Eindruck der Konventionalität und Konformität abheben. Ihre textilen Unikate erstanden sie meist im Eine-Welt-Laden, auf dem Flohmarkt, im Secondhand-Kaufhaus oder bei ebay. Sie hatten wenig Geld, dafür aber Künstlerseelen.

Die wirklichen *Künstlernaturen* wiederum fielen in erster Linie farblich auf oder besser gesagt, sie fielen nicht auf. Sie waren in Schwarz, Anthrazit, Grau, Beige oder einer anderen gedeckten Farbe erschienen und am besten noch ganz in Uni. Sie wussten tatsächlich, worum es bei einer Kunstausstellung ging. Nicht um schillernde Persönlichkeiten in auffälligen Klamotten, sondern um die Bilder. Die sollten schließlich in ihren Farben erstrahlen. Deshalb wollten sie als Besucher der Vernissage in den Hintergrund treten. Meist handelte es sich bei ihnen um Freunde oder Kollegen des ausstellenden Künstlers.

Die letzte Gruppe schließlich waren die *Extravaganten*. Sie glaubten, sich selbst inszenieren zu müssen und versuchten dem Künstler und seinen Exponaten die Schau zu stehlen, indem sie sich auffällig herausputzten. Hüte wie bei royalen englischen Hochzeiten, Federn wie in der Muppet-Show, Gewänder in grellen Farben, tischdeckengroße Schals schwungvoll um die Schulter drapiert oder protzige Schmuckstücke waren ihre Erkennungszeichen. Meist waren es Frauen, die sich so auftakelten. Die Künstler ergriffen die Flucht, wenn sie ihrer gewahr wurden, denn sie waren die weitaus Unangenehmsten. Lediglich der begründete Ankauf eines Bildes konnte hier den Schmerz des Künstlers ein wenig lindern.

Jennifer wurde für einen Moment aus ihren Gedanken gerissen. „Die sichtbare und unsichtbare Gedankenwelt des Künstlers", hörte sie den Laudator sagen, „der transzendent schöpferische Prozess, der mit seiner meditativen Kraft und einer einzigartigen Genialität seinen kompromisslosen Ausdruck in den hier ausgestellten Arbeiten findet, die in ihrer filigran-sensiblen und dennoch universell-komplexen ..."

,Der redet jetzt schon 20 Minuten. Laber, laber.'

Jennifer betrachtete Sibylle, die wenige Meter von ihr entfernt stand, da sich ein paar zu spät Gekommene zwischen sie gedrängt hatten. ‚Zu welcher Kategorie sie wohl gehörte? – So wie sie aussieht, zu einer Kleingruppe, die ich vergessen habe – zu der, die sich den Künstler angeln will'. Jennifer lachte in sich hinein. Aber wenn sie Sibylle so betrachtete, lag sie vielleicht gar nicht so falsch, denn die sah wirklich unwiderstehlich aus in ihrem helltürkisfarbenen Kostüm aus Rohseide und der passenden Kette aus geschliffenen und polierten Natursteinen. Zweifellos fiel sie auf, aber nicht unangenehm, denn sie strahlte eine gewisse Eleganz aus. Jennifer hingegen hatte ihren *Vernissagen-Dress* angelegt. Enge schwarze Edel-Jeans und eine dunkle, zart in sich gemusterte Tunika aus Seide mit einer kurzen weichen Lederweste. ‚Bloß nicht auffallen!'

Sie blickte hinüber zum Rednerpult. Alles wies darauf hin, dass der Laudator am Schluss seiner Ausführungen angekommen war. „Arteo – ein Name, den man sich in der Kunstwelt und nicht nur in Deutschland wird merken müssen!"

Ein tosender Applaus folgte. Prof. Dr. Dr. Günter von Beusshagen deutete auf den Künstler. „Dieser Applaus gilt Ihnen, Arteo!"

Arteo stand ein wenig verlegen auf und deutete nach allen Richtungen eine leichte Verbeugung an.

Dann legte der Galerist den Arm um ihn und verkündete: „Ich erkläre die Ausstellung hiermit für eröffnet!"

„Endlich!" Jennifer ging auf Sibylle zu. „So, nun beginnt der gemütliche Teil. Jetzt gibt es erst einmal ein Glas Sekt. Komm, lass uns rübergehen!", schlug sie ihrer Begleiterin vor.

Als sie versuchten, sich einen Weg vorbei an den vielen Menschen zu bahnen, die sich überall um kleine runde Stehtische versammelt hatten, spürte Jennifer die Blicke der Männer, die jedoch nicht ihr galten, sondern Sibylle. ‚Die hat sich ja wirklich ganz schön in Schale geworfen!', dachte sie bei sich.

In der Tat, Sibylle hatte sich wirklich gekonnt zurechtgemacht. Sie sah blendend aus, so ähnlich wie damals im Musikpark. Hätte Jennifer es nicht besser gewusst, wäre sie niemals auf die Idee gekommen, dass es ihr hinter dieser Fassade in Wirklichkeit so schlecht ging.

Kurz darauf stellten sie sich in die Schlange an der Sektbar. Jennifer drehte sich um und winkte hinüber zu Arteo, der noch immer von zahlreichen Menschen umringt war. Als er Jennifer sah, winkte er zurück und signalisierte ihr, dass sie stehen bleiben solle. Schließlich gelang es ihm, sich aus dem Pulk zu lösen und herüberzukommen.

„Jennifer, wie schön, dass du da bist." Arteo umarmte sie. „Und hat dir die Vernissage gefallen?"

Sie lächelte ihn an. „Deine Bilder gefallen mir und du gefällst mir. Ich bin so stolz darauf, mit einem so tollen Künstler befreundet zu sein!" Sie strahlte ihn an.

„Ach, du übertreibst mal wieder, meine Kleine!" Arteo gab ihr einen zärtlichen Stups auf die Nase.

„Darf ich dir meine Nachbarin vorstellen?" Sie trat zur Seite und ließ Sibylle den Vortritt.

Als er die junge Frau erblickte, konnte Jennifer ein verräterisches Glänzen in Arteos Augen erkennen.

„Das ist ja eine wunderbare Überraschung, ich wusste gar nicht, dass du so eine attraktive Nachbarin hast", meinte er, indem er Sibylle die Hand reichte, die er Jennifers Meinung nach etwas zu lange festhielt. „Ich freue mich sehr, dass Sie zu meiner Vernissage gekommen sind." Und gleich darauf meinte er zu Sibylle und Jennifer: „Darf ich euch drüben auf der anderen Seite zu einem Glas Champagner einladen?" Und flüsternd fügte er hinzu: „Der ist nur für ganz besondere Gäste! – Ich möchte, dass ihr zwei mit mir auf den Erfolg meiner Ausstellung trinkt!"

„A votre santé!" Sie stießen mit dem Champagner an. „Sie sind also Jennis Nachbarin! Woher kommen Sie denn? Was führt Sie hierher nach Mannheim? Gefällt Ihnen die Stadt? Interessieren Sie sich für Kunst?" Arteo ging sehr intensiv auf Sibylle ein und erkundigte sich nach alledem und vielem mehr.

Und diese antwortete ihm gerne und verstand es hervorragend, sich entsprechend in Szene zu setzen. Der nachhaltige Augenkontakt der beiden, vage Berührungen, kleine Frotzeleien, die nach einer Weile in unverhohlenes Flirten übergingen, Jennifer hatte nicht geglaubt, dass der Funke so schnell überspringen würde. Sibylle war schließlich gerade mal ein Jahr jünger als sie selbst und hätte durchaus Arteos Tochter sein können.

Sibylle war überaus unterhaltsam, legte sich unglaublich ins Zeug und es sprudelte nur so aus ihr heraus. Und Arteo hing verzückt an ihren Lippen. Sie wartete auch nicht bis Jennifer ihn fragte, ob er denn nicht ein neues Modell brauche. Das war gar nicht nötig, denn sie selbst lenkte das Gespräch geschickt auf das Thema.

Insgeheim ärgerte sich Jennifer nun, dass sie Sibylle mitgenommen hatte, denn sie gebärdete sich wieder genauso wie damals im Musikpark.

„Ich muss mal raus eine rauchen", sagte Jennifer zu den beiden, die kaum reagierten, weil sie so in ihr Gespräch vertieft waren.

Draußen atmete sie erst einmal tief durch, bevor sie sich eine *Dunhill* anzündete. Jennifer war sich zwischen den beiden richtig überflüssig vorgekommen. Sie kannte Arteo schon so lange und hatte darum auch sofort gespürt, dass er sich auf den ersten Blick in Sibylle verguckt hatte. So sehr sie es ihrer Nachbarin einerseits gönnte, so sehr ärgerte es sie andererseits, dass Arteo schon so kurz nach Cleos Verschwinden derart unverhohlen andere Frauen anmachte.

Aber was wollte sie eigentlich? Sie hatte doch genau gewusst, was passieren würde, wenn sie ihm Sibylle vorstellen würde. Die passte doch genau in sein Beuteschema: jung, schlank, sinnlich. Genau die *Muse*, die er als Künstler zu seiner Inspiration brauchte.

„Männer!" Sie seufzte: „Die soll einer verstehen!" Jennifer warf den Rest der Zigarette auf den Boden und trat den Stummel aus.

Als sie zu den beiden zurückkam, waren die bereits per *du* und hatten schon den ersten Termin vereinbart, an dem Sibylle bei Arteo Modell stehen sollte.

13

Schon bald bereute Jennifer zutiefst, dass sie die beiden miteinander bekanntgemacht hatte. Denn wann immer sie Arteo in seinem Atelier besuchte, war Sibylle bereits zugegen. Am meisten störte sie, dass es in Gegenwart seiner neuen Freundin schier unmöglich war, mit ihm ein vernünftiges Gespräch zu führen.

In den vielen Jahren ihrer Freundschaft hatte Jennifer es stets genossen, sich mit ihrem alten Freund Arteo über alles Mögliche auszutauschen, über Kunst und Kultur, Theater und Politik, Religion und Philosophie – einfach über Gott und die Welt. All das fand nicht mehr statt, weil Sibylle sofort jedes Gespräch an sich riss und es dann nur noch um Banalitäten ging. Und Arteo ließ sie gewähren, nannte sie *Ma petite folle*, was so viel heißt, wie *mein kleines Dummerchen*, gab ihr einen Kuss auf die Stirn und meinte: „Ist Sibylle heute nicht wieder originell?"

Jennifers Begeisterung über Sibylles scheinbare Originalität hielt sich allerdings in Grenzen. ‚Wie man bloß so verblendet sein kann!' Sie empfand die Situation mehr und mehr unerträglich. Und da sie nie besonders gut im Verbergen ihrer wahren Gefühle gewesen war, entging das auch Sibylle nicht, was zur Folge hatte, dass sich die Beziehung der beiden Frauen erheblich verschlechterte.

Jennifer sehnte sich nach den alten Zeiten zurück, in denen Arteo noch mit Cleo zusammen gewesen war und sie wünschte sich nichts mehr, als dass diese eines Tages an ihre Tür klopfen würde und vor ihr stünde. Wie sehr ihr die Freundin doch fehlte!

Am 22. Oktober beging Arteo seinen 65. Geburtstag. Er hatte, was für ihn eher ungewöhnlich war, zu einem großen Atelierfest geladen. Jennifer wunderte sich sehr darüber, denn solange sie sich erinnern konnte, hatte er stets große Menschenansammlungen gehasst und derartige Events tunlichst vermieden. Arteo war ein regelrechter Partymuffel und tanzte auch nicht gerne, was immer wieder zu Streit mit Cleo geführt hatte, die das krasse Gegenteil davon war. Als er vor Monaten wieder einmal zu einer Fete nicht hatte mitkommen wollen und meinte, da würde ja doch nur dumm rumgeschwätzt und rumgealbert und das sei reine Zeitverschwendung, hatte Cleo ihm geantwortet: „Arteo, du bist eine richtige Spaßbremse geworden. Am besten gehst du zum Lachen in den Keller!" Dann war sie abgerauscht.

Jennifer musste grinsen. Cleo war schon immer schlagfertig gewesen. Arteo hatte da nie mithalten können, obwohl er durchaus auch humorvoll sein konnte, wenn auch auf eine ganz andere Art als seine langjährige Lebenspartnerin. Trotzdem war sein Musikgeschmack schon sehr eingeschränkt. So lange Jennifer denken konnte, hatte sie in Arteos Atelier immer nur Klassik gehört. Seit Jahren, wenn nicht Jahrzehnten, war sein Musikgeschmack auf die Werke der großen Meister reduziert, gegebenenfalls tolerierte er gerade noch Free-Jazz. Jennifer war sich nie ganz sicher gewesen, ob das tatsächlich seine favorisierte Musikrichtung war oder ob er durch diesen elitären Geschmack auch ein wenig seine Intellektualität herausstreichen wollte. Aber letztendlich war es ihr egal, das konnte er so halten, wie er wollte.

Als Jennifer nun die Tür des Vorderhauses öffnete, war sie doch mehr als erstaunt. Ein Gemisch aus Swing, lautem Lachen und den Stimmen Dutzender von Menschen, die sich angeregt unterhielten, schlug ihr entgegen. Als sie den Hof überquerte, sah sie, dass die Leute bis zur Tür standen und so ließ sie sich für eine Weile auf einer der Bänke in dem idyllischen Hof nieder. Sie hörte dem Pianisten zu, wie er Gershwins *Rhapsodie in Blue* spielte, worauf die Titel *Cheek to Cheek, I've got you under my skin* und *Moonriver* folgten.

Eigentlich war das gar nicht die Musik ihrer Generation, Jennifer war eher mit Michael Jackson, Madonna oder den Pet Shop Boys groß geworden. Aber sie hatte diese Titel in den letzten Jahren so oft gehört, dass sie Swing mittlerweile liebte. Es war Cleos Lieblingsmusik, die sie meist auflegte, wenn sie vor ihrer Staffelei stand und malte. „Weißt du, früher habe ich lieber die Stones, AC/DC oder Pink Floyd gehört, aber mein Geschmack hat sich da total geändert", hatte sie erklärt. „Swing regt mich ungemein an. Dieser Sound beschwingt mich, er inspiriert mich beim Malen, sodass all meine Energie aus mir heraus auf die Leinwand fließen kann." Und während sie den großen Pinsel quer über die weiße Fläche gezogen hatte, bewegte sie ihre prallen runden Hüften im Rhythmus der Musik hin und her. ‚Ja, so war und ist sie, das ist typisch für Cleo. Schon seltsam, dass der Pianist gerade jetzt ihre Lieblingstitel spielte. Schade, dass du nicht hier bist, Cleo', dachte Jennifer, ‚das würde dir bestimmt gefallen!'

Plötzlich stimmte der Mann am E-Piano einen anderen Sound an. Es war offensichtlich ein Gesangstitel. Und schon kurz darauf folgte eine weibliche Stimme, die *Happy Birthday* ins Mikrofon hauchte, in der Art wie Marilyn Monroe das damals bei John F. Kennedys Geburtstagsparty gesungen hatte, nur dass sie *Mister President* durch *My Arteo* ersetzte.

Jennifer stand auf und ging nun doch hinüber zum Eingang. Aber noch immer gab es kein Durchkommen. In der Nähe der Tür stellte sie sich auf die Zehenspitzen, sodass sie ein wenig zwischen den vielen Köpfen hindurchsehen

111

konnte. Sie hatte es befürchtet. Es war tatsächlich Sibylle, die versuchte Marilyn Monroe zu imitieren.

Sie begnügte sich jedoch nicht mit dem einen Lied, sondern hatte wohl ein kleines Monroe-Medley vorbereitet, das schließlich mit dem Titel *My Heart Belongs to Daddy* endete. Und nun konnte Jennifer erkennen, wie Sibylle gleich darauf Arteo um den Hals fiel und ihn küsste. Die Gäste applaudierten.

Danach wurde es still und alle schauten in Arteos Richtung, der nun ans Mikrofon trat. Offenbar wollte er eine Rede halten.

„Liebe Freunde, liebe Bekannte, alle mir Wohlgesinnten!", begann er. „Ihr wisst, ich bin kein Mann von großen Worten. Das Sprechen vor vielen Menschen überlasse ich lieber Leuten, die das besser können als ich. Mein Medium ist die Malerei und fast alles, was ich mitzuteilen habe, drücke ich in meinen Bildern aus. Aus gegebenem Anlass jedoch möchte ich heute ein paar Sätze sagen. Ich bin in den letzten Monaten durch die Hölle gegangen. Ihr wisst, dass meine langjährige Lebensgefährtin, die Künstlerin Cleo Lavalle, seit dem Sommer verschwunden ist und ich bis heute nicht weiß, was ihr widerfahren ist. Diese Ungewissheit hat mir wochenlang nicht nur den Schlaf, sondern auch jegliche künstlerische Inspiration geraubt. Ich habe mich zwar in die Arbeit gestürzt, um nicht nachdenken zu müssen, aber glücklich gemacht hat mich das nicht. Irgendwann jedoch musste ich akzeptieren, dass ich Cleo für immer verloren habe. Der Gedanke war mir unerträglich. Doch genau in diesem Augenblick, in den Tagen tiefster Verzweiflung, da geschah ein für mich bis heute unfassbares Wunder. Denn Anfang September ist mir eine zauberhafte Frau begegnet. Sie hat mich zurück ins Leben geholt, sie inspiriert mich und ist mir in den letzten Wochen nicht nur zur unverzichtbaren Muse, sondern auch zur Lebenspartnerin geworden, mit der ich, so Gott will, die Jahre, die mir noch bleiben, teilen möchte. Ich darf Ihnen vorstellen: die Frau, die mir gerade mit ihren wunderbaren Songs das schönste Geburtstagsgeschenk gemacht hat: meine geliebte Sibylle."

Er nahm sie in den Arm und dieses Mal küsste er sie, worauf alle Anwesenden begeistert klatschten.

Jennifer wurde es fast übel. „Das darf doch wohl nicht wahr sein! Jetzt ist er total durchgeknallt!", murmelte sie vor sich hin, während sie sich abwandte. Bei der ganzen Angelegenheit schockte Jennifer weniger die Tatsache, dass zwischen den beiden ein Altersunterschied von über dreißig Jahren lag, vielmehr empörte sie sich darüber, dass er die Dreistigkeit besaß, Cleo mehr oder weniger öffentlich für tot zu erklären. Wie konnte er sie nur so einfach aufgeben? Solange es keine Leiche gab, bestand eine berechtigte Hoffnung, dass sie lebte! Gut, sie war jetzt seit über zwei Monaten weg, aber das besagte doch gar nichts. Ihres Wissens nach wurden Vermisste von offizieller Seite frühestens nach zehn Jahren für tot erklärt. Also, was sollte das Ganze? Und außerdem, musste er sich denn wirklich gleich an eine neue Frau hängen und sich in aller Öffentlichkeit zu ihr bekennen? Und das, nachdem er sie gerade mal wenige Wochen kannte? Und dann noch die Ansage, „dass er mit ihr den Rest seines Lebens verbringen wolle". Ausgerechnet mit Sibylle! Schön und gut, sie war hübsch und hatte auch sicher noch ein paar andere Qualitäten, die wohl insbesondere Männer zu schätzen wussten. Aber das war doch nicht alles. Wie konnte Arteo sich bloß bei dieser Frau wohlfühlen?

Nein, dieses Schmierentheater wollte sie sich nicht länger antun. Und darum machte Jennifer, ohne Arteo zu gratulieren, auf dem Absatz kehrt und ging nach Hause.

113

Dort wurde sie von Sly schon sehnsüchtig erwartet. Sie hatte ihn wegen Sibylle zu Hause gelassen, denn noch immer spielte er jedes Mal verrückt, wenn er sie sah. „Du hast vollkommen recht, wenn du die nicht leiden kannst. Du bist eben viel klüger als ich. Hätte ich nur auf mein erstes Bauchgefühl gehört und mich von ihr ferngehalten. Dieses blonde Gift hat mich ganz schön an der Nase herumgeführt mit seiner Mitleidsmasche! Und ich, dumme Kuh, bin auch noch darauf reingefallen!"

Jennifer kuschelte mit Sly auf dem Sofa und versuchte ein wenig zu schlafen, aber das war nicht möglich, denn tausend Gedanken gingen ihr durch den Kopf. Irgendwie hatte sich in der letzten Zeit alles verändert. Wieder fielen ihr die ständigen Streitereien zwischen Arteo und Cleo ein und der Zwischenfall in seinem Atelier, als Cleo das Modell ohrfeigen wollte. Was hatte Arteo damals Cleo nachgerufen? – Ich drehe dir den Hals rum oder so ähnlich? Jennifer setzte sich auf. Eigentlich war das eine Morddrohung gewesen und nicht allzu lange danach war Cleo verschwunden. Im Grunde genommen kam Arteo das doch alles sehr gelegen, denn sie war ihm doch eh nur noch lästig gewesen. – Und dann das ständige Geplänkel mit den Aktmodellen. „Ein Künstler braucht seine *Musen*" – Es war für Cleo schrecklich gewesen, in ihrem Alter ständig mit diesen jungen Dingern konkurrieren zu müssen. Eigentlich hatte Arteo sie bis ins Mark gedemütigt. Und jetzt auch noch diese Sibylle! Nun hatte er endlich das, was er schon immer wollte.

Das ganze Geschwafel, wie sehr er unter Cleos Verschwinden gelitten hätte, dass er durch die Hölle gegangen wäre und ihm jegliche künstlerische Inspiration geraubt worden sei, das war doch alles an den Haaren herbeigezogen und total übertrieben dargestellt. Jennifer nahm ihm das nicht ab. Im Grunde war er doch froh, dass

114

Cleo weg war. Was Besseres hätte ihm gar nicht widerfahren können.

Arteo hatte von der Situation nur profitiert. Nie zuvor hatte er als Künstler so viel Publicity genossen und dazu noch so gutes Geld verdient. Seine Bilder waren plötzlich gefragt. Neben Privatleuten erwarben nun auch Kunstsammler seine Arbeiten und zahlten ganz anständig dafür. Sogar die Stadt Mannheim hatte einen *Arteo* angekauft, der nun in einem der Trauungssäle im Filsbachschlösschen hing.

In den letzten zwei Monaten hatte er mit Sicherheit mehr verdient als in den letzten fünf Jahren zusammen. Dies war auch der Grund, warum er sich zwei Wochen zuvor einen lang gehegten Traum erfüllt und im Vorderhaus, einem schön renovierten Gebäude aus dem 18. Jahrhundert, eine geräumige Wohnung angemietet hatte. Seine ganze Situation hatte sich quasi über Nacht verbessert.

Und als Sahnehäubchen oben drauf war ihm jetzt noch Sibylle begegnet. Endlich hatte er eine junge, attraktive Frau an seiner Seite, um die ihn andere Männer beneideten. Das musste doch seinem Ego ungemein guttun!

Und wenn *er*? Jennifer wagte es kaum zu denken, geschweige denn auszusprechen, aber der Gedanke war nun mal plötzlich da und begann wie eine fixe Idee in ihrem Hirn zu kreisen: Und wenn er doch etwas mit Cleos Verschwinden zu tun hatte? Er war bereits die ganzen letzten Jahre auf Distanz zu ihr gegangen. Cleo hatte das nur nicht wirklich wahrhaben wollen und an der Beziehung krampfhaft festgehalten. Ob sie ihn jemals freiwillig aufgegeben hätte? Vielleicht war es ja aus seiner Sicht die einzige Möglichkeit gewesen, sie loszuwerden und wieder als freier Mann leben zu können? – Aber – Arteo ein Mörder? Wäre er tatsächlich fähig, einen Menschen zu töten, dazu noch die Frau, die er einmal geliebt hatte? – Nein, Jennifer konnte und wollte sich das nicht vorstellen. – Das ist doch alles Quatsch! – Was waren das bloß für bescheuerte Gedanken, die ihr da durch den Kopf gingen. Schluss jetzt! Sie musste sofort damit aufhören. Das war doch alles Unsinn. Arteo war ihr engster Freund. Er war halt mal schönen Frauen gegenüber nicht abgeneigt. Was war daran so schlimm? Sollte er doch mit Sibylle glücklich werden! Und außerdem: Cleo lebte!

Jennifer beschloss, sich nicht weiter in die Angelegenheit hineinzusteigern und die Freundschaft zu ihm auch weiterhin zu pflegen.

Ganz so einfach war das jedoch nicht, denn Sibylle war ihr gegenüber ziemlich kurz angebunden und mitunter auch recht schnippisch. Sie versuchte darüber hinaus zwischen Arteo und Jennifer einen Keil zu treiben. Wahrscheinlich wäre es ihr am liebsten gewesen, wenn die beiden den Kontakt zueinander abgebrochen hätten. Anscheinend wollte sie ihn ganz für sich allein haben.

Ende Oktober stand Sibylle nach langer Zeit einmal wieder vor ihrer Tür, was dazu führte, dass Sly außer Rand und Band war. Diesmal schloss Jennifer ihn ins Bad ein.

„Dass du dieses Vieh noch nicht nach Spanien zurückgeschickt oder im Tierheim abgegeben hast, kann ich nicht verstehen, bei dem Theater, das der jedes Mal macht", reklamierte Sibylle.

„Zunächst mal ‚Guten Abend' und darüber hinaus verhält sich Sly nur bei dir so. Der mag dich halt nicht", erwiderte Jennifer, „du hast doch selbst mal gemeint, dass Tiere unberechenbar seien."

„Na ja, kann schon sein. – Aber deswegen komme ich nicht. Ich wollte dir nur sagen, dass meine Wohnung am

116

Ersten frei wird. Arteo hat mich gebeten, zu ihm zu ziehen", und indem sie überheblich grinste, fügte sie hinzu: „Und diese Bitte konnte ich meinem Liebsten nicht abschlagen. Das verstehst du ja sicher?"

Jennifer war fassungslos, versuchte jedoch, es sich nicht anmerken zu lassen.

„Am Samstag kommt der Umzugswagen und holt alle meine Möbel ab und ab Sonntag bin ich dann nur noch bei ihm zu erreichen", erklärte Sibylle weiter.

„Und was machst du mit deinem Kater? Du weißt ja, dass Arteo eine Tierhaar-Allergie hat", fragte Jennifer.

„Ach so, Mephisto! – Den habe ich schon eine ganze Weile nicht mehr. Ich musste ihn einschläfern lassen, denn er hatte Katzenleukose."

„Oh, der Arme! Das tut mir aber leid", erwiderte Jennifer spontan.

„Muss dir nicht leidtun. Ist wahrscheinlich besser so. Ich hätte jetzt eh nichts mehr mit ihm anfangen können", erklärte Sibylle kühl und fügte hinzu: „Ich muss jetzt gehen, denn Arteo wartet schon auf mich, wir wollen uns einen kuscheligen Abend machen. Ich wollte nur, dass du Bescheid weißt und dich darauf einstellen kannst." Dann rauschte sie ab.

Jennifer lehnte sich von innen gegen das Türblatt. Sie hatte Tränen in den Augen. Es waren Tränen der Trauer. Sie fühlte sich schrecklich allein. Cleo blieb verschwunden und die Freundschaft zu Arteo schien ihr zu entgleiten. Aber es waren auch Tränen des Zorns über Sibylle und letztendlich über sich selbst.

117

14

Jennifer zog sich von beiden zurück, denn die Situation ging ihr gewaltig an die Nieren. Wahrscheinlich war es so für alle Beteiligten das Beste. Außerdem wollte sie sich niemandem aufdrängen. Wenn Arteo glaubte, mit Sibylle ein neues Leben anfangen zu müssen, dann wollte sie ihm dabei nicht im Wege stehen. Trotzdem schmerzte sie der Gedanke ungemein, ihren väterlichen Freund nach all den Jahren für immer verloren zu haben.

Umso erstaunter war sie, als Arteo sie in der ersten Novemberwoche anrief. „Geht's dir gut, meine Kleine?"

Wie vertraut doch seine Stimme klang! „Es ist mir schon besser gegangen", antwortete sie ein wenig bedrückt.

„Und ich bin schuld daran, hm? Gib es schon zu! Oder warum lässt du überhaupt nichts von dir hören?"

„Weil ich denke, dass es so besser ist. Das bringt doch alles nichts", erwiderte Jennifer, „du hast einen Strich unter die Vergangenheit gemacht und ein neues Leben begonnen und darin gibt es für mich keinen Platz."

„Ich weiß nicht, wie du darauf kommst? Ich bin da ganz anderer Meinung, Jenni! Was hat denn meine Beziehung zu Sibylle mit uns beiden zu tun? – Nichts! Absolut nichts! Zwischen dir und mir hat sich gar nichts geändert. Zumindest nicht von meiner Seite. – Du fehlst mir, meine Kleine, hörst du?"

Jennifer begann zu schluchzen und stockend mit leiser Stimme sagte sie: „Du fehlst mir auch. Ich vermisse dich so, aber ...!"

„Kein aber! Dann sind wir uns ja zumindest schon mal in einem Punkt einig, hm?", und kurz darauf fügte er hinzu: „Komm schon, hör auf zu weinen. Wir kennen uns jetzt schon so lange, du kannst mir nicht einfach so die Freundschaft kündigen! Was hältst du denn davon, mich heute Mittag im Atelier zu besuchen?

„Ach, ich weiß nicht, das ist doch für alle nur eine Quälerei. Sibylle und ich zusammen, das funktioniert einfach nicht", entgegnete sie ihm.

„Sibylle ist heute Mittag gar nicht da. Sie fährt nach Baden-Baden zum Shoppen, weil es in Mannheim angeblich nichts Gescheites gibt. Sie kommt nicht vor 8 Uhr zurück. Übrigens, wir gehen heute Abend in die *Onkel-Otto-Bar*, da gibt es gegen Mitternacht eine erotische Lesung. Du wolltest doch da schon immer mal rein. Das wäre doch die Gelegenheit! Und vielleicht versöhnt ihr zwei euch ja bei einem prickelnden Cocktail? Was meinst du?" Arteo startete einen letzten Versuch. Aber Jennifer wehrte ab.

„Lieber nicht! Das mit mir und Sibylle haut nicht hin. Schlag es dir aus dem Kopf! Wir sind einfach zu unterschiedlich! Ich denke, die *Onkel-Otto-Bar* müssen wir verschieben." Der Gedanke, erneut mit Sibylle Cocktails trinken zu müssen, vielleicht auch noch eine *Bloody Mary* wie damals im Musikpark, hatte für Jennifer eher etwas Abschreckendes.

„Okay, ich verstehe dich ja. Aber dann bleibt es dabei, dass du zu mir kommst! Wir trinken zusammen einen Kaffee und sprechen uns in aller Ruhe aus." Die Bestimmtheit mit der er das sagte, ließ keinen Widerspruch zu. „Wir haben genug Zeit, über alles zu reden. Allerdings hätte ich eine kleine Bitte: Lass bitte den Hund zu Hause! Meine Tierhaar-Allergie plagt mich zurzeit wieder ganz schön."

Jennifer willigte schließlich ein. Insgeheim war sie doch glücklich über Arteos Anruf und vor allem über das, was er gesagt hatte, nämlich, dass sie ihm fehle.

Drei Stunden später saßen sie in der kleinen Küche in Arteos Atelier bei Kaffee und Kuchen.

119

„Und, klappt es mit euch beiden? Wie fühlt es sich denn an, wieder so richtig mit einer Frau zusammenzuleben?", wollte Jennifer wissen.

„Das kann man nach so kurzer Zeit natürlich noch nicht ganz genau sagen, aber Sibylle ist schon ein Klasseweib. Manchmal ist sie ganz schön durchtrieben. Aber, ehrlich gesagt, das gefällt mir ja gerade so an ihr. Es wird nie langweilig, sie ist unglaublich fantasievoll", er grinste vielsagend, „wenn du verstehst, was ich meine!"

„Ich glaube schon, dass ich weiß, was du meinst. Obwohl ich persönlich es nicht nachvollziehen kann. Aber Männer denken da wohl anders", warf Jennifer ein.

„Weißt du, ich will einfach die Zeit mit Sibylle genießen. Wie schnell ist das Leben vorbei. Erst das mit Koko und dann Cleo, das hat mir schon schwer zu denken gegeben. Die beiden sind schließlich in meinem Alter gewesen. Ob das mit Sibylle auf Dauer gut geht, weiß ich nicht, aber ich lebe jetzt und sie gibt mir das Gefühl, wieder jung zu sein. Bei Cleo war bei mir schon seit geraumer Zeit alles tot. Ich habe nichts mehr empfunden und dachte schon, das liegt an mir, an meinem Alter. Und jetzt? Jetzt ist alles ganz anders." Arteos Augen leuchteten bei diesen Worten.

„Du bist also tatsächlich davon überzeugt, dass Cleo tot ist!" Jennifer schüttelte den Kopf. „Ich kann und will das einfach nicht glauben!"

Arteo nahm ihre Hand. „Ich habe dir schon mal gesagt, du musst es akzeptieren, dass Cleo nicht mehr zurückkommt. Ihr muss etwas zugestoßen sein. Ich fühle das. Niemand hat sie besser gekannt als ich. Jenni, ich muss dir gestehen, dass ich mich in letzter Zeit doch manchmal gefragt habe, ob Kokos Tod und Cleos Verschwinden nicht vielleicht doch in irgendeinem Zusammenhang stehen könnten. Zunächst habe ich das ja überhaupt nicht für möglich gehalten. Aber es ist doch seltsam, dass zwei Frauen, die sich darüber hinaus noch kennen, fast gleichzeitig etwas zustößt. Dazu noch hier im Jungbusch." Er schüttelte nachdenklich den Kopf. „Aber ich kann es drehen und wenden, wie ich will, ich erkenne nicht wirklich einen logischen Zusammenhang und finde auch kein Motiv", erklärte Arteo mit einer gewissen Frustration in der Stimme.

„Da gibt es auch keinen direkten Zusammenhang." Jennifer zog ihre Hand zurück. „Weil Koko nämlich tot ist und Cleo lebt. Das Einzige, was ich für möglich halte, ist, dass Cleo vielleicht durch das Auftauchen von Koko an die alten Zeiten in der WG erinnert wurde und daran, wie eure Beziehung mal war und was heute davon übrig geblieben ist. Und vielleicht hat das ja das Fass zum Überlaufen gebracht und sie wollte vielleicht nur noch weg, einfach mal für einige Zeit von der Bildfläche verschwinden und sich vielleicht über so einiges klar werden. Du weißt doch, wie impulsiv sie ist." Jennifer war nicht von dem Gedanken abzubringen, dass Cleo noch lebte und versuchte Arteo zu überzeugen.

„Vielleicht, vielleicht, vielleicht! – Vielleicht aber auch nicht!" Arteo konnte sich Jennifers Sichtweise nicht anschließen. Aber er wollte auch nicht weiter auf sie einreden und versuchen, sie vom Gegenteil zu überzeugen. Und darum wechselte er das Thema.

„Magst du einen Brandy?", fragte er sie nach dem Kaffee. „Ich habe noch einen guten französischen, ein Geschenk vom Galeristen. Ich denke, wir sollten auf unsere Versöhnung anstoßen. Meinst du nicht auch?"

Jennifer nickte zustimmend.

Während Arteo die Kaffeetassen wegstellte und den Brandy holte, stand Jennifer auf und ging hinaus in den großen Atelierraum. Aufmerksam betrachtete sie seine neuen Arbeiten. Es waren fast ausschließlich Aktzeichnungen und das Modell, wie hätte es auch anders sein können, war natürlich Sibylle.

Ihr fiel auf, dass das Atelier sich ein wenig verändert hatte. Obwohl es sehr geräumig war, wirkte es im Vergleich zu früher ziemlich zugestellt. Arteo hatte auch einige Möbel anders angeordnet. Erst jetzt bemerkte sie, dass die alte Bank aus der Küche hier draußen stand. Einen Teil des Mobiliars kannte sie gar nicht.

„Hier hat sich ja einiges verändert", rief Jennifer ihm zu. „Ein paar Sachen habe ich noch gar nicht gesehen. Der große Spiegel da drüben, Mensch, der ist wirklich toll! Der ist doch richtig alt, oder?"

„Ja, der ist super, nicht wahr? Den hat Sibylle mitgebracht. Ein Erbstück von ihrer Mutter, die hatte früher mal eine eigene Schneiderwerkstatt und als sie die auflöste, hat sie ihn ihrer Tochter vermacht. Und ist dir eigentlich aufgefallen, dass du in der Küche die ganze Zeit auf einer antiken Seemannstruhe gesessen hast? Die ist doch klasse, oder? Laut Sibylle ist sie von 1890, ein Original, eine richtige Antiquität! Die beiden Teile haben nicht mehr in die Wohnung gepasst, außerdem waren sie unglaublich schwer und da haben wir sie einfach hier unten gelassen. Ich finde, die machen sich richtig gut, findest du nicht?"

Erst jetzt nahm Jennifer die riesige Truhe wahr, auf der sie beim Kaffeetrinken gesessen hatte. Sie war ihr wahrscheinlich auch deshalb nicht aufgefallen, weil Arteo eine Decke darauf gelegt hatte.

„Die armen Umzugsleute, die mussten ja ganz schön schleppen. Die Truhe sieht richtig schwer aus!"

„Das kannst du laut sagen, die haben gewaltig gestöhnt, denn die hat ein saumäßiges Gewicht. Das ist massives Eichenholz und dazu kommen noch die riesigen Eisenbeschläge. Man kann sie kaum hochheben. Das ist ein

Erbstück von Sibylles Großvater. Der ist nämlich zur See gefahren", erklärte nun Arteo. „Über die Truhe habe ich mich richtig gefreut, so eine habe ich mir schon immer gewünscht."

„Und was ist da drin?", fragte Jennifer nach.

„Nichts! Die ist leer. Aber wir können sie im Moment leider nicht aufmachen, weil irgendwann mal der Schlüssel verlorengegangen ist. Es wäre schade, jetzt daran rumzumachen und das Holz zu beschädigen. Bei Gelegenheit muss da mal ein Fachmann kommen. Aber das eilt ja nicht. Jetzt lassen wir sie erst mal in der Küche stehen und nutzen sie dort als Sitzbank. Da stört sie nicht. Und später, wenn wir im Atelier alles ein bisschen anders arrangiert haben, schleppen wir sie hierher und da werde ich sie dann in eines meiner neuen Bilder einbauen."

Jennifer blickte ihn skeptisch an. „So? Und was soll das dann werden?"

„Weißt du, ich sehe das schon vor mir: Sibylles geschmeidiger Leib mit ihrer zarten weißen Haut, hingegossen auf dem massiven dunklen Holz der schweren alten Truhe. Ein Bild für Götter!" Arteo machte eine rhythmische Handbewegung, welche einen weiblichen Körper beschrieb.

„Spinner! Du bist wirklich nicht mehr zu retten", lachte Jennifer und ging auf Arteo zu.

Während er sie freundschaftlich umarmte, meinte er: „Ich weiß, dass ich verrückt bin, aber so bin ich nun mal! Du kennst mich doch."

Jennifer seufzte und wandte sich zum Gehen.

Doch Arteo bat sie, noch einen Augenblick zu warten und teilte ihr mit, dass er mit Sibylle für Mitte November eine mehrtägige Reise nach Paris geplant habe. Im Louvre gäbe es eine fantastische Ausstellung, die er sich nicht entgehen lassen wolle.

„Könntest du mir einen Gefallen tun und in der Zeit vielleicht Prometheus füttern? Das wäre wirklich lieb von dir. Du könntest doch, wenn du mit Sly sowieso Gassi gehst, kurz ins Atelier reinschauen und dem Goldfisch was geben und den Benjamini gießen. Am besten jeden zweiten Tag einen halben Joghurtbecher Wasser. Das ist die Pflanze gewohnt und so gedeiht sie am besten. – Meinst du, das lässt sich machen?"

Er lächelte sie in einer Weise an, die es ihr unmöglich machte, ihm seine Bitte abzuschlagen.

„Ich weiß, dass ich dich sehr in Anspruch nehme, aber ich bring dir auch was Schönes aus Paris mit!"

„Klar, für dich mach ich das gerne, aber nur für dich!", willigte Jennifer ein. „Wann fahrt ihr denn los?"

„Am 13. November, abends."

„Und was ist das für ein Wochentag?", hakte Jennifer nach.

„Ein Freitag", erwiderte er und ahnte schon, was jetzt kommen würde.

„Was, Freitag, der 13.? Da hast du dir aber einen Supertermin ausgesucht. Bist du überhaupt nicht abergläubisch?" Jennifer schien besorgt zu sein.

„Das ist doch alles Quatsch! Ich habe noch nie an diesen Humbug geglaubt", versicherte ihr Arteo im Brustton der Überzeugung, „am Freitag, den 13. habe ich immer besonders viel Glück." Er lachte.

„Reicht es denn, wenn ich am Sonntag zum ersten Mal vorbeikomme?", fragte Jennifer nach.

„Ja, sicher, wir fahren ja erst spät am Freitagabend los. Wir haben einen Schlafwagen reserviert. Sibylle fand das prickelnd und erregend: Sex im Zug! Na ja, ich fand die Vorstellung auch ganz scharf, obwohl ich eigentlich zunächst früh morgens den französischen TGV nehmen wollte, den

Hochgeschwindigkeitszug, dann wären wir zum Frühstück in Paris gewesen, aber dann hat sie mich überzeugt, meine kleine Hexe!" Er lachte. „Ich habe dir ja gesagt, mit Sibylle wird es nie langweilig. Da knistert es immer!"

„Du bist schon ganz schön durchgeknallt, Arteo. Aber du brauchst dir keine Sorgen zu machen, ich kümmere mich hier um alles. Ich habe ja sowieso noch einen Schlüssel zu deinem Atelier."

„Ja, ich weiß", erwiderte er nun ein bisschen zögerlich, „ich hätte da allerdings noch eine große Bitte an dich, Jennifer."

„Und die wäre?" Sie schaute ihn erwartungsvoll an.

„Ich wäre dir sehr verbunden, wenn das unter uns bleibt. Ich kann mich doch darauf verlassen, oder?" Er schaute Jennifer eindringlich an.

Sie verstand nicht, was er damit meinte. „Was heißt das, ‚dass das unter uns bleibt‘?"

„Na ja", begann Arteo herumzustottern, „wie soll ich dir das sagen? Sibylle ist manchmal ein bisschen zickig und ich denke, es würde ihr nicht passen, wenn sie wüsste, dass du einen Schlüssel für mein Atelier hast. Sie ist ziemlich eifersüchtig, musst du wissen. Sie hat mir eh schon mal vorgeworfen, ich hätte was mit dir."

„Du mit mir? Das ist ja lächerlich!" Jennifer war äußerst irritiert über das, was sie da hörte und in gewisser Weise auch verärgert. Trotzdem sagte sie nach einer Weile: „Also gut, wenn es dich glücklich macht, ich werde schweigen wie ein Grab." Dabei legte sie ihren Zeigefinger auf die Lippen.

Als sie sich verabschiedete und die Tür hinter sich schloss, schüttelte sie verständnislos den Kopf und murmelte vor sich hin: „So ein verliebter Trottel!"

125

15

Es regnete in Strömen. Jennifer wischte mit dem Ärmel ihres ausgeleierten grauen Sweatshirts ein Guckloch in die angelaufenen Fensterscheiben. Sie blickte hinunter zur Hafenstraße und hinüber zum Verbindungskanal. Niemand war zu sehen – nicht einmal die Schwäne und Enten, die sich sonst immer unterhalb der Teufelsbrücke tummelten und die dazu beitrugen, diesen Ort zu einer kleinen Idylle zu machen, die niemand im Jungbusch vermutet hätte.

Sie betrachtete erneut den Himmel und suchte mit den Augen die geschlossene Wolkendecke ab, in der Hoffnung, irgendwo einen Lichtstrahl ausmachen zu können. „No chance!", seufzte sie vor sich hin, während sie den Kopf schüttelte. Es war eben ein typischer Novembertag, einer dieser Sonntage, an denen man der Heiligen, der Seligen oder der Toten gedachte oder am besten gleich aller dreien zusammen.

Jennifer musste grinsen. Wie hatte ihr erster Freund Holger damals am 17. November gesagt? – ‚Busen- und Bett-Tag' – dabei hatte er sie begehrlich angesehen und war mit ihr in die Federn gekrochen. Sie erinnerte sich daran, dass Holgers Eltern seinerzeit für ein paar Tage an die Nordsee gefahren waren und ihnen somit eine sturmfreie Bude hinterlassen hatten. Ihrer Mutter und ihrem Vater hatte sie erzählt, dass sie bei ihrer Freundin Natalie übernachte. Gott sei Dank hatten sie es geglaubt. Es war das erste Mal, dass Jennifer mit einem Jungen eine ganze Nacht verbrachte und darüber hinaus noch den darauffolgenden Tag.

„Ja, das waren noch Zeiten!", seufzte Jennifer, „mit Holger im Bett liegen, kuscheln und knutschen, billigen Faber-Sekt in der Badewanne schlürfen und uns gegenseitig mit Erdnussflips füttern." Sie hatten seinerzeit zwar nur ihr

126

Taschengeld gehabt, aber trotzdem waren sie glücklich gewesen. Die Unbeschwertheit von damals war Jennifer schon lange abhandengekommen – so wie auch der Buß- und Bettag 1995 der Blüm'schen Pflegeversicherung zum Opfer gefallen war. Nach dem Abi musste Holger dann zum Bund und Jennifer begann ihr Studium. So trennten sich ihre Wege und auch ihre Herzen. Wie das nun mal meistens ist mit der ersten großen Liebe.

Wieder blickte Jennifer hinunter zum Verbindungskanal. „Wer geht an einem solchen Tag schon freiwillig aus dem Haus, wenn er nicht unbedingt muss? – Nur Masochisten, Hundebesitzer oder so Bescheuerte wie ich, die sich immer für alles Mögliche einspannen lassen", murmelte sie vor sich hin. Sie nahm einen Schluck aus ihrem blauen Kaffeebecher und zog zum letzten Mal an ihrer *Dunhill*. „Blöder Glimmstängel, wenn ich mir das bloß abgewöhnen könnte", seufzte sie, während sie den Stummel in der Erde einer vertrockneten Topfpflanze ausdrückte.

Mittlerweile hatte sich Sly neben sie gesetzt. Er blickte sie mit seinen großen braunen Kulleraugen flehentlich an und äußerte ein verhaltenes „Wuff", was so viel bedeuten sollte, wie, wenn du nicht bald mit mir rausgehst, pinkle ich dir mitten auf den Teppich!

„Ist ja schon gut, Kumpel!" Sie streichelte ihm über seinen wuscheligen Kopf. „Ich habe es nicht vergessen, wir gehen gleich rüber in Arteos Atelier und gießen seine Blumen und füttern den Goldfisch. Prometheus erwartet uns bestimmt schon sehnsüchtig und der Benjamini lässt sicher auch schon die Blätter hängen. Wie hat Arteo doch gesagt: ‚Jeden zweiten Tag einen halben Joghurtbecher voll Wasser, so ist es die Pflanze gewöhnt' ", erklärte sie Sly, der ihr aufmerksam zuhörte, auch wenn er wahrscheinlich überhaupt nichts verstand. „Aber dass er mich gebeten hat, Si-

127

bylle nicht zu sagen, dass ich einen Schlüssel für sein Atelier habe, das ist wirklich das Letzte. Ich finde das ziemlich daneben! Dass er sich das von ihr gefallen lässt! Dieser blonde Vamp scheint ihn ganz schön im Griff zu haben. Aber so sind sie halt, die Männer, Sly! Sie treffen ihre Entscheidungen oft weder mit dem Herzen noch mit dem Kopf, sondern mit ganz anderen Körperregionen." Jennifer grinste vor sich hin, denn ihr fiel gerade der Emanzenspruch ein, den Cleo schon seit ewigen Zeiten in ihrem Klo hängen hatte. „Als Gott den Mann schuf, übte *sie* nur!"

Erneut machte sich Sly durch ein lautes „Wuff" bemerkbar. Jennifer kniete sich nieder und kraulte ihn hinter den Ohren. „Okay, wir gehen ja schon. Wenn ich den Benjamini vertrocknen lasse, killt mich Arteo, wenn er nächste Woche aus Paris zurückkommt. Du musst kein schlechtes Gewissen haben, mein Dicker, du hast ja recht, wenn du dich meldest!"

Sly legte seinen Kopf zur Seite und schaute sie treuherzig an, zumindest empfand Jennifer es so. In der Hundesprache sollte es aber wohl eher so viel heißen wie: „Was für ein schlechtes Gewissen meinst du denn und außerdem, nenn mich nicht immer ‚Dicker'!"

Kurz darauf stand Sly voller Erwartung an der Wohnungstür, während Jennifer ihre neue Regenjacke über den dicken Pulli zog und die Kapuze aufsetzte.

„So, auf, jetzt aber nichts wie raus!" Gerade als sie die Tür öffnen wollte, klingelte ihr Handy. Sie schaute aufs Display. „Oh, nein! Mama!", und zu Sly gewandt, meinte sie: „Nun kann es doch noch ein wenig dauern, Dicker! Sorry!" Während sie das Gespräch annahm, streifte sie ihre Jacke ab und ließ sich in ihr blaues Sofa plumpsen.

„Hi, Mama! Wie geht's? Seit wann seid ihr denn zurück?"

„Hallo Jennifer, wie geht es dir?", und ohne eine Antwort abzuwarten, fuhr sie fort. „Das Schiff ist gestern Abend in

Bremerhaven eingelaufen. Dein Vater und ich sind gleich in den ICE gestiegen und die ganze Nacht durchgefahren bis heute Morgen! Ich kann dir sagen, wir sind hundemüde."

„Ja, und wie war eure Weltreise? Ihr müsst doch unheimlich viel gesehen haben!" Auch wenn Jennifers Beziehung zu ihrer Mutter nicht die beste war, so freute sie sich jetzt trotzdem, nach so langer Zeit Caterinas Stimme zu hören.

„Anstrengend, mein Kind! Natürlich haben wir viel erlebt, aber ich bin froh, dass ich jetzt wieder daheim bin. Drei Monate unterwegs, das ist einfach viel zu lang, da merke ich, dass ich keine 20 mehr bin", stöhnte Caterina. „Und wie ist es dir in der Zeit ergangen? Gibt es was Neues, hast du einen festen Job gefunden?" Die Stimme ihrer Mutter veränderte sich und nahm schon wieder den Tonfall an, der Jennifer so überaus bekannt vorkam und den sie so verabscheute.

„Nein, es gibt eigentlich nichts Neues. Ich bin viel unterwegs. Im Moment schreibe ich für ganz verschiedene Zeitungen, muss alle möglichen Leute interviewen und jede Menge recherchieren. Und das ist, wie du ja weißt, manchmal ganz schön stressig."

„Du hast es ja so gewollt, Jennifer. Hättest du dir einen vernünftigen Beruf gesucht, bekämst du jeden Monat dein festes Gehalt und müsstest nicht jedem Auftrag hinterherrennen."

„Mama, das hatten wir doch schon! Jetzt bist du kaum da und fängst gleich wieder damit an!" Jennifer hatte keine Lust, sich immer von neuem für ihren Lebensstil rechtfertigen zu müssen.

„Na ja, ich mache mir halt Sorgen um dich. Das ist doch kein Leben! Du bist jetzt 33 und hast noch immer keine feste

Anstellung. Und dann musstest du ja auch unbedingt noch in den Jungbusch ziehen. Du weißt, dass das deinem Vater und mir von Anfang an missfallen hat. In dieser Gegend wohnt eben niemand, der nur ein bisschen was auf sich hält. Schon gar keine Akademikerin aus gutem Hause! Das darf man wirklich keinem erzählen, dass du da lebst. Was glaubst du, was unsere Nachbarn von uns denken würden, wenn sie das wüssten! Wir könnten uns nirgends mehr sehen lassen!" Caterina klang pikiert.

„Mama, abgesehen davon, dass es mich überhaupt nicht interessiert, was deine Nachbarn über mich denken, möchte ich dich nur einmal wieder daran erinnern, dass du damals mit mir in den Jungbusch gezogen bist. Hast du das denn vergessen?"

„Ach, was, das war etwas ganz anderes und das waren auch andere Zeiten. Das kannst du überhaupt nicht miteinander vergleichen!" Caterina ließ den Einwand ihrer Tochter nicht gelten.

„Wenn du mich nur angerufen hast, um mir Vorwürfe zu machen, dann sollten wir das Gespräch jetzt besser beenden." Der verärgerte Ton in Jennifers Stimme war unüberhörbar.

„Entschuldige, Jennifer. Du kennst mich doch. Ich meine das nicht so", versuchte Caterina einzulenken. Sie merkte, dass sie mal wieder zu weit gegangen war.

„Lass es! Ich kenne dich, Mama, und wie ich dich kenne! Aber du musst dich endlich damit abfinden, dass ich allein entscheiden will, wie ich leben möchte. Ich bin, wie du ja schon richtig bemerkt hast, 33 Jahre und kann selbst für mich sorgen."

„Ja, ist schon in Ordnung. Ich wollte dich übrigens daran erinnern, dass dein Vater am 21. November Geburtstag hat. Und dieses Jahr ist es ja ein besonderer Geburtstag. Peter wird 70 und wir wollen hier im Ort feiern, im *Goldenen Ochsen*. Du kommst doch?"

Jennifer seufzte: „Muss das unbedingt sein? Du weißt doch, Familienfeiern sind nicht mein Ding. Ich kann mit den meisten Leuten, die da kommen, sowieso nichts anfangen."

„Ich weiß, du gibst dich lieber mit deinen brotlosen Künstlerfreunden im Jungbusch ab. Du weißt doch, zu Papas Geburtstag kommen einflussreiche Leute, da kannst du vielleicht ganz interessante Kontakte knüpfen", warf Caterina schnell noch ein.

„Du redest schon wieder wie Papa. Hast du denn überhaupt keine eigene Meinung mehr? Mama, merk dir ein für alle Mal, ich bin an diesen Kontakten nicht interessiert. Außerdem suche ich mir selbst aus, mit wem ich zusammen sein will. Und darüber hinaus kann ich auch Sly nicht so lange allein lassen."

„Sly? Wer ist das denn?", und nach einer Pause fuhr Caterina mit verheißungsvoller Stimme fort. „Du hast doch nicht etwa einen neuen Freund? Ist er Amerikaner oder Engländer? Gibt es da etwas, was ich wissen sollte?" Caterina hoffte mal wieder, dass ihre Tochter endlich den Richtigen gefunden haben könnte. Am liebsten hätte sie Jennifer in geordneten Verhältnissen an der Seite eines standesgemäßen Mannes, am liebsten noch mit zwei Kindern, gesehen. Aber sie dachte überhaupt nicht daran, ihrer Mutter diesen Wunsch zu erfüllen.

„Nein, Sly ist Spanier", erwiderte Jennifer und ließ Caterina noch ein bisschen zappeln.

„Aber hoffentlich kein Gastarbeiter aus dem Jungbusch!" Caterinas Stimme klang konsterniert.

„Und wenn? Hast du etwas gegen Migranten? – Aber ich will dich nicht länger auf die Folter spannen. Sly ist mein Hund!", erklärte ihr Jennifer lachend.

131

Caterina schwieg. Sie atmete tief durch. „Was? Jetzt hast du auch noch einen Hund? – Der hat dir gerade noch gefehlt!"

„Eigentlich war es Cleos Hund", erklärte ihr nun Jennifer, „sie hat ihn aus Spanien kommen lassen. Bloß als Cleo sich dann plötzlich abgesetzt hat, ließ sie den kleinen Kerl einfach in ihrem Atelier zurück. Arteo hat ihn dort zwar rausgeholt, wollte ihn aber nicht behalten. Du weißt doch, dass er eine Tierhaar-Allergie hat. Aber darüber hinaus mochte Sly auch seine neue Freundin Sibylle nicht. Er hat sie immer angegiftet und beinahe hätte er sie einmal gebissen. Na ja, und dann hab ich ihn halt zu mir genommen."

„Was erzählst du mir da alles für Storys? Ich komme da gar nicht mehr mit!" Caterina fühlte sich erschlagen von all den Neuigkeiten. „Und da sagst du zu mir, es gäbe nichts Neues?"

„Na ja, ich dachte, das interessiert dich nicht. Du willst doch mit deinen alten Freunden sowieso nichts mehr zu tun haben? Oder verstehe ich dich da seit Jahren falsch?", erwiderte Jennifer provozierend.

„Auch wenn ich den Kontakt mit ihnen nicht mehr pflege, heißt das noch lange nicht, dass es mir gleichgültig ist, was ihnen widerfährt. Das weißt du ganz genau!", konterte Caterina und meinte: „Aber du hast gesagt, Cleo habe sich abgesetzt. Was willst du denn damit sagen?", fragte Caterina nach.

„Ach so", warf Jennifer ein, „das kannst du ja gar nicht wissen! Da hast du ja schon die Weltmeere unsicher gemacht", erklärte Jennifer spitz und ergänzte im selben Tonfall: „Deine alte Freundin Cleo ist im Sommer plötzlich von einem Tag auf den anderen verschwunden, hat sich einfach so aus dem Staub gemacht." Und nach einer Weile fuhr Jennifer fort: „Aber irgendwie passt das ja zu ihr. Ich bin mir sicher, in ein paar Wochen steht sie vor der Tür und tut so, als wäre nichts gewesen. Und ihren Hund will sie dann sicher auch wieder zurück haben, aber da hat deine Freundin schlechte Karten." Jennifer machte es Spaß, ihre Mutter ein wenig hochzunehmen.

„Du musst nicht gleich übertreiben! Ich möchte dich bitten, nicht immer ‚deine alte Freundin Cleo' zu sagen. Du weißt, das sind alte Kamellen. – Aber trotzdem, das interessiert mich schon. Wo ist Cleo denn hingegangen?" Caterinas Neugierde war geweckt.

„Keine Ahnung. Sie hat sich bei niemandem gemeldet. Keiner weiß etwas", versicherte Jennifer.

„Irgendwie kann ich das nicht glauben. Man geht doch nicht einfach so weg. Selbst Cleo würde das nicht tun. – Ja und Arteo? – Wie hat der denn darauf reagiert?" Caterina irritierte das alles schon sehr.

„Du weißt doch, Mama, Cleo war schon immer exzentrisch. Da muss man doch nur ihr Atelier betrachten, dann wird einem schnell klar, wie sie tickt. Ich denke, sie hat einfach mal eine Auszeit gebraucht und wollte zu Arteo auf Distanz gehen. Ich hab dir doch gerade gesagt, dass er eine neue Freundin hat. Gut, die hat sie zwar nicht mehr kennengelernt, aber er hat die ganze Zeit davor schon immer wieder mit anderen Mädchen rumgemacht. Ich glaube, das hat Cleo ganz schön geschafft. Mehr, als sie zugeben wollte."

„Das heißt dann also, Arteo und Cleo haben sich getrennt. Nach all den Jahren! Die waren doch ewig zusammen!" Caterina konnte es gar nicht glauben. Wenn ich noch an das Drama von damals denke. Besonders an die arme Lara! Ich habe dir das doch mal erzählt, oder?"

„Ja, ich erinnere mich dunkel daran", bestätigte ihr Jennifer.

133

„Cleo und Arteo waren damals ganz schön rücksichtslos. Die waren so verrückt aufeinander, dass sie über Leichen gegangen sind, im wahrsten Sinne des Wortes, denn die arme Lara hat das seinerzeit nicht verkraftet und sich, wie du ja weißt, das Leben genommen. Ich hatte das eigentlich alles schon ganz vergessen." Caterina klang verstört. „Das war furchtbar tragisch!"

„Von dieser heißen Liebe ist leider wenig übrig geblieben. Die Beziehung von Cleo und Arteo war schon seit langer Zeit gestört und sie hatten schon seit Jahren immer wieder Streit. Arteo mit seinen ständigen Affären und seinem Hang zu jungen Frauen. Sibylle ist ja sogar noch ein Jahr jünger als ich. Na ja, da hat er sich was vorgenommen, der alte Knabe!" Jennifer musste grinsen. „Wenn der Schuss mal nicht nach hinten losgeht!"

„Ich finde das überhaupt nicht lustig." Caterina ärgerte sich und fühlte sich in ihrer seit Langem gehegten Meinung bestätigt. „Arteo ist doch unmöglich! Na ja, Künstler und dann auch noch ein Linker! Ich habe das damals schon gewusst, diese Männer sind doch alle nicht beziehungsfähig, geschweige denn, Männer zum Heiraten. Schau dir doch mal die linken Politiker an: den Schröder, den Lafontaine oder den Fischer, die sind alle drei bis vier Mal verheiratet und die Auserwählten werden immer jünger. Konservative Männer sind da einfach beständiger. Ich bin froh, dass mir damals Peter begegnet ist und ich aus dieser Szene raus bin."

„Na ja, Mama, deine Wertkonservativen mögen ja vielleicht beständiger sein, aber dafür sind sie auch erheblich langweiliger."

Und bevor Caterina ihr widersprechen konnte, fuhr sie fort: „So, Mama, und jetzt muss ich Schluss machen. Sly muss unbedingt raus und dann muss ich noch rüber in die

Filsbach in Arteos Atelier die Blumen gießen und den Goldfisch füttern."

„Wo ist Arteo denn hingefahren?", fragte Caterina unbeeindruckt nach.

„Die sind nach Paris – in die Stadt der Liebe. Dort ist zur Zeit im Louvre eine große Ausstellung über die venezianischen Künstler im 16. Jahrhundert. Da wäre ich jetzt auch lieber", seufzte Jennifer.

„Du, bevor du auflegst: Wie sieht's denn jetzt aus? Kommst du am nächsten Samstag zu Papas Geburtstag?" Caterina gab nicht so einfach auf. „Wir würden uns alle sehr freuen. Dein Bruder hat dich ja auch schon ewig nicht mehr gesehen. Und mir fehlst du ganz besonders, meine Kleine." Die Stimme ihrer Mutter wurde für einen Augenblick zärtlich und weich.

„Mal sehen, Mama, wenn ich es einrichten kann. Wir können ja kurz vorher nochmals telefonieren!"

„Schön, ich erwarte deinen Anruf. Und noch was, gibst du mir Bescheid, wenn Cleo auftaucht? Ich weiß nicht, irgendwie beunruhigt mich ihr Verschwinden. Aber wahrscheinlich sehe ich mal wieder Gespenster. Also dann tschüss, Jennifer."

„Tschüss, Mama und grüße Papa und Nico von mir." – „Geschafft! So, Sly, jetzt aber nichts wie los!" Im Treppenhaus nahm sie ihn an die Leine.

Als sie vor die Tür trat, prasselte ihr der Regen ins Gesicht. Aber Sly kannte kein Erbarmen und zog sie hinaus auf die Straße, wo er Dringendes zu erledigen hatte. Jennifer stand daneben, während das Wasser in Strömen an ihr hinabfloss.

Zwei Ecken weiter, am Luisenring, erwies sich ihre Regenjacke als alles andere als wasserdicht, was Jennifers Laune auf den Tiefpunkt brachte. „Bestimmt *Made in China* – Die produzieren einfach nur Ramsch!" Als sie dann

135

am Odeon-Kino vorbeikamen, blieb sie unter dem Vordach stehen und betrachtete die Filmplakate. *Vision – aus dem Leben der Hildegard von Bingen* mit der Sukova. Und die Trotta als Regisseurin. Der Streifen musste gut sein! Daneben war ein Hinweis auf den aktuellen Film: *Das weiße Band*. Er hatte im Frühjahr in Cannes die *Goldene Palme* erhalten und war sogar für den Oscar nominiert. Er schien spannend zu sein, es ging dabei um mysteriöse Vorfälle in einem protestantischen norddeutschen Dorf im Deutschen Kaiserreich. Historie und Mystik, das war genau die Mischung, die ihr gefiel. Sie schaute auf die Anfangszeiten und beschloss, sich ihn am späten Nachmittag anzusehen.

Das *Odeon* war überhaupt ein tolles Kino. Es hatte schon in ihrer Kindheit existiert. Der alte Herr Egner, der seinen Milchladen über Jahrzehnte in der Werftstraße hatte, erzählte ihr einmal, dass es das *Odeon* sogar schon lange vor dem Krieg gegeben habe. Heute war es ein Programmkino, genauso wie das *Atlantis*. Die beiden Kinos hoben sich angenehm von denen in der City ab, wo meist jede Menge Schrott aus den USA lief.

Jennifer nahm eine Zigarette und ihr Feuerzeug aus der Jacke. In Arteos Atelier durfte sie nicht rauchen, also würde sie sich jetzt noch schnell eine reinziehen. Aber sie hatte sich keine gute Stelle ausgesucht, denn ausgerechnet in diesem Augenblick zerbarst ein Dachkandel und ein regelrechter Wasserfall ergoss sich über sie. Nicht einmal das schmale Vordach konnte den Sturzbach aufhalten. Jennifer war klitschnass und begann zu fluchen: „Wenn Arteo das nächste Mal mit seiner *Muse* in Urlaub fährt, dann soll gefälligst jemand anders seine Blumen gießen und den Goldfisch füttern!"

Triefend vor Nässe betrat sie kurz darauf mit Sly das Atelier. Gott sei Dank hatte Arteo vergessen, die Heizung herunterzudrehen und so war es wenigstens kuschelig warm. Sly triefte vor Nässe und sah aus wie ein begossener Pudel, obwohl er ja eigentlich gar kein richtiger Pudel war.

Jennifer ging in Arteos kleines Badezimmer und nahm ein Handtuch vom Regal, mit dem sie erst einmal sich selbst abtrocknete und dann Sly abrubbelte, der das sichtlich genoss. Dann ließ sie sich in dem riesigen alten Ohrensessel nieder, der in einer Ecke des Ateliers stand. Sly nutzte sofort die Gunst der Stunde, indem er auf Jennifers Knie sprang und sich zu ihr in den Sessel quetschte. Da Sly, was seinen Körperbau anbelangte, doch eher einem Pudel als einem Hirtenhund ähnelte, fanden sie beide Platz darin.

Jennifer betrachtete Arteos Bilder. Sie waren meist sehr farbenfroh und man konnte immer etwas Neues in ihnen entdecken. Cleo hatte früher ganz ähnlich gemalt, aber mit der Zeit waren ihre Bilder dunkler geworden und die Formen bizarrer. Daran hatte auch die Swing-Musik nichts ändern können. Dementsprechend hatte Cleo auch in den letzten Jahren viel weniger verkauft.

Ihr Blick fiel auf Arteos Staffelei. „Schon wieder!", murmelte sie. Denn auf der Leinwand war natürlich ein Akt abgebildet. Dieses Mal allerdings in Öl. Das Bild war fast fertig und es stellte natürlich Sibylle dar. „Eine klasse Figur hat sie ja", bemerkte Jennifer fast ein bisschen neidisch, während sie weniger die Art der Darstellung, als vielmehr die Dargestellte begutachtete. ‚Ihr Gesicht ist zwar gut geschnitten, aber es gefällt mir trotzdem nicht, obwohl Arteo es gewaltig geschönt hat. Da ist ein Zug um ihren Mund, den ich einfach nicht mag. Na ja, *nobody is perfect*, und Männer sehen Frauen sowieso mit anderen Augen.' Wieder fiel ihr ein Emanzenspruch aus Cleos Atelier ein. „Warum ziehen Männer schöne Frauen den Klugen vor? – Weil es einfacher ist zu sehen als zu denken!"

Obwohl Jennifer mit Sly in dem bequemen Sessel kuschelte und im Trockenen und Warmen saß, fühlte sie sich unwohl. Das Telefonat mit ihrer Mutter hatte sie aufgewühlt. Wie schon so oft hatte es Caterina mal wieder verstanden, aus einer Mücke einen Elefanten zu machen. Dabei war es weniger das gewesen, was sie gesagt hatte, als vielmehr das, wie sie es gesagt hatte. Caterinas Reaktion auf Cleos Verschwinden hatte Jennifer zum ersten Mal wirklich nachdenklich gestimmt. Eigentlich war sie noch immer felsenfest davon überzeugt, dass Cleo entweder am Strand irgendeiner spanischen Insel lag beziehungsweise in einer griechischen Taverne oder in *Rick's Café* in Casablanca saß. Dass Arteo sie abgeschrieben hatte, wunderte Jennifer nicht, vielleicht war ja hier sogar der Wunsch der Vater des Gedanken. Aber dass sogar Caterina jetzt noch indirekt angedeutet hatte, Cleo könne etwas zugestoßen sein, hatte sie doch sehr irritiert. Ihre Mutter hatte zweifellos einen ausgeprägten Realitätssinn, der mitunter klarer war, als es Jennifer lieb war. Immerhin hatte Caterina damals eng mit Cleo in der WG zusammengelebt und kannte sie doch recht gut. Jennifer schüttelte den Kopf. „Nein, Mama, dieses Mal irrst du dich definitiv!"

Cleo hatte mit ihrem Verschwinden Arteo eins auswischen wollen, da war sich Jennifer ganz sicher. Nur leider hatte sie die Rechnung ohne den Wirt gemacht, denn Arteo hatte schnell Trost in Sibylles Armen gefunden. Cleos Plan war nicht aufgegangen. Anstatt ihn zurückzugewinnen, hatte sie ihn endgültig verloren.

Wie sie darauf wohl bei ihrer Rückkehr reagieren würde?

16

„Jetzt aber nichts wie Blumengießen und Prometheus füttern, sonst kann ich meinen Kinobesuch vergessen." Jennifer stand auf, Sly sprang ebenfalls aus dem Sessel. Sie holte den kleinen Joghurtbecher, der neben dem Benjamini stand und ging damit zur Küche. Gerade hatte sie die Tür einen Spalt geöffnet, da drückte sich schon Sly an ihr vorbei, rannte hinein und machte sich an der Seemannstruhe zu schaffen.

„Hör auf, an der Antiquität herumzukratzen! Du demolierst ja das ganze Holz! Ich habe keine Lust, Sibylle Schadensersatz zu zahlen."

Sly ließ sich jedoch davon nicht beeindrucken und machte weiter, bis es Jennifer schließlich zu bunt wurde und sie ihn ganz einfach am Halsband wegzog. „Jetzt ist aber Schluss! Aus! Sitz!"

Sly schnaubte beleidigt, ließ sich jedoch schließlich auf dem Boden nieder, wo er seinen Kopf schmollend auf die Vorderpfoten legte und sie mit vorwurfsvollen Augen betrachtete.

Jennifer drehte den Wasserhahn auf und hielt den Joghurtbecher darunter. Als ihr Blick in die große Spüle aus weißem Emaille fiel, schüttelte sie den Kopf. „Männerwirtschaft! Du bist schon ein ganz schöner Schlamper, mein lieber Arteo. Wenn du hier schon deinen Pinsel auswäschst, dann solltest du das Becken anschließend wenigstens richtig reinigen und nicht nur oberflächlich drin rumwischen!"

Augenscheinlich hatte Arteo versucht, die Flecken zu entfernen, dabei jedoch einige übersehen. Aber Jennifers Adlerauge waren die rotbraunen Farbspritzer nicht entgangen.

‚Die angetrocknete Ölfarbe geht doch nie mehr raus! Seit wann wäscht er denn überhaupt hier seine Pinsel aus? – Das ist doch bescheuert!', ging es ihr durch den Kopf.

139

Jennifer konnte es nur schwer nachvollziehen, denn Arteo hatte sich schon vor Jahren in dem kleinen Badezimmer des Ateliers ein Spezialbecken einbauen lassen, in dem er normalerweise seine Malutensilien reinigte, weil er befürchtete, die Ölfarbe könne ihm den Ausguss verstopfen. Sie wurde durch das Wasser aus ihren Gedanken gerissen, das ihr plötzlich über die Hände lief. Schnell drehte sie den Hahn zu und schüttete einen Teil des Wassers zurück in die Spüle. Jennifer wollte sich schon umdrehen und weggehen, als ihr Blick nochmals in das Becken fiel und sie plötzlich gewahr wurde, dass die rotbraunen Farbtupfer sich auflösten und im Abfluss verschwanden.

Ungläubig schaute Jennifer dem roten Rinnsal hinterher. Das konnte unmöglich Farbe sein! Im Gegensatz zu Cleo arbeitete Arteo ausschließlich mit Ölfarben und die waren nicht wasserlöslich. Vorsichtig berührte sie einen der letzten kleinen Flecken mit ihrer Fingerspitze, die sich sogleich verfärbte. Sie betrachtete ihre Fingerkuppe näher und erschrak. Denn das, was sie die ganze Zeit für Farbe gehalten hatte, war augenscheinlich Blut.

Nun erst entdeckte sie, dass sich auch ein paar winzige rotbraune Spritzer an der Vorderseite der Spüle befanden, die sich sehr vereinzelt auf den Bodenfliesen fortsetzten und nur bei genauem Hinsehen zu erkennen waren. Die Spur, die anscheinend hinaus ins Atelier führte, fiel fast nicht auf und irgendwann verlor sie sich ganz auf dem dunklen Atelierboden zwischen den vielen bunten Farbflecken. Jennifer blickte ängstlich um sich. Was hatte das alles bloß zu bedeuten? Und wo zum Teufel stammte nur das Blut her?

Unruhig ging sie auf und ab, kehrte nochmals zurück in die Küche und versuchte von Neuem festzustellen, wohin die Blutflecken führten. Es war jedoch ein vergebliches Unterfangen. Sie öffnete die Tür zu Arteos Abstellraum, wo er jede Menge Bilder und sein Material lagerte. Aber hier konnte sie gleich gar nichts erkennen, weil der Boden mit einem verschlissenen rotgemusterten Perserteppich bedeckt und der fensterlose Raum sehr dunkel war. Die Glühbirne, die Arteo in eine alte Fassung geschraubt hatte, die an einem Kabel lieblos von der Decke hing, erzeugte nur ein schummeriges Licht.

Sie kehrte zurück ins Atelier und beschloss, sich nicht weiter verrückt zu machen. Für all das gab es sicher eine plausible Erklärung. Wenn Arteo aus Paris zurückkam, würde er ihr sicher erzählen, was es damit auf sich hatte und wahrscheinlich würde er sich über ihre blühende Fantasie totlachen. Vielleicht hatte er sich ja vorgestern Abend noch rasiert und sich dabei geschnitten. Schließlich gehörte Arteo zu den Männern, die sich grundsätzlich nass rasierten. Richtige Kerle, keine Warmduscher, die elektrische Rasierapparate benutzten. Er hasste die Dinger.

‚Aber rasierte er sich denn hier unten überhaupt noch, nachdem er jetzt die Wohnung im Vorderhaus hatte?', kam es Jennifer plötzlich in den Sinn. Vielleicht hatte er sich ja auch in den Finger geschnitten? Oder Nasenbluten bekommen? – Ja, Nasenbluten konnte ganz schön heftig sein. Sie erinnerte sich, dass er das früher öfter mal gehabt hatte. Wie auch immer, das war sicher alles ganz harmlos. Sie sah sich einfach zu viele Thriller im Fernsehen an und las zu viele Krimis. Bei der Krimischwemme auf dem Büchermarkt hätte man ja auch denken können, das ganze Leben bestehe nur noch aus Mord und Totschlag.

Nachdem sie Prometheus ausgiebig gefüttert hatte, zog Jennifer ihre Regenjacke über und ging zur Tür. „Sly! Auf, wir gehen!"

Als der nicht kam, pfiff sie noch zusätzlich nach ihm. Aber der Hund blieb verschwunden.

Sie ging nochmals zurück in die Küche, dann ins Bad, aber er war nirgends zu sehen. „Slyyyyy!"

Nichts! Nach draußen konnte er nicht gerannt sein, denn die Tür war die ganze Zeit verschlossen gewesen.

„Verdammt, das gibt es doch nicht", fluchte sie, „der kann doch nicht vom Erdboden verschwunden sein!"

Schließlich betrat sie nochmals den Abstellraum.

„Slyyyyy!" rief sie erneut. „Was ist bloß heute mit dir los?" Jennifer hatte ihn noch nie so ungehorsam erlebt. Normalerweise war er ein braves Tier, das meist aufs Wort horchte und abgesehen von Sibylle auch sehr zutraulich und menschenfreundlich war.

„Sly, jetzt komm schon, ich spiele mit dir nicht Verstecken!" Sie schlängelte sich an den zahlreichen Gestellen vorbei, in denen Arteo seine Arbeiten, meist große Ölbilder in schlichten weißen Holzrahmen nebeneinander aufgereiht hatte.

Durch die schlechte Beleuchtung sah sie den Keilrahmen nicht, der im Weg stand und blieb an ihm hängen. Er fiel mit der Leinwand nach unten zu Boden. Beinahe wäre sie noch hineingetreten.

„Warum muss er das Bild aber auch hier mitten in den Durchgang stellen, der Chaot?"

Gerade wollte sie es in eines der Regale schieben, als ihr Blick auf die Leinwand fiel. Sie erschrak. Denn das war keineswegs eines von Arteos Bildern. Nein, diese grausame, Angst einflößende Darstellung, diese marode Malweise erkannte sie sofort wieder. Es war das abscheuliche Bild aus Cleos Atelier, das einer ihrer Schüler fabriziert hatte und das sie damals, als sie mit der Polizei dort gewesen waren, vergeblich gesucht hatte. Aber wie kam es hierher? Und warum hatte Arteo nicht gesagt, dass er es an sich genommen hatte? Das war schon seltsam!

„Du wirst mir eine ganze Menge Fragen zu beantworten haben", meinte sie, während sie das Bild in eines der Regale schob.

Jennifer war in der Vergangenheit nur selten in diesem Abstellraum gewesen, denn Arteo hielt ihn fast immer verschlossen.

„Sly, jetzt mach bloß noch Arteos Bilder kaputt! Das fehlte gerade noch! Du bist ein ganz ungezogener Hund!"

Plötzlich strauchelte sie und wäre beinahe hingefallen. Sie schaute zu Boden. Da war eine richtige Stolperfalle, denn Arteo hatte den Teppich an dieser Stelle weit zurückgeschlagen. Dadurch war der Blick auf den Fußboden frei.

Doch was war das? Jennifer konnte bei näherem Hinsehen erkennen, dass sich hier statt des Betonbelags eine hölzerne Falltür im Boden befand, die augenscheinlich der Zugang zu einem Keller war. ‚Komisch, Arteo hat niemals erwähnt, dass das Atelier unterkellert ist.'

Die Falltür war einen kleinen Spalt geöffnet, der jedoch groß genug war, dass Sly ohne Schwierigkeit hatte hindurch schlüpfen können. Mit Sicherheit war er da unten.

Wieder rief sie nach ihm, doch er muckste sich nicht. Trotzdem war sie ganz sicher, dass er da unten war.

„Heute bleibt mir aber auch gar nichts erspart, jetzt kann ich auch noch da runtersteigen!", fluchte sie. Es würde ihr wohl nichts anderes übrigbleiben, als nach unten zu gehen, um Sly herauszuscheuchen, denn freiwillig kam er anscheinend nicht mehr raus. Wahrscheinlich hatte er irgendetwas entdeckt, eine Ratte oder eine Maus, die ihn so faszinierte, dass er alles um sich herum vergessen hatte.

Obwohl sie ein gewisses Unbehagen bei dem Gedanken verspürte, in diese Katakomben hinabzusteigen, war ihre Neugierde doch größer als ihre Angst. Natürlich ging es ihr in erster Linie um Sly, aber es war auch ihre Leidenschaft für alte Gemäuer, die sie antrieb.

Breitbeinig stellte sie sich auf den Rahmen, ergriff den schweren Eisenring, der an dem einen nur angelehnten Türflügel befestigt war und mit einem Schwung riss sie ihn nach oben. Laut knarrend sprang die Tür auf und knallte auf den Boden.

Jennifer blickte hinab in die Tiefe. Durch den trüben Lichtschein, der in die Öffnung fiel, konnte sie die Umrisse einer steilen steinernen Treppe erkennen, die mindestens drei Meter nach unten führte, und auf deren Stufen jede Menge Farbeimer, Holzlatten, Terpentinflaschen und dergleichen abgestellt waren. Arteo nutzte den Kellerraum allem Anschein nach als Lager. Nur seltsam, dass er ihn nie erwähnt hatte.

Wieder rief sie Slys Namen. Aber keine Reaktion! Alles Rufen und Locken, ob freundlich oder streng, war vergebens. Er ließ sich nicht blicken. Erneut lauschte sie in die Stille.

Doch da plötzlich glaubte sie, weit entfernt ein Winseln zu hören. – Das war eindeutig Sly! Wieder konzentrierte sie sich und vernahm sein leises Jaulen.

„Ich kriege heute die Krise mit diesem Hund!", schimpfte sie vor sich hin, hörte aber abrupt damit auf, als ihr der Gedanke durch den Kopf schoss, dass ihm ja auch etwas passiert sein konnte. ,Vielleicht steckt er ja irgendwo fest oder ist in ein Loch gefallen und kann sich nicht mehr befreien! Sly ist zwar manchmal eigenwillig, aber letztendlich doch folgsam', überlegte Jennifer nun doch ein wenig besorgt, als sie vorsichtig die staubigen Stufen hinabstieg.

Trotz der Dunkelheit konnte sie beim Hinuntergehen an der Seitenwand ein mit heller Farbe aufgemaltes *L, S* und *R* und einen nach unten weisenden Pfeil erkennen. Es handelte sich dabei um eine Markierung, die anzeigte, dass es hier unten einen Luftschutzraum gab. Daraus ließen sich einige Rückschlüsse ziehen, unter anderem, dass es sich um einen großen Keller handeln musste, von dem ein Teil mit einer Luftschutztür gesichert werden konnte.

Unten war es stockdunkel. Es roch modrig und war überall klamm. Vorsichtig setzte sie einen Fuß vor den anderen.

Der Keller musste uralt sein. Anscheinend war er zusammen mit dem Vorderhaus im 18. Jahrhundert gebaut worden. Plötzlich fiel ihr wieder ein, dass sie 2005 für die Gedenkschrift zum 60-jährigen Kriegsende auch über die Gebäude dieses Quadrats recherchiert hatte. Viele Hinterhäuser waren im Zweiten Weltkrieg zerstört worden und man hatte sie nach 1945 nicht mehr aufgebaut. Oftmals wurden die Keller damals einfach zugeschüttet, der Hof planiert und Autostellplätze geschaffen oder Garagen darüber gebaut. Manchmal hatte man auch nur einstöckige Gebäude meist mit Flachdächern errichtet, die dann als Werkstatt, Wurstküche oder Backstube dienen sollten. Sie glaubte sich zu erinnern, dass sich unmittelbar nach dem Krieg hier eine Schreinerei befunden hatte. Der Besitzer war sicherlich über diese Kellerräume ganz froh gewesen und hatte keine Veranlassung gesehen, den Keller zuschütten zu lassen. Wozu einen solchen Aufwand betreiben? Schließlich hatte man ganz andere Sorgen. Und so hatte man die Werkstatt einfach darüber gesetzt.

Jennifer griff in ihre Jackentasche und zog ihr Feuerzeug heraus. ‚Auf diese Idee hätte ich auch schon früher kommen können!' Für einen Augenblick erhellte die kleine Flamme ein wenig den Raum, erlosch jedoch kurz darauf, da sich kaum noch Benzin im Feuerzeug befand. Es genügte ihr jedoch, um sich einen vagen Überblick zu verschaffen.

Sie befand sich augenscheinlich in einem der Hauptgänge, der weiter hinten zu den einzelnen Kellern führte. Sie versuchte logisch zu denken. Wenn das Hinterhaus so wie das Vorderhaus ebenfalls ein fünfstöckiges Gebäude gewesen war, und davon konnte sie ausgehen, dann hatte es wahrscheinlich 12 Wohnungen und somit auch ziemlich sicher 12 Kellerräume gegeben, rechnete sie aus. Und in irgendeinem davon saß jetzt ihr Hund.

„Slyyyyy! Ich finde das gar nicht lustig!"

Wieder ertönte ein kurzes Jaulen und Wimmern, das aber nun schon etwas näher zu sein schien.

‚Vielleicht ist ihm ja tatsächlich etwas zugestoßen!' Ihr blieb gar nichts anderes übrig, als weiterzugehen. Im Dunkeln erspürte sie sich ihren Weg entlang der Kellerwände. Schließlich stieß sie mit ihrem Fuß an eine weit geöffnete Tür. Dem Geräusch und ihrem schmerzenden Zeh zufolge, war sie aus schwerem Metall.

Nochmals zog sie ihr Feuerzeug heraus und versuchte, ihm durch schnelles Drehen am Rädchen für ein paar Sekundenbruchteile ein paar Funken zu entlocken, um wenigstens eine vage Orientierung zu bekommen, wo sie sich befand. Viel Erfolg hatte sie damit nicht, außer dass sie sich den rechten Daumen verletzte. „Verdammtes Feuerzeug, jetzt habe ich mir auch noch die Finger verbrannt!"

Als sie sich wieder beruhigt hatte, berührte sie das Türblatt und erfühlte die beiden schweren Hebel, die sich daran befanden. Zweifellos war es die Tür zum Luftschutzraum, die im Krieg dazu gedient hatte, den Bereich bei einem Bombenangriff hermetisch abzuriegeln. Sie ging hindurch und befand sich jetzt in dem Kellertrakt, der durch die Luftschutztür gesichert werden konnte. Wieder und wieder rief sie nach Sly, der darauf mit einem kurzen Jaulen antwortete und sie so langsam zu sich führte.

146

Obwohl sie sich vorsichtig bewegte, blieb Jennifer plötzlich mit den Füßen an etwas hängen, das mitten im Durchgang lag. Eh sie sich versah, verlor sie das Gleichgewicht und stürzte der Länge nach über das riesige Paket. Sie hatte noch vergeblich versucht, sich an der Wand abzustützen, aber nirgendwo Halt gefunden.

Mit einem lauten Aufschrei landete sie auf dem harten Kellerboden. „So ein Mist, über was bin ich denn jetzt bloß gefallen?", jammerte sie lauthals.

„Au, mein Knie und mein Fuß. Ach, tut das weh!" Sie stöhnte vor Schmerzen, während sie sich mühsam zur Seite drehte und sich mit dem Rücken an die Kellerwand lehnte. „Was musstest du auch hier runter in den Keller laufen, Sly!", rief sie verzweifelt in die Dunkelheit. Sie war den Tränen nahe. Hoffentlich habe ich mir nichts gebrochen. Wie soll ich denn sonst je nochmal aus diesem Labyrinth herausfinden?

17

Schon eine geraume Weile saß Jennifer regungslos auf dem kalten Kellerboden und starrte ins Dunkle. Nach und nach versuchte sie sich wieder zu spüren, indem sie ihre Muskeln anspannte und Füße und Beine vorsichtig bewegte. Sie fühlte, wie die Jeans an ihren Knien zu kleben begannen und ihr das Blut am Bein herunterlief. Aber sie schien sich nichts gebrochen zu haben. Langsam probierte sie, sich aufzurichten, aber es war ihr nicht möglich. Ihr rechter Fuß ließ sich nicht belasten. Vermutlich war der Knöchel verstaucht. Und so sackte sie zur Seite weg. Im Fallen streifte sie das, worüber sie gestolpert war. Es fühlte sich wie ein vollgestopfter Müllsack an.

Langsam tastete sie mit ihren Händen den rauen Boden entlang, bis ihre Hände schließlich dieses gewaltige Bündel wiederentdeckten. Es lag nur einen halben Meter neben ihr. Wie Sensoren glitten ihre Fingerkuppen über die Oberfläche. Das war kein normaler Müllsack, sondern fühlte sich eher wie eine feste, glatte Kunststoffhülle an, die jedoch prall gefüllt zu sein schien. Sie war riesig und hatte einen Umfang von mindestens einem auf anderthalb Meter. Erneut berührte sie dieses rätselhafte Etwas und fuhr mit ihren Handflächen darauf entlang. Sie wollte versuchen, herauszufinden, was sich darin befand.

Was konnte das sein, das da mitten im Gang eines alten verlassenen Kellers lag? Möglicherweise stammte es noch aus der Zeit vor 1945. Wer weiß, was man hier unten noch alles fände, würde man die Keller systematisch inspizieren?

In den Nachkriegswirren mit der großen Wohnungsnot hatte alles schnell gehen müssen. Vielleicht hatte man den Keller ja nicht einmal ausgeräumt, bevor man ihn verschlossen und die Werkstatt darüber hochgezogen hatte.

Je länger Jennifer den Sack berührte, desto klarer zeichneten sich seine Konturen ab, sodass sich in ihrem Hirn langsam ein Bild zusammenfügte, das sie mehr und mehr in Unruhe versetzte. Noch einmal strich sie mit beiden Händen darüber und versuchte die Form zu verinnerlichen, indem sie manche Stellen fester drückte und umfasste. Sie erschauderte, als sie nach und nach dessen gewahr wurde, was da neben ihr lag; denn es war – und daran bestand bald kein Zweifel mehr – eine menschliche Gestalt, die sich in dieser Plastikhülle befand.

Jennifer erbebte und empfand nicht nur die klamme, durchdringende Kälte des Kellers, sondern darüber hinaus auch den eiskalten Hauch des Todes, der ihr wie ein Schauer den Rücken hinunterkroch. Mit zitternden Händen suchte sie in ihrer Jackentasche nach dem Feuerzeug. Doch sie fand es nicht, stattdessen spürte sie die Umrisse ihres Handys. Ihr fiel ein, dass sie es wegen des Regens in die Innentasche gesteckt hatte, um es vor der Feuchtigkeit zu schützen. Wenn sie es einschalten würde, hätte sie zumindest für ein paar Sekunden ein wenig Licht, so lange bis der Akku wieder auf die Sparfunktion umschaltete. Aber das würde reichen, um einen Blick auf die Plastikhülle zu werfen.

Sie öffnete ihre Jacke, zog das Handy heraus und klappte es auf.

Ein fahler Lichtschein erhellte den Kellergang. Ängstlich wandte sie den Kopf zur Seite und blickte auf das Bündel, das neben ihr lag.

Ein verzweifelter Schrei entfuhr ihr, ein Schrei des Entsetzens und der Hilflosigkeit. „Nein! Nein!", schluchzte sie laut und wandte sich schockiert ab, denn es überkam sie ein unbeschreiblicher Ekel. Jennifer musste sich erbrechen, denn neben ihr lagen hermetisch in Folie versiegelt,

149

die Überreste einer weiblichen Leiche. Die Überreste einer Frau, die sie nur zu gut gekannt hatte.

Erneut erlosch das Licht auf dem Display und wieder umarmte sie die grausame Finsternis. Jennifer schrie halb wahnsinnig vor Angst auf und drückte auf die O.K.-Taste. Das Gefühl, in dem dunklen Keller neben der Toten zu sitzen, ließ sie fast panisch werden.

„Nein! Nein! – Bitte, bitte nicht! Ich will, dass das nicht wahr ist! Nein! Wer hat dir das nur angetan?", jammerte und wehklagte sie. Dann wurde sie für einen Augenblick ganz ruhig, um kurz darauf wieder in ein hysterisches Weinen auszubrechen. „Lieber Gott, mach, dass das alles nicht wahr ist, bitte, bitte! Lass es einen bösen Traum sein! Wie kann nur jemand einem anderen Menschen so etwas zufügen!" Wieder ging das Handy in den Sparmodus.

Jennifer schüttelte den Kopf. Sie konnte einfach nicht glauben, was sie da gesehen hatte, denn die Tote wirkte, als wäre sie in den Sack eingeschweißt worden. Das Plastik war regelrecht mit ihrer Gesichtshaut verschmolzen und der Körper war auf ein Minimum zusammengepresst.

Ihr Mörder hatte sie in einen dieser XXL-Aufbewahrungssäcke gepackt, die man luftdicht verschließen konnte, indem man die Restluft im Innern mit einem Staubsauger absog. Sie hatte das einmal in der Fernsehwerbung gesehen, in einem dieser Teleshopping-Sender. Der Hersteller garantierte, dass man in dieser Vakuumverpackung alles Mögliche raumsparend und geruchsfrei lagern konnte.

Erneut drückte sie die O.K.-Taste und betrachtete leise weinend den toten Körper: „Ich hoffe nur, du musstest nicht leiden und warst schon tot, als du da hineinkamst." Sie strich der Toten zärtlich über das zur hässlichen Fratze gewordene Gesicht, um das sich die transparente Plastikhülle wie eine Totenmaske geschmiegt hatte. – Wieder kehrte die Dunkelheit zurück.

Jennifer verstand die Welt nicht mehr, das alles war so unwirklich, so unfassbar. Nie im Leben hätte sie es sich träumen lassen, jemals in so eine Situation zu geraten. Sie atmete tief durch und nach und nach beruhigte sie sich ein wenig. Vielleicht lag es daran, dass sie die Tote kannte und somit von der Verstorbenen nichts ausging, was sie hätte als bedrohlich empfinden müssen.

Aber wie hatte das alles nur geschehen können? Was war bloß passiert? Und vor allem, welche Rolle spielte Arteo dabei?

Die Leiche lag im Keller unter seinem Atelier, zu dem er als Einziger Zugang hatte. Jennifer konnte es drehen und wenden, wie sie wollte, es gab keine andere Erklärung. Nur er konnte den Mord begangen haben. – Ausgerechnet der Mensch, den sie seit ihrer Geburt kannte und der für sie fast eine Art Vater gewesen war, entpuppte sich nun als eiskalter Mörder!

Vielleicht war es ja ein Unfall gewesen? Oder im Affekt geschehen? Ein Mord aus Liebe, aus Eifersucht, aus Leidenschaft? Arteo war kein schlechter Mensch. Vielleicht hatte sie ihn gereizt? Gereizt bis aufs Blut, bis er zugeschlagen und erst aufgehört hatte, als es zu spät gewesen war. Sie hatte eine spitze Zunge gehabt und es auch verstanden zu provozieren. Aber das alles war doch kein Grund, einen vertrauten Menschen umzubringen. – Nein, dafür gab es keine Entschuldigung!

Wieder liefen Jennifer die Tränen übers Gesicht. Sie weinte auch aus Gram darüber, dass sie ihren besten Freund wohl endgültig verloren hatte. Wie war Arteo nur zu so einer Tat fähig gewesen?

‚Ich muss hier weg!' Erneut bemächtigte sich ihrer ein Gefühl der Angst. Sie stieg vorsichtig über den toten Körper und hinkte los, indem sie alle paar Sekunden auf die O.K.-Taste ihres Handys drückte, um den Verlauf der Gänge erkennen zu können. Fast vergessen waren in diesem Augenblick der verstauchte Knöchel und die blutenden Knie. Nur weg, weg von diesem furchteinflößenden Ort und raus aus diesem schrecklichen Keller!

Orientierungslos bog sie rechts ab, dann links, dann wieder nach links, aber nirgends tauchte ein Licht oder gar die Treppe auf. Mittlerweile wusste sie überhaupt nicht mehr, wo sie war. Hier unten war es tatsächlich wie in einem Labyrinth. Schließlich brach sie in einem der Kellerräume erschöpft zusammen und stammelte verzweifelt vor sich hin: „Arteo, wie konntest du nur so etwas tun?"

Sie war am Ende. Verzweifelt kauerte sich Jennifer in eine Ecke und verschränkte die Arme schützend über dem Kopf. „Ich will hier raus!", stammelte sie immer wieder leise vor sich hin. Ihr verstauchter Knöchel begann nun doch heftig zu schmerzen. Sie saß eine ganze Weile bewegungslos da. Wie sollte sie hier bloß wieder herausfinden?

Aber natürlich! Es fiel ihr wie Schuppen von den Augen! In all der Aufregung und ihrer Panik hatte sie das naheliegendste vergessen. Sie hatte doch ihr Handy. Sie musste nur einen Notruf senden und dann käme die Polizei und würde sie retten. Jennifer atmete auf, während sie die Nummer wählte.

Sie hatte sich jedoch zu früh gefreut, denn auf dem Display erschien nun die Meldung, dass es kein Funksignal gäbe. Sie drehte sich nach allen Seiten, hielt das Handy nach oben, stand auf und humpelte in den Nachbarkeller. Nichts. Das Handy blieb tot.

Am ganzen Leibe zitternd sank sie erneut zu Boden. Sie musste unbedingt versuchen, ruhiger zu werden und logisch zu denken. Wenn es hier unten kein Funksignal gab, dann konnte sie davon ausgehen, dass sie sich wahrscheinlich noch immer in dem Bereich hinter der Luftschutztür befand, also in dem ehemaligen Luftschutzraum, der besonders gut abgeschirmt war. Wenn dem so war, dann befand sich die Kellertreppe also auf der entgegengesetzten Seite. Sie müsste somit versuchen, die Gänge systematisch entlangzugehen und die Luftschutztür zu finden. Aber wo war bloß diese verdammte Tür?

All das, was in der letzten halben Stunde geschehen war, hatte Jennifer so sehr beschäftigt, dass sie darüber ihren Hund ganz vergessen hatte.

„Sly, wo bist du bloß? Bitte komm zu mir! Bitte, bitte!", begann sie nun voller Verzweiflung zu rufen.

Und dieses Mal hatte sie tatsächlich Erfolg, denn plötzlich tauchte Sly an der Tür des Kellerraums auf und kam im Lichtschein ihres Handys auf sie zugelaufen. Jennifer atmete auf. Allein seine Anwesenheit hatte etwas Beruhigendes. Sie umarmte ihn, während ihr erneut Tränen in die Augen traten. „Wo warst du denn bloß?" Sie streichelte ihn und weinte in sein Fell. „Wir müssen hier raus, mein Junge, ganz schnell!" Jennifer schniefte und zog die Nase hoch. „Du musst mir helfen, damit wir den Ausgang finden." Vorsichtig stand sie auf und humpelte zur Tür. Dort blieb sie stehen, dachte kurz nach und versuchte sich zu erinnern, von welcher Seite sie gekommen war. Wenn sie den Ausgang finden wollte, müsste sie sich rechts halten, vorbei an der Leiche. Jennifer wagte kaum, daran zu denken.

„Auf, Sly, weiter geht's. Wir müssen zur Polizei, sie müssen Arteo verhaften." Und wieder füllten sich ihre Augen mit Tränen.

Jennifer nahm ihr Handy in die eine Hand und mit der anderen hielt sie Sly am Halsband fest. Der zog sie jedoch, als sie den Keller verließen, nach links.

„Komm schon, Sly, das ist die falsche Richtung!"

Aber Sly bellte sie nur an und war nicht nach rechts zu bewegen. Im Gegenteil, als sie ihn mit Gewalt auf ihre Seite ziehen wollte, schnappte er nach Jennifer und versuchte, ihr in die Hand zu beißen, die sie gerade noch wegziehen konnte.

Und da geschah es. Für einen Augenblick passte sie nicht auf, ließ das Handy los, es glitt ihr aus der Hand, fiel zu Boden und rutschte in einen der Kellerräume hinein, wo es in der Dunkelheit verschwand. Erneut standen sie in der totalen Finsternis.

„Bist du verrückt geworden, Sly!" Jennifer war verzweifelt.

Wieder bellte er sie an.

„Das gibt es doch nicht, was ist denn bloß in dich gefahren? Wie sollen wir jetzt noch jemals hier herausfinden?" Jennifer war untröstlich und blieb wie gelähmt stehen.

Doch da fühlte sie, wie Sly sanft ihre Hand zwischen seine Zähne nahm und versuchte, sie in seine Richtung zu lenken.

„Ist ja eh alles egal!" Schicksalsergeben gab Jennifer seinem Drängen nach, folgte ihm langsam in kleinen zaghaften Schritten und ließ sich von ihm durch das unheimliche Dunkel führen. Die Zielsicherheit, mit der Sly unbeirrt seinen Weg ging, gab ihr allerdings zu denken.

„Kennst du noch einen anderen Ausgang oder willst du mir etwas zeigen?", fragte sie ihn, ohne wirklich eine Antwort darauf zu erwarten.

Sly bellte, was fast schon wie eine Bestätigung klang, während er sie weiter hinter sich herzog. Plötzlich machte er halt.

Jennifer lauschte in die Dunkelheit. Da war doch etwas! Es klang wie eine Mischung aus einem leichten Klopfen und einem kaum vernehmbaren, gepressten Röcheln. Sie spürte, wie ihre Hände eiskalt wurden und ihr ein Schauer über den Rücken lief. Am liebsten wäre sie davongelaufen. Aber wohin? Ihr wurde bewusst, dass sie nicht allein hier unten war. Irgendjemand schien ganz in ihrer Nähe zu sein. Doch warum gab dieser Jemand keinen Laut von sich? Warum versuchte er augenscheinlich, sich vor ihr zu verbergen? Bewegungslos verharrte sie mit dem Rücken zur Wand und horchte erneut in die Finsternis. Das Geräusch kam aus dem gegenüberliegenden Keller. Die Person schien ganz in ihrer Nähe zu sein. Sie versuchte sich zur Seite zu drehen, sie wollte so leise wie möglich umkehren. Doch nun begann Sly laut zu bellen.

„Psst, psst!" Aber er hörte nicht auf, sondern nahm ihre Hand nochmals fester zwischen seine Zähne und zog sie nach vorn in den offenstehenden Kellerraum. Das Geräusch war nun ganz nahe, nur wenige Meter von ihr entfernt. Es klang wie ein schweres, unterdrücktes Atmen begleitet von rhythmischen kaum vernehmbaren dumpfen Schlägen.

Jennifer nahm ihren ganzen Mut zusammen und flüsterte angsterfüllt in die Dunkelheit. „Ist da jemand?"

Sie bekam keine Antwort, dafür aber wurden das Klopfen und das Atmen nun stärker, sie glaubte, sogar ein leichtes Stöhnen vernehmen zu können.

Erneut fiel ihr das Feuerzeug ein. Sie fasste in ihre Jackentasche. Wo war das verdammte Ding bloß geblieben? Sie suchte und suchte. Sie griff in ihre seitlichen Hosentaschen. Nichts! Doch plötzlich spürte sie einen Druck in ihrer Gesäßtasche. Sie zwängte ihre Hand hinein und da war es!

Jennifer drehte an dem Rädchen. Nichts! – ‚Geh schon an! Nur einmal noch, bitte!' Sie ging ein paar Schritte vorwärts. Ein letzter Funken erleuchtete für einen Sekundenbruchteil den Keller. Er genügte jedoch, um Jennifer erkennen zu lassen, woher und vor allem, von wem diese Geräusche kamen.

Was sie in diesem Augenblick sah, verschlug ihr fast den Atem, sie glaubte ihren Augen nicht zu trauen. Denn an der gegenüberliegenden Wand saß, gefesselt und geknebelt und mit einer Binde vor den Augen, der Mensch, den sie hier am allerwenigsten vermutet hätte.

Vor ihr saß Arteo.

Er stöhnte und wand sich. Über eine seiner Gesichtshälften zogen sich Linien aus Dreck und verkrustetem Blut.

„Arteo, ich bin's, Jenni! Ganz ruhig, ich hol dich hier raus! Jetzt wird alles gut!"

Obwohl sie der Zustand, in dem Arteo sich befand, entsetzte, spürte sie doch, wie ihr ein Stein vom Herzen fiel und sie ein Gefühl des Glücks beseelte, denn sie hatte ihren vermeintlich verlorengegangenen Freund gerade wiedergefunden.

18

Als Arteo Jennifers Stimme hörte, begann er vor Glück und Erleichterung leise zu weinen. Die Tränen liefen ihm wie einem kleinen Jungen hinter der Augenbinde herunter.

Seit einer halben Ewigkeit saß er schon hier unten in dem kalten, klammen Keller, zusammengeschnürt wie ein Paket. In der Dunkelheit hatte er schon bald sein Zeitgefühl verloren, er wusste nicht, waren es viele Stunden oder sogar schon Tage, die er bereits in diesem Loch vor sich hin vegetierte.

Cleo hatte perfekte Arbeit geleistet. Sie hatte ihn nicht nur gefesselt, ihm die Augen verbunden und die Schuhe ausgezogen, nein, sie hatte ihm auch einen Knebel in den Mund gesteckt, den sie mit einem starken Klebeband fixierte, sodass er so gut wie keinen Laut herausbringen konnte. ,Sie will anscheinend auf Nummer sicher gehen', hatte er zunächst gedacht, denn Letzteres wäre wahrscheinlich gar nicht notwendig gewesen. Wer sollte ihn schon hier unten hören? Mit der Zeit hatte sich ihm jedoch mehr und mehr der Verdacht aufgedrängt, dass es ihr gar nicht nur darum ging, ihn hier unten festzuhalten, sondern vielmehr ihn zu demütigen und zu quälen.

Jede Faser seines Körpers schmerzte. Seine Gliedmaßen waren steif und seine Muskeln verkrampft. Dadurch, dass sie ihm die Handgelenke auf dem Rücken zusammengebunden hatte, taten ihm die Schulterblätter höllisch weh. Von Anfang an hatte er sich kaum rühren können. Hinzu war diese unbarmherzige Eiseskälte gekommen. Gott sei Dank hatte wenigstens die Platzwunde schon bald zu bluten aufgehört, die sie ihm mit einem kräftigen Schlag zugefügt hatte. Dafür tat ihm nun der ganze Kopf weh. Seine Lippen waren aufgesprungen und fühlten sich an, als hätten sie sich mit der gummierten Fläche des Klebebandes zu einer einzigen Masse verbunden. Seine Mundschleimhäute waren trocken und wund und die Zunge brannte wie Feuer. Obwohl er seit Stunden nichts gegessen hatte, verspürte er keinen Hunger, aber sein Durst war schier unerträglich.

‚Bloß nicht panisch werden!', hatte er immer wieder gedacht. ‚Ich darf mich vor allem nicht verschlucken, sonst ersticke ich.'

‚Eiiiiin, auuuuuuuuuus, eiiiiin, auuuuuuuuuus.' Er hatte langsam und gleichmäßig durch die Nase geatmet und schließlich versucht, sich an die Sätze aus dem Autogenen Training und den Yogakursen zu erinnern, an denen er vor Urzeiten teilgenommen hatte. Er musste unbedingt seine Angst kontrollieren.

‚Ich bin ganz ruhig. Meine Arme und Beine sind ganz warm. Nichts ist entspannender als einfach das anzunehmen, was kommt.'

‚Das ist doch alles gequirlte Scheiße!', hatte er wütend gedacht, ‚diese gutgemeinten Sprüche funktionieren auch nur, wenn du eh schon ruhig bist und sie nicht brauchst.' Ihm war es ein Rätsel, wie deutsche Kriegsgefangene in Sibirien sich angeblich mit diesen Entspannungstechniken vor dem Erfrieren bewahrt haben sollten.

Auch wenn die Sprüche ihm nicht weiterhalfen, so hatten sie vielleicht doch dazu beigetragen, dass er sich nun geistig mit seiner Situation auseinandersetzte und seine körperlichen Qualen zeitweilig in den Hintergrund traten. Er durfte sich nicht der Panik überlassen, sondern musste versuchen, wieder einen klaren Gedanken zu fassen. Das war seine einzige Chance, hier vielleicht noch einmal lebend herauszukommen.

Arteo versuchte, sich an das zu entsinnen, was passiert war. Das Letzte, was er bewusst wahrgenommen hatte war, dass er zusammen mit Sibylle vor der Fahrt zum Bahnhof nochmals ins Atelier gegangen war, weil er sein Handy schon den ganzen Nachmittag vergeblich gesucht hatte. Er hätte zwar schwören können, dass er es mit hoch in die Wohnung genommen hatte, kam jedoch schließlich Sibylles Drängen nach, trotzdem unten im Atelier nachzusehen. Sibylle hatte die Zeit genutzt, um nochmals zur Toilette zu gehen, während er überall im Atelier vergeblich gesucht hatte. Es war wie vom Erdbeben verschluckt!

„Ich habe gewusst, dass es hier nicht ist", hatte er geflucht. Es jedoch schon kurz darauf bereut, weil er, als er die Tür zu der kleinen Küche öffnete, es auf dem Kühlschrank neben der Spüle liegen sah.

‚Langsam zweifle ich an meinem Verstand', hatte er gedacht, während er hinübergelaufen war. Er erinnerte sich noch, dass er es gerade nehmen und einstecken wollte, als ihn plötzlich von hinten ein kräftiger Schlag auf den Kopf getroffen hatte. Er war in sich zusammengesunken, hatte aber am Boden liegend noch einmal kurz die Augen geöffnet und den grün-violetten Pannésamt erkannt, diesen unverwechselbaren Stoff, den er schon unzählige Male gesehen hatte und der ihm fast so vertraut war wie die Person, die ihn trug. Der Stoff, aus dem Cleos Lieblingskleid war. Dann hatte er das Bewusstsein verloren.

‚Die Augenbinde hätte sie sich auch sparen können', dachte Arteo bei sich. Zwar hatte er Cleos Gesicht nicht sehen können, sie jedoch an dem Kleid erkannt. Damit hatte sie wahrscheinlich nicht gerechnet, dass er nochmals die Augen aufschlagen würde.

In der ganzen Zeit, in der er hier unten lag, hatten ihn alle möglichen Fragen beschäftigt. Warum hatte Cleo ihn niedergeschlagen, gefesselt und anschließend hier runtergeschleppt? War sie zurückgekommen, um sich an ihm zu rächen, weil er nun anderweitig liiert war? Und wo hatte sie sich die ganzen letzten Monate aufgehalten? Oder war sie vielleicht überhaupt nicht weg gewesen? Und warum redete sie nicht mit ihm?

Was ihn jedoch am meisten bewegte, war die Frage, was mit Sibylle passiert war. Was hatte Cleo mit ihr angestellt?

Sie musste verrückt geworden sein. Eine andere Erklärung gab es nicht. All das, was in den letzten Stunden geschehen war, konnte nur ein krankes Hirn zusammenspinnen. Hätte er doch wenigstens mit ihr sprechen können! Vielleicht wäre es ihm ja gelungen, sie zur Vernunft zu bringen. Aber dafür hatte es keine Gelegenheit gegeben, denn als er endlich wieder zu sich gekommen war, hatte er bereits ohne Schuhe, gefesselt, geknebelt und mit einer Binde vor den Augen hier unten gelegen. Nur ein einziges Mal war Cleo draußen vorbeigerauscht und gleich darauf hatte es einen heftigen Schlag getan, gefolgt von einem rhythmischen, laut klatschenden Geräusch und einem dumpfen Aufprall. Danach war es ihm so vorgekommen, als würde etwas auf dem Boden durch den Kellergang geschleift werden. Doch plötzlich war alles verstummt. Ein kurzes Trippeln von Schritten, die sich immer weiter entfernten und dann war Totenstille eingekehrt. In ihm war das beklemmende Gefühl aufgestiegen, hier unten lebendig begraben zu sein.

Viele Stunden war das her, vielleicht sogar Tage. Todesängste hatten ihn immer von Neuem beschlichen. Das alles kam ihm vor, wie einer dieser Alpträume, in denen man um Hilfe schreien wollte und keinen Ton herausbekam oder wegzulaufen versuchte und auf der Stelle klebte. Aber Arteo wusste, dass es kein Traum war und es somit kein Erwachen gab. Es war bittere Realität.

Doch dann hatte er, es musste etwa eine halbe Stunde zuvor gewesen sein, plötzlich Schritte über sich im Atelier gehört und wieder Hoffnung geschöpft. Vielleicht war ja die Rettung ganz nahe? Kurz darauf hatte er jedoch alles wieder in Frage gestellt. Oder war es doch nur Cleo, die da oben auf- und abging?

Tausend Gedanken waren ihm durch den Kopf geschossen. Was zum Teufel hatte Cleo bloß vor? Und was hatte sie hier unten durch die Gänge gezogen? Es musste etwas Schweres gewesen sein. Vielleicht war Sibylle auch in ihre Gewalt geraten und Cleo hatte sie ebenfalls hier heruntergeschleppt. Wer weiß, möglicherweise lag Sibylle ganz in seiner Nähe, in einem anderen Kellerraum, geknebelt und gefesselt, so wie er, halb wahnsinnig vor Angst! Arteo hatte erneut in die Stille gelauscht und versucht, irgendetwas wahrzunehmen. Aber absolut nichts war zu hören gewesen.

Und wenn Cleo Sibylle etwas angetan hatte und seine Freundin schon gar nicht mehr am Leben war? Wenn Sibylle irgendwo tot in einem der Keller lag? Möglicherweise war es ja Sibylles Leiche gewesen, die Cleo vor Stunden durch die Kellergänge geschleift hatte? Vielleicht war es ja das, was er gehört hatte? Der Gedanke brachte ihn fast um den Verstand. Er musste hier raus! Wieder hatte er sich aufgebäumt, alle Muskeln angespannt und gegen die Fesseln gedrückt. Aber ohne Erfolg!

Arteo hatte sich abzulenken versucht, sich eingeredet, dass es irgendetwas anderes gewesen sein musste, was auf dem Kellerboden entlanggezogen worden war. Vielleicht war es Sibylle doch gelungen, sich zu verstecken und Hilfe zu holen. Vielleicht war sie es, die jetzt gerade oben im Atelier herumlief, die gleich heruntereilen und ihn befreien würde? – Nein! Er machte sich etwas vor! Wenn es wirklich so gewesen wäre, hätte sie längst hier sein müssen. Er musste der Realität ins Auge sehen. Das da oben konnte nur Cleo sein. Wenn er nur wüsste, was sie plante. Wollte sie ihn tatsächlich hier unten elendig verrecken lassen?

Seelisch und körperlich erschöpft, war er für eine kurzen Moment weggedämmert.

Schon kurz nachdem Arteo das Atelier angemietet hatte, war er auf die versteckte Falltür gestoßen und hatte bemerkt, dass das ganze Atelier unterkellert war. Das war ihm gerade recht gewesen, denn so hatte er einen zusätzlichen Platz zur Aufbewahrung seiner Farben und Materialien gewonnen. Für die Lagerung der Bilder war der Keller jedoch wegen der Feuchtigkeit ungeeignet. Arteo hatte sich damals vorgenommen, niemandem etwas davon zu erzählen. Das brauchte keiner zu wissen. Schließlich hatte er keine Lust, dass ihm sein Vermieter deshalb womöglich noch die Miete erhöht hätte.

Damals war er ein paar Meter in den Keller hineingegangen, jedoch schon bald wieder umgekehrt, nachdem er festgestellt hatte, dass es ein regelrechtes Labyrinth war, in dem es jede Menge verwinkelte Gänge gab mit einer Vielzahl von Kellerräumen. Sie befanden sich anscheinend nicht nur unter seinem Atelier, denn soviel Quadratmeter hatten die von ihm angemieteten Räumlichkeiten überhaupt nicht, sondern erstreckten sich augenscheinlich unter der gesamten Hoffläche. Da es jedoch da unten kein Licht gab, es außerdem muffig stank und es darüber hinaus auch unendlich dreckig war, hatte er beschlossen, nur den Treppenaufgang zu nutzen.

Arteo wurde plötzlich aus seinem Dämmerschlaf gerissen. Von einer Sekunde zur anderen war er hellwach. Alle seine Sinne waren angespannt. Da war ein Geräusch im Keller, erst zaghaft, dann immer lauter. Jemand musste hier unten sein.

Gespannt hatte er gelauscht. Die Tatsache, dass er schon seit so vielen Stunden nichts sah, hatte sein Gehör geschärft. Er glaubte, ein leichtfüßiges Trippeln auf dem blanken Kellerboden zu hören, das immer näher kam. Schon bald hatte er erkannt, dass das kein Mensch sein konnte. Nein, es war ein Tier! Ein Hund! – Jennifers Hund!

Sein Herz hatte zu rasen begonnen. Er wollte schreien, toben. ,Hallo, hallo, hier bin ich, hallo, hier!' Doch er hatte sich nicht bemerkbar machen können. Aber irgendetwas musste er tun, damit Sly ihn entdecken würde. ,Tiere haben ein gutes Gehör.' Und so war er hin- und hergewippt und hatte immer wieder mit den zusammengebundenen Fersen gegen den Kellerboden gestoßen, bis diese höllisch schmerzten, da er ja nur Socken anhatte. Aber zumindest hatte er so ein kaum vernehmbares, dumpfes Geräusch erzeugt.

Als Arteo kurz darauf das Getrappel von Slys kleinen Pfoten ganz in seiner Nähe hörte und ihm plötzlich wie aus dem Nichts eine raue Zunge quer übers Gesicht fuhr und ihn abschleckte, hätte er vor Erleichterung fast geweint. Er hatte nie geglaubt, dass er sich jemals in seinem Leben derart über die feuchte Liebkosung eines Vierbeiners freuen würde.

Kurz darauf war Jennifers Stimme ertönt. „Sly, Sly, komm her! Auf, komm sofort hier heraus!"

,Nein, Sly, bitte, bitte, höre einmal nicht auf dein Frauchen, bleib bei mir', hatte er voller stiller Inbrunst gebetet.

Und wieder hatte Jennifer nach ihm gerufen, aber Sly hatte keinen Mucks von sich gegeben.

,Kluger Hund! Bleib schön da! Frauchen soll zu uns kommen', hatte Arteo gedacht.

Obwohl er nicht hatte sprechen können, musste Sly ihn doch instinktiv verstanden haben, denn er hatte sich ganz eng neben ihn auf den Boden gelegt und war nicht von seiner Seite gerückt.

„Sly, ich finde das gar nicht lustig!" Und kurz darauf: „Was ist bloß mit dir los?" Erneut vernahm er Jennifers Stimme.

Dieses Mal hatte Sly reagiert und leise gewinselt.

‚Feiner Hund, weiter so', Arteo konzentrierte sich auf seine Gedanken, so als wollte er mit dem Tier telepathisch kommunizieren, ‚du musst Frauchen zu uns locken.'

Wieder war Jennifers Rufen ertönt, dieses Mal fragend. „Sly? – Ist dir was passiert, mein Kleiner? – Warte, Frauchen ist gleich bei dir. – Wenn ich bloß etwas erkennen könnte!" Jennifer schien sich in der Dunkelheit an den Wänden entlangzutasten.

Von Neuem hatte Sly wie auf Kommando zu winseln und zu jaulen begonnen. Fast im selben Moment hatte Arteo Jennifers Fluchen gehört.

„Scheiß Feuerzeug, jetzt habe ich mir auch noch die Finger verbrannt!" Dann war es wieder still gewesen.

Plötzlich war ein Aufschrei durch die Kellergänge gehallt und gleich darauf hatte es einen dumpfen Schlag getan.

„Verdammter Mist, wo bin ich bloß drüber gefallen? Meine Knie und mein Fuß!", hatte Jennifer gejammert.

Arteo hatte ihre Stimme deutlich vernommen. Sie war anscheinend gestürzt, aber das bekümmerte ihn in diesem Moment nicht sonderlich. Für ihn zählte nur, dass sie schon ganz in seiner Nähe sein musste. ‚Gott sei Dank!'

Doch dann schien etwas Schreckliches passiert zu sein, denn Jennifer hatte plötzlich laut geschrien und geweint. Zeitweise war es danach ruhig gewesen und dann wiederum hatte er den Eindruck gehabt, dass sie kreuz und quer durch die Gänge irrte. Danach herrschte wieder Stille. Arteo konnte sich auf all das keinen Reim machen.

Erneut hatte er an den fest angezogenen Kabelbindern, die sich tief in das Fleisch seiner Handgelenke bohrten, gezerrt und mit der geringen Muskelkraft, die ihm geblieben war, versucht, die Fesseln zu sprengen, die seine Arme und Beine fest umspannten. Aber es gelang ihm einfach nicht. Stattdessen hatte er damit wohl Sly aufgeschreckt, denn der war plötzlich aufgesprungen und verschwunden.

Arteo war zu Tode erschrocken und er hatte erneut gegen seine Panik anzukämpfen versucht. Was war, wenn Jennifer mit Sly den Keller verließ, ohne ihn zu bemerken? – Dann war er verloren! Er musste sich bemerkbar machen und so schlug er weiter mit seinen Fersen gegen den Boden und versuchte so laut er konnte durch die Nase zu atmen und tief in seiner Kehle Geräusche zu erzeugen.

Er hörte nun im Wechsel Jennifers aufgebrachte Stimme, das Bellen von Sly und undefinierbaren Lärm sowie Schritte. Und plötzlich spürte er, dass jemand im Keller stand.

Als dann Jennifers ängstliche Stimme fragte: „Ist hier jemand", wollte er schreien, seufzen, stöhnen, aber nichts ging von alledem. Aber sie schien ihn bemerkt zu haben. Und als Arteo dann noch das unverwechselbare Drehgeräusch des Rädchens eines Feuerzeugs hörte, ahnte er, dass er gerettet war.

19

Im Dunkeln näherte Jennifer sich Arteo. Sie kniete vor ihm nieder und begann, vorsichtig den Klebestreifen von seinem Mund zu lösen. „Dich schickt der Himmel! Was für ein wunderbares Gefühl, wieder durch den Mund atmen zu können. Ich bin dir so dankbar, Jenni!" Arteo atmete auf. Gerade wollte sie ihm die Augenbinde abnehmen, als plötzlich Sly, der neben ihr stand, zu knurren begann, gefolgt von einem ungestümen Bellen. Dann rannte er hinaus.

Gleichzeitig fiel ein Lichtschein von draußen in den Keller. Jennifer hielt für einen Moment inne und war gerade dabei, sich umzudrehen, als sie ein dumpfer Schlag auf den Kopf traf.

Lautlos brach sie vor Arteo zusammen.

Sie wusste nicht, wie lange sie bewusstlos gewesen war, als sie jedoch wieder zu sich kam, saß sie mit gefesselten Armen und Beinen und einem Knebel im Mund unmittelbar neben Arteo an der Kellerwand. Der Kabelbinder war so fest zugezogen, dass ihre Finger und Zehen schon fast gefühllos waren. Sie konnte sich kaum bewegen. Aber wenigstens hatte man ihr die Augen nicht verbunden. Im Gegenteil, jemand hatte sogar eine Petroleumlampe in einer Ecke aufgestellt, die den Kellerraum ein wenig erhellte.

Sie gab ein unterdrücktes Stöhnen von sich. Der Schlag auf den Kopf war heftig gewesen. Jennifer brummte der Schädel.

„Gott sei Dank, meine Kleine. Ich dachte schon, du wachst gar nicht mehr auf!" Arteos Stimme klang besorgt.

Sie schaute zu ihm hinüber und stellte fest, dass er zwar nicht mehr geknebelt war, aber noch immer verbundene Augen hatte. Sie hätte ihm so gerne geantwortet, aber sie konnte nur ein paar gepresste Töne hervorbringen.

„Habe verstanden, sie hat dir den Mund zugebunden, diese Wahnsinnige", stellte er bitter fest. „Und die Augen? Kannst du wenigstens was sehen?"

Wieder stöhnte Jennifer auf.

„Ich verstehe dich nicht!" Arteo schüttelte verzweifelt den Kopf. „So funktioniert das nicht." Er dachte einen Moment nach, dann meinte er: „Hör zu, Jenni, ich habe eine Idee. Wenn ich dir eine Frage stelle, dann antwortest du mit ‚Ja' oder ‚Nein'. Bei ‚Ja' schlägst du einmal mit den Fersen auf den Boden und bei ‚Nein' zweimal. Einverstanden?"

Ein Schlag ertönte. Jennifer hatte mit dem gesunden Fuß fest auf den Boden getreten.

„Wenigstens hat sie dir dem Klang nach die Schuhe angelassen", stellte er bitter fest.

Arteo begann nun, sie nach allem Möglichen zu fragen. „Bist du verletzt? Schwer? Bist du allein hier? Weiß jemand wo du bist? Hast du dein Handy dabei? Hat dich jemand gesehen? Hast du jemanden gesehen? Glaubst du, du kannst dich von deinen Fesseln befreien? Sind deine Augen verbunden?"

Nachdem er die Antworten verstanden hatte, begann er bitter zu lachen und meinte fast schon sarkastisch: „Wir sind schon ein tolles Gespann: der lahme Blinde und die lahme Stumme." Er seufzte, fasste sich aber schnell wieder. „Mach dir keine Sorgen, meine Kleine, wir kommen hier schon raus. Das verspreche ich dir!" Dabei lehnte er sich seitlich zu ihr und berührte mit der Außenseite seines rechten Oberarmes ihre linke Schulter.

Die Anwesenheit von Jennifer hatte bei Arteo Beschützerinstinkte geweckt. Er wollte sie trösten und ihr Mut machen. In dieser Rolle gelang es ihm besser, seine eigenen Ängste zu kontrollieren.

„Wir müssen irgendwie versuchen, hier rauszukommen. Vielleicht findet uns ja Sibylle, bevor Cleo zurückkommt", und nach einer Pause fügte er stockend hinzu: „Sofern Sibylle noch lebt."

Als Arteo das sagte, begann Jennifer verzweifelt mit ihrem Fuß gegen den Boden zu treten.

„Entschuldige! Das war blöd von mir. Warte, ich stelle die Frage anders! Also noch einmal ganz langsam. Weißt du etwas über Sibylle? Lebt sie noch? Ich mache mir nämlich große Sorgen um sie!"

Jennifer reagierte nicht.

„Oder anders gefragt", er schluckte schwer, bevor ihm die Worte über die Lippen kamen, „ist Sibylle tot? Hast du ihre Leiche gesehen?"

Zwei Schläge.

Arteo atmete erleichtert auf. „Zum Glück, dann können wir noch hoffen. Sibylle wird uns befreien. Es ist nur eine Frage der Zeit. Hörst du, Jenni!"

Doch Jennifer reagierte nicht.

Stattdessen spürte Arteo, dass jemand leise in den Keller getreten war und sich ihm näherte. Er wollte etwas sagen, aber im selben Moment wurden seine Lippen mit einem innigen Kuss verschlossen.

Erleichterung machte sich in ihm breit, sein Herz frohlockte. Er musste sie nicht sehen. An ihrem Kuss würde er sie unter Tausenden erkennen, denn die Art, wie sie ihn küsste, war unverwechselbar, aber das war jetzt unwichtig. Entscheidend war nur, dass seine Hoffnungen sich erfüllt hatten. Sibylle lebte und sie hatte ihn gefunden. Sie waren gerettet!

Sie zog ihm die Augenmaske herunter und im schwachen Schein der Petroleumlampe schaute er in ihre glasklaren blauen Augen. Mit ihren langen blonden Locken erschien sie ihm engelsgleich. „Gott sei Dank! Mach uns schnell los und dann nichts wie raus hier, bevor Cleo auftaucht!" Dabei schaute er hinüber zu Jennifer, die jedoch mit weit aufgerissenen, angsterfüllten Augen zu ihm herüberblickte.

Er konnte sich keinen Reim darauf machen. Wieder sah er Sibylle an. „Komm schon, mach mich los, mein Engel!"

Sibylle lächelte noch immer, aber anstatt seine Fesseln zu lösen, stand sie nun auf und ging ein paar Meter zurück, dabei verwandelte sich ihr Lächeln in ein schallendes Lachen, das seinen blechernen Widerhall in den Kellergängen fand.

Als Arteo sie nun in voller Größe vor sich stehen sah, begriff er die Angst in Jennifers Augen und fassungslos musste er erkennen, welchem fatalen Irrtum er erlegen war, denn vor ihm stand Sibylle in Cleos altem grün-violetten Kleid aus glänzendem Pannésamt. Über ihre Hände hatte sie Plastikhandschuhe gestreift.

Er wollte etwas sagen, kam jedoch nicht dazu, denn so schnell wie sie aus dem Nichts aufgetaucht war, verschwand Sibylle auch wieder.

Arteo war zutiefst verstört. Er konnte das alles nicht fassen, wollte es nicht glauben, weil es so gar keinen Sinn ergab. Es war also nicht Cleo gewesen, die ihn niedergeschlagen und anschließend hierhergeschleift hatte und die ihn seit Tagen misshandelte. Sibylle steckte hinter alledem. Aber warum? Er liebte sie, hatte ihr jeden Wunsch von den Augen abgelesen und sie auf Händen getragen. Seit er mit ihr zusammen war, hatte er alle seine Modelle weggeschickt, mit keiner einzigen Frau geflirtet, geschweige denn mit einer anderen geschlafen. Wahrscheinlich war sie die Erste, der er überhaupt treu gewesen war. Er hatte sich sogar öffentlich zu ihr bekannt. Und so, wie sie sich die ganze Zeit benommen hatte, war auch er fest davon überzeugt gewesen, dass Sibylle ihn liebte. Wie hatte er sich nur so täuschen können?

Warum in aller Welt tat sie das? Was zum Teufel bezweckte sie? Warum hielt sie ihn seit Tagen in diesem Verlies gefangen? Warum hatte sie Jenni niedergeschlagen? Und das ganze Versteckspiel, was sollte das? Dann die Maskerade mit Cleos altem Kleid. Wie Schuppen fiel es ihm nun von den Augen, wie hatte er sich nur so täuschen lassen. Es hätte ihm doch auffallen müssen, dass Cleo dieses Kleid schon ewig nicht mehr getragen hatte, weil es ihr nicht mehr passte. Es war ihr mindestens vier Nummern zu klein. Wo hatte Sibylle das Kleid überhaupt her? Die beiden Frauen waren sich doch nie begegnet. Oder vielleicht doch? – Fragen über Fragen. In seinem Kopf ratterte es. Aber er fand keine Antwort.

Während Arteo verzweifelt nach Erklärungen suchte, hatte Jennifer ganz ähnliche Überlegungen angestellt. Vor allem hatte sich ihrer immer mehr der Gedanke bemächtigt, dass die Leiche, über die sie gestolpert war, auf Sibylles Konto ging. Doch warum hatte sie das getan? Was war ihr Motiv?

Jennifer grübelte nach. Sie fand nur eine plausible Erklärung: krankhafte Eifersucht! – Natürlich! Eifersucht! Einen anderen Grund konnte es nicht geben. Genau darum hatte ja Arteo gewollt, dass Sibylle nichts von ihrem Schlüssel für das Atelier erführe. Und wenn sie schon wegen so einer Nichtigkeit eifersüchtig gewesen wäre, wie sehr musste sie es dann erst auf die Frau gewesen sein, mit der Arteo jahrzehntelang gelebt hatte? Die er einmal leidenschaftlich geliebt hatte und die wahrscheinlich schon monatelang, hermetisch in eine Plastikhülle eingeschweißt, hier unten lag. Wie sehr musste Sibylle Cleo gehasst haben, dass sie ihr das angetan hatte?

„Wir müssen hier raus, bevor sie zurückkommt!" Arteo blickte Jennifer bestürzt an. „Sie ist wahnsinnig! Wer weiß, was sie noch alles ausheckt."

Jennifer nickte ihm verzweifelt zu, während ihr erneut die Tränen kamen. Arteo glaubte, sie würde vor Angst weinen, denn er ahnte ja noch immer nicht, dass Cleos toter Körper ganz in seiner Nähe lag.

Arteo schaute nach hinten auf Jennifers zusammengebundene Handgelenke, während er darüber nachgrübelte, was er tun könnte. Schließlich meinte er: „Hör zu, Jenni! Die Kabelbinder, mit denen du gefesselt bist, sind wesentlich dünner als meine." Und weiter erklärte er ihr: „Ich lasse mich jetzt zur Seite fallen, streck du deine Arme zu mir herüber! Ich werde versuchen, die Plastikstreifen aufzubeißen. Ich weiß nicht, ob ich es schaffe, aber ich muss es zumindest versuchen."

„Spar dir die Mühe!", ertönte plötzlich Sibylles Stimme wie aus dem Nichts. Unbemerkt war sie in den Keller zurückgekehrt. Sie zog eine alte Weinkiste in die Mitte des Raumes und ließ sich in sicherer Entfernung von den beiden nieder.

„Ein schönes Paar seid ihr, wenn ihr da so nebeneinander sitzt. Ich fand schon immer, dass ihr gut zusammenpasst. Jetzt werdet ihr sogar im Tod vereint sein", höhnte sie.

„Was redest du da für einen Unsinn, Sibylle! Jennifer und ich, da war nie was. Du hast keinen Grund eifersüchtig zu sein. Mach uns endlich los!" Arteo versuchte an ihre Vernunft zu appellieren.

„Und wenn. Glaubst du wirklich, dass mich das interessiert, ob du Jennifer flachlegst. Das ist mir so was von egal."

Arteo schaute sie unverständig an.

„Du denkst wohl, du bist der Größte!" Sie lachte hintergründig.

„Ah, Liebster, ja, so ist es gut. Wie du, so macht es keiner, ja, tiefer, Arteo, du machst mich wahnsinnig, ich liebe dich so", sie ahmte sich selbst nach, hauchte und stöhnte schamlos.

Arteo war fassungslos.

„Du kennst doch die Szene aus *Harry und Sally*, wir haben doch den Streifen zusammen gesehen", sie lächelte ausgesprochen lasziv. „Meinst du wirklich, Meg Ryan ist die Einzige, die einen Orgasmus vorspielen kann? Ich habe nie etwas empfunden, wenn du mich bestiegen hast, im Gegenteil, ich habe mich geekelt vor dir, vor deinem alten, welken Körper und deinen widerwärtigen Gichtgriffeln, mit denen du mich überall begrapscht hast. Jede deiner Berührungen war mir zuwider." Sibylles Ton hatte sich geändert, er klang hasserfüllt. „Ich habe die Tage gezählt, den Augenblick herbeigesehnt, an dem ich es dir würde heimzahlen können, dir und allen andern. Und jetzt ist es soweit. Du und die Kleine noch und dann ist meine Mission fast vollendet." Wieder lachte sie laut auf. Es war ein zynisches Lachen, triumphierend und gemein, voll bösartiger Arroganz.

Arteo hatte ihr beinahe regungslos zugehört. Er war nicht nur entsetzt, sondern fühlte sich auch zutiefst gedemütigt. Sprachlos war er in sich zusammengesunken, nicht fähig, auch nur ein einziges Wort von sich zu geben.

Jennifer, die neben ihm saß und unweigerlich alles mitbekommen hatte, war total verstört. Sie begriff nicht, was sie da gerade gehört hatte. Gleichzeitig empfand sie Todesangst. Sibylle musste verrückt sein. Für Jennifer gab es keine andere Erklärung. *Sie* hatte doch Arteo kennenlernen wollen, *sie* hatte sich damals bei der Vernissage an ihn rangemacht und alle Frauen um ihn herum misstrauisch beäugt. Das machte doch alles keinen Sinn!

Und als ob Sibylle Jennifers Gedanken lesen könnte, wandte sie sich nun zu ihr: „Ja, das verstehst du nicht, meine kleine nette Nachbarin. Wie solltest du auch? Gut behütet aufgewachsen, bei einem reichen Adoptivpapa, der dem kleinen süßen Lockenkopf jeden Wunsch von den Augen

abließt und der ist dann so undankbar, so renitent und verkehrt lieber mit dem verkommenen Jungbusch-Pack!" Die
Ironie in ihrer Stimme war unüberhörbar. „Du hättest besser
auf deine Eltern hören sollen, aber du wolltest ja *den*" – sie
deutete abfällig auf Arteo – „unbedingt zum väterlichen
Freund haben. *Ein* Ersatzvater hat dir nicht gereicht, nein,
du konntest den Hals nicht voll genug kriegen!", fuhr Sibylle gehässig fort. „Ja, und jetzt kriegst du die Quittung. Wie
sagt man doch so schön *Mitgefangen, mitgehangen!*" Sibylle
grinste sie bösartig an.

Jennifer versuchte trotz des Knebels Laute zu erzeugen,
stöhnte, schnaubte, wand sich wie ein Aal und versuchte
ihre Fesseln abzustreifen, aber alle Anstrengung war umsonst.

„Verausgabe dich nicht so! Ich weiß, du würdest jetzt zu
gerne was sagen, denn du bist ja auch so überaus wortge-
wandt. Übrigens schreibst du spannende Artikel, das wollte
ich dir schon immer mal sagen. Mein Kompliment! – Ach,
nur deine Schlagzeile für dieses Boulevardblatt, die war etwas unpräzise, wie hieß sie doch gleich: ‚Kanal-Killer hält
ganzen Stadtteil in Atem'. Weißt du, unter ‚gender-Ge-
sichtspunkten' hätte das eigentlich ‚Killerin' heißen müssen.
Das hat mich schon etwas enttäuscht. Denn du müsstest das
ja eigentlich besser wissen. – Schau mich doch noch einmal
genau an, meine weiblichen Attribute sind doch wirklich
unübersehbar." Ihr Mund verzog sich und sie verfiel in ein
höhnisches Gelächter.

In Jennifer Gesicht spiegelte sich blankes Entsetzen, denn
Sibylle hatte damit gerade eben den Mord an Koko gestanden.

Arteo war durch Sibylles Worte aus seiner Lethargie er-
wacht. „Du! Du hast Koko umgebracht, aber warum denn
in aller Welt? Du hast sie doch überhaupt nicht gekannt.

Koko hat dir doch gar nichts getan!", brach es lautstark aus Arteo heraus.

„Reg dich nicht so auf, das ist in deinem fortgeschrittenen Alter ungesund. Weißt du, Koko war eigentlich gar nicht geplant, aber da ist mir der Zufall zu Hilfe gekommen. Ich habe ein Telefonat mitgekriegt, aus dem hervorging, dass Koko jemanden suchte, der sie beim Fotografieren im Jungbusch begleitete und da habe ich die Gelegenheit beim Schopf gepackt. Ihr unvorhergesehenes Auftauchen in Mannheim hat mich überhaupt erst auf die Idee gebracht, meine Mission zu erweitern."

„Was für eine Mission? Wovon sprichst du denn?" Das alles war so abstrus, was sie von sich gab.

Arteo wechselte seine Taktik. „Sibylle, du bist krank, ich glaube du hast Wahnvorstellungen. Du musst dich dringend behandeln lassen. Komm, mach mich los! Ich werde dir helfen, ich verspreche es dir. Wir werden die besten Ärzte aufsuchen."

„Du bist wirklich rührend. Aber ich pfeife drauf. Deine Hilfe kommt zu spät. – Viel zu spät!" Für einen Augenblick wirkte Sibylle zutiefst verbittert, verlor ihre Selbstsicherheit, gewann sie jedoch gleich darauf wieder zurück.

„Koko, diese eitle, arrogante Tusse, kommt großkotzig hierher, will tolle Fotos von den Industrieanlagen am Verbindungskanal machen und sich profilieren." Wieder legte sich ein geringschätziges Lächeln auf ihre Lippen. „Ich habe Kontakt zu ihr aufgenommen, habe ihr erklärt, dass ich sie gerne begleiten würde. Natürlich bräuchte sie mir nichts dafür zu bezahlen, denn es sei mir eine große Ehre, wenn eine so berühmte Fotografin mich an ihrer Arbeit teilhaben ließe. Da hat diese hochnäsige, vor Geiz triefende, alte Ziege natürlich keinen Augenblick gezögert. Ich schlug ihr dann vor, die Bilder von der gegenüberliegenden Kanalseite unterhalb der Spatzenbrücke aufzunehmen. Aus dieser Perspektive könne sie die besten Fotos von der Teufelsbrücke und der Kauffmannsmühle zugleich schießen. Dann musste ich sie nur noch davon überzeugen, dass Nachtaufnahmen, auf denen sich die Lichter auf der Wasseroberfläche des Verbindungskanals spiegeln, besonders effektvoll seien. Koko war begeistert und so verabredeten wir uns dort. Es war ein idealer Ort, allerdings nicht für sie, wie sie glaubte, sondern für mich. An der Spatzenbrücke ist um diese Zeit nämlich nichts mehr los. Wir waren also ungestört."

„Ich hatte alles vorbereitet", fuhr Sibylle fort, „und als Koko dann unten zwischen den Brückenpfeilern herumkroch und auf den lockeren Steinen der Uferbefestigung balancierte, um ja den optimalen Blickwinkel zu erwischen, da habe ich einfach einen der großen Steine genommen und ihr den Schädel zertrümmert.

Der Rest war einfach. Ich habe sie unter der Brücke in den grünen Sack gepackt, zwei Steine mit hineingelegt und sie im Kanal versenkt. Ich muss allerdings eingestehen, ich hatte nicht erwartet, dass sie nochmals hochkommen würde und dann auch noch ausgerechnet an der Teufelsbrücke."

Sie machte eine kurze Pause und zuckte mit den Achseln. „Na ja, der erste Mord ist der schwerste." Sibylle frohlockte, sie schien stolz auf ihre Tat zu sein.

Erneut stand sie auf und ging auf Jennifer zu. „Ja, ja, deine Eltern haben schon recht, wir wohnen wirklich in einem schlimmen Viertel. Mord und Totschlag – deshalb wäre ich ja auch beinahe nicht in den Jungbusch gezogen. Du erinnerst dich doch noch an unser nettes Gespräch im *Hafenstrand*?" Sibylle nahm Jennifers Kinn zwischen ihren Daumen und Zeigefinger und wollte sie zwingen, sie anzuschauen. Die aber schloss demonstrativ die Augen.

175

„Wie kannst du dich nur damit brüsten, dass du einen unschuldigen Menschen eiskalt auf eine brutale, hinterhältige Weise ermordet hast? Was bist du nur für ein Mensch! Hast du denn überhaupt keine Skrupel?" Arteo konnte seine Verachtung nicht länger zurückhalten.

„Ausgerechnet du hast es nötig, mir Vorwürfe zu machen!" Wütend ging sie auf ihn zu. „Du bist doch das größte Stück Dreck, du und deine Hure, diese Cleo." Sie spuckte Arteo an.

Mit dem Handrücken wischte sie sich den Mund ab. „Aber der hab ich es gegeben." Sibylles Miene erhellte sich. „Diese alte aufgedunsene Matrone! Deren Gesicht hättet ihr mal sehen müssen, als ich ihr den Hals umgedreht habe. Und sie wusste nicht mal warum! Sie musste in Ungewissheit sterben, die Arme. Da bin ich doch zu euch viel humaner. Ihr solltet mir dankbar sein, dass ich so gnädig bin und eine Ausnahme mache und euch erkläre, warum ihr diesen Keller nicht mehr lebend verlassen werdet. Und wenn ihr dann in den nächsten Tagen hier unten verschmachtet, habt ihr wenigstens noch ein bisschen Gesprächsstoff und eure letzten Stunden sind nicht ganz so langweilig!"

Trotz des Knebels konnte man Jennifers gepresstes Schluchzen vernehmen. Arteo blickte schockiert zu ihr hinüber. „Weißt du etwas, Jenni? Ist Cleo wirklich tot?"

Jennifer nickte ihm zu und sah, wie er aschfahl wurde. Dann zerrte er an seinen Fesseln herum und brüllte Sibylle an: „Du verdammtes Miststück, der Teufel soll dich holen! Du Wahnsinnige, sollte ich je hier rauskommen, ich schwöre dir, bei allem was mir heilig ist, ich bringe dich zur Strecke!" Dann konnte er nicht weitersprechen. Sein Kopf sank nach vorn auf seine Brust und er begann laut zu schluchzen. Dabei nannte er immer wieder leise Cleos Namen.

„Mach dir keine falschen Hoffnungen! Du und deine Kleine, ihr kommt hier nicht mehr lebend raus. Und was deine geliebte Cleo anbelangt, da kann ich dich trösten, die liegt hier ganz in deiner Nähe, drüben in dem Kellergang. Oder besser gesagt, da liegt das, was von ihr übrig ist. Sie hat es bequem, denn ich habe sie gut verpackt." Wieder lachte sie voll beißender Ironie. „Jennifer hat ja schon mit ihr Bekanntschaft gemacht", feixte sie höhnisch, „und hat sich so erschrocken, die arme Kleine. Na ja, ist ja auch wirklich kein schöner Anblick."

Arteo schaute kurz hinüber zu Jennifer, die ihm weinend zunickte.

Dann wandte sich Sibylle wieder an Arteo und meinte herausfordernd: „Du willst doch sicher wissen, wie Cleo zu Tode gekommen ist? Oder willst du lieber dumm sterben?"

Arteo gab ihr keine Antwort. Trotzdem fuhr sie fort.

„Das mit Cleo war im Grunde ganz simpel. Ich habe mich einfach in ihrer Malklasse angemeldet. Allerdings wäre mir das Bild fast zum Verhängnis geworden. Ich kann nun mal keine schönen Blümchen oder blühende Landschaften malen. Und *du* warst schuld daran!", fauchte sie Jennifer an. „Beinahe hättest du mir alles vermasselt mit deinem blöden Gequatsche! Du hast Cleo den Floh ins Ohr gesetzt, dass mein Bild etwas Bedrohliches habe. Meine wochenlangen vertrauensbildenden Maßnahmen hast du beinahe zunichte gemacht. Danach ist Cleo nämlich zu mir deutlich auf Distanz gegangen." Sibylle blickte Jennifer noch immer grimmig an, doch plötzlich verzog sie ihren Mund zu einem spöttischen Grinsen.

„Aber dann ist es mir doch noch gelungen, die gefräßige Alte zu mir zum Kaffeetrinken einzuladen. Ich habe ihr vorgegaukelt, du kämst später auch noch vorbei. Sie wusste vorher gar nicht, dass wir Nachbarinnen sind. Als sie dann in dem bequemen Sessel in meinem Wohnzimmer saß und die Russische Punschtorte in sich reinschaufelte, habe ich ihr noch zusätzlich Brei ums Maul geschmiert. Ich dankte ihr für den hervorragenden Malunterricht und fragte sie, ob ich ihr ein kleines Geschenk machen dürfe.

Cleo fühlte sich sehr geschmeichelt und war entzückt von der schönen Kette aus bunten Filzkugeln. Ich holte ihr daraufhin den kleinen Handspiegel aus dem Bad und schlug ihr vor, sie solle sie doch gleich mal anlegen. Sie tat das gerne und meinte, sie fände es besonders schön, dass die Kette so eng anliege, dadurch würden ihre Falten am Hals verdeckt. Was Cleo allerdings nicht wusste, war, dass ich die Kugeln auf eine stabile Drahtschlinge aufgezogen hatte, die ich anschließend mit Filz verkleidet hatte.

Der Rest war ein Kinderspiel. Anstatt ihr den Verschluss aufzumachen, habe ich den Griff meiner Kuchengabel zwischen die Kette und ihren Hals geschoben und dann musste ich nur noch drehen, drehen, drehen. Sie hat sich kaum gewehrt. Ein bisschen gezappelt, wie ein fetter Fisch an der Angel, aber das war es auch schon. Eigentlich ein schneller, viel zu schöner Tod, den sie gar nicht verdient hatte, die alte Schlampe!"

Arteo und Jennifer blickten stumm zu Boden und saßen da wie erstarrt. Sie fühlten sich zu keiner Reaktion fähig.

„Ich habe dann eine SMS von Cleos Handy geschickt. Du erinnerst dich doch noch daran, oder?" Sie blickte Jennifer an. Als diese nicht reagierte, trat Sibylle ihr mit ihrer Schuhspitze an den verletzten Knöchel. Die stöhnte auf vor Schmerz.

„Hat man dir das nicht beigebracht, dass man jemanden anschaut, wenn man sich unterhält? Oder muss ich dir noch einmal ans Bein treten, damit du's kapierst?"

Jennifer blickte gequält zu ihr hoch.

„Wo war ich stehen geblieben? – Ach, ja, bei der SMS! ‚Hallo Jenni, brauche Tapetenwechsel, versorge bitte meinen Hund. LG. Cleo.'

War doch nett von mir, oder?

Ach, übrigens, der Hund, der hat mich allerdings Nerven gekostet. Ich bin nämlich später nochmals unbemerkt rüber in Cleos Atelier. Eigentlich wollte ich nur ihr Zeug aus dem Bad holen, damit es so aussah, als sei sie verreist. Aber dann habe ich ihr altes Kleid gesehen, dieses grün-violette Samtkleid, das sie auf dem alten Foto trägt, das in ihrem Schlafzimmer über ihrem Bett hängt. Ein schönes Bild: Cleo und Arteo Arm in Arm und wer sitzt vor ihnen in dem kleinen Buggy? Unser kleiner süßer Lockenkopf Jennifer! Bei so viel Verlogenheit ist es mir beinahe schlecht geworden. Ich habe das Kleid dann mitgenommen und mein Bild. Ich weiß eigentlich gar nicht warum, aber irgendwie ist es ein Stück von mir. Ich habe alles hineingemalt, was ich in den letzten Monaten empfunden habe. Ich konnte und wollte es nicht zurücklassen. – Eigentlich wollte ich mich in dem Atelier noch ein bisschen umschauen, aber der verdammte Köter hat sich vielleicht angestellt. Das war mir dann doch zu gefährlich mit dem Radau, den das Vieh gemacht hat."

Sibylle schaute sich um. „Wo ist der überhaupt?" Als sie ihn nicht sah, meinte sie: „Na ja, die Gruft hier unten ist ja groß genug. Dann wird er halt mit euch zusammen in die ewigen Jagdgründe eingehen. Alle im Tod vereint! Ist doch schön!"

Arteo blickte auf. Er hatte sich in den letzten Minuten ein wenig gesammelt. Er versuchte ruhig zu sprechen „Du hast ja alles bis ins Detail geplant. Aber warum? Woher kommt dieser abgrundtiefe Hass? Und warum gerade wir?"

„Das sind ein bisschen viel Fragen auf einmal. Willst du nicht erst wissen, wie Cleo von meiner Wohnung hierher in den Keller gekommen ist? Da bin ich nämlich echt stolz drauf! Weißt du, dieser Plan war einfach genial!"

Jennifer fand es unerträglich, wie Sibylle sich noch mit all diesen Untaten brüstete. Sie hätte ihr nur zu gerne etwas erwidert. Gleichzeitig machte sich in Jennifer immer mehr das Gefühl breit, dass nur eine Irre so reagieren konnte.

„Ach, ehe ich es vergesse, Jenni", fuhr Sibylle fort, „ich muss mich ja nochmals bei dir bedanken. Wenn du mir nämlich damals nicht deinen Staubsauger geliehen hättest, wäre ich ganz schön aufgeschmissen gewesen. Am schwierigsten war es übrigens, Cleo in die Kunststoffhülle hineinzuquetschen. Die war sowas von aufgedunsen. Ich hatte ganz schön zu tun, bis ich ihre Fettpolster so verteilt hatte, dass ich den XXL-Aufbewahrungssack verschließen konnte. Das Absaugen der Luft zu beobachten, war überaus spannend. Zu sehen, wie sich das Plastik immer mehr an ihre Haut anschmiegte und ihren Körper zusammendrückte. Ich habe ihre Konfektionsgröße mindestens um zwei Nummern reduziert. Das hätte ihr bestimmt gefallen!" Sie lächelte voller Genugtuung. „Das hatte schon fast etwas von einer künstlerischen Performance."

Während Sibylle das beschrieb, hatten ihre Augen einen leicht irrsinnigen Glanz.

„Das ist doch pervers!", Arteo zerrte erneut verzweifelt an seinen Fesseln.

„Du solltest vorsichtig mit dem Begriff umgehen", wies Sibylle ihn zurecht, „oder muss ich dich an deine sexuellen Fantasien erinnern, an unsere kleinen Fesselspielchen und deine Vorliebe für bizarre Orte, so wie damals, als wir es zum ersten Mal hier unten im Keller miteinander trieben. Aber dafür bin ich dir heute noch dankbar, denn sonst hätte ich ja nie erfahren, dass es hier überhaupt einen Keller gibt und hätte mir ein ganz anderes Ende für dich ausdenken müssen. Das hat meine Mission sehr erleichtert."

„Du redest ständig von einer Mission. Zum Teufel, kannst du mir endlich erklären, was du damit meinst!" Wieder verlor Arteo kurzzeitig die Nerven.

„Langsam, eins nach dem anderen. Ich bin noch nicht fertig mit Cleo. – Ja, meine liebe Jenni, wochenlang war Cleo ganz in deiner Nähe. Du warst nur durch eine Wand von deiner lieben Freundin getrennt. Sie lag nämlich die ganze Zeit gut verpackt in ihrer Hülle in der alten Seemannstruhe, zuerst bei mir im Wohnzimmer und nach dem Umzug in der kleinen Atelierküche. Und niemand hat etwas gemerkt.

Halt, das stimmt nicht ganz. Der Köter hat es wohl gerochen, so wie der sich immer aufgeführt hat, aber Gott sei Dank bist du ja nicht so helle wie der und hast mir die Geschichte von meinem schwarzen Kater Mephisto abgekauft. Übrigens, ich hatte noch nie eine Katze. Ich hasse Tiere!"

„Und Menschen", ergänzte Arteo.

„Nicht alle!" Sibylle schüttelte den Kopf. „Aber wenn ich hasse, dann gehe ich über Leichen. Ich habe mir das Morden vorher viel schwerer vorgestellt. Aber wenn man eine Mission zu erfüllen hat und weiß, dass es für eine gerechte Sache ist, dann fällt es viel leichter." Erneut glänzten Sibylles Augen, so als wäre sie nicht zurechnungsfähig.

In Jennifer tobte es. Sie konnte es fast nicht mehr ertragen. Sibylle erzählte ihnen nun schon stundenlang eine Horrorgeschichte nach der anderen, es waren jedoch keine fiktiven Storys, sondern es war grausame Realität. Und sie waren gezwungen ihr zuzuhören und konnten sich dem nicht entziehen.

Als Sibylle die Seemannstruhe erwähnte, war ihr der Nachmittag eingefallen, an dem sie mit Arteo in der Küche des Ateliers Kaffee getrunken hatte. Sie hatte also die ganze

Zeit auf der Truhe gesessen, in der Cleos toter Körper lag. Kaltes Grausen erfüllte sie bei der Vorstellung daran.

Arteo versuchte, sich zu beherrschen und startete einen neuen Versuch. „Warum mussten Koko und Cleo sterben? Ich verstehe es nicht. Und warum hältst du mich und Jenni hier gefangen, jetzt rede schon!"

„Um Jenni geht es hier nicht. Ich habe ja schon einmal erklärt, sie ist durch Zufall da hineingeraten. Aber sie macht meine Mission einfacher, denn da sie jetzt schon mal da ist, wird sie die Zeche stellvertretend für ihre Mutter bezahlen", erklärte Sibylle mit ruhiger Stimme.

„Welche Zeche wird sie bezahlen?" Arteo wiederholte den Satz. „Und Jennifers Mutter Caterina – was hat die denn damit zu tun?"

Ohne die Frage zu beantworten, sprach Sibylle weiter: „Mir fehlt dann nur noch eine. Aber das Air Berlin Ticket nach Palma de Mallorca habe ich schon in der Tasche!" Sie zog es heraus.

Arteo zählte eins und eins zusammen. „Du meinst, du willst zu Isolde fliegen, um sie zu töten? Aber warum?" Er schaute sie entgeistert an.

Sibylle baute sich vor ihm auf. „Fällt dir gar nichts auf? Koko, Cleo, Isolde, Caterina und du."

„Unsere alte Jungbusch-WG. Du willst uns alle umbringen. Aber warum? Du kennst doch überhaupt niemanden von damals. Da warst du noch gar nicht geboren. Was haben wir dir getan?" Für Arteo war es unfassbar.

„Oh je, wenn ich dir das alles aufzählen müsste." Sibylles Stimme und ihr Gesichtsausdruck veränderten sich. Für einen Augenblick wich ihr Hass einer tiefen Traurigkeit. „Ihr habt mein Leben und das meiner Familie zerstört. Die Frau, die jetzt vor euch steht, zu der habt ihr mich gemacht. Für alles was passiert, tragt allein ihr die Verantwortung."

„Was soll das? Ich habe dich, bevor wir uns bei der Vernissage kennenlernten, nie gesehen. Du musst mich mit jemandem verwechseln. Ich habe dir nichts angetan. Ich kenne auch deine Familie nicht." Arteo war sich mittlerweile sicher, dass es sich um einen Irrtum handeln musste. „Das lässt sich bestimmt alles klären", versuchte er Sibylle zu beschwichtigen, „es kann sich nur um ein Missverständnis handeln."

„Halt die Klappe!", herrschte Sibylle ihn an. „Du wirst dich nicht rauswinden, das würde dir so passen! Es geht um dich. Nur um dich, Artur Becker! Das ist doch dein richtiger Name, oder?"

Arteo nickte ungläubig. „Woher kennst du diesen Namen? Zum Teufel, sag uns endlich, wer du bist!" Seine Stimme klang erschöpft.

„Gut, ich will euch nicht länger auf die Folter spannen, außerdem muss ich mich sowieso aufmachen, sonst fliegt die Air Berlin heute Nacht ohne mich los. Und das kann ich Isolde nicht antun", spottete Sibylle.

„Ich bin bei meiner Tante aufgewachsen, weil meine Mutter sich, als ich drei Jahre alt war, das Leben genommen hat. Meine Tante ist Anfang des Jahres an Krebs gestorben. Als ich ihre Sachen durchsuchte, fiel mir das alte Tagebuch meiner Mutter in die Hände, in das sie all ihre Sorgen und Nöte geschrieben hatte, vor allem auch das, was ihr andere zugefügt haben, du, Cleo, Isolde, Koko und Caterina.

Den letzten Eintrag hat sie am 12. Dezember 1980, also einen Tag vor ihrem Selbstmord gemacht. Da verabschiedet sie sich und einige Zeilen sind auch an mich gerichtet, in denen sie mir mitteilt, wer mein leiblicher Vater ist."

Jennifer hatte gespannt zugehört und erschrak zu Tode. All die alten Geschichten aus der WG, die sie von ihrer Mutter und auch von Cleo kannte, fielen ihr in diesem Au-

183

genblick ein. Und auch wenn sie es noch nicht wirklich realisierte, ihr Unterbewusstsein hatte längst erkannt, wer da vor ihr stand.

Arteo hingegen schien vieles von damals vergessen zu haben, vielleicht hatte er es aber auch verdrängt. Er schaute Sibylle an und fragte sie: „Und wer ist deine Mutter?"

„Kommst du noch immer nicht drauf? Dann muss ich dir wohl auf die Sprünge helfen. Ich nenne mich ‚Vandenberg' was soviel heißt wie ‚von dem Berg' oder ‚von der Berger'. „Mein richtiger Name ist Sibylle Berger, geboren am 23. März 1977." Sie stand auf und lächelte ihn tiefgründig an.

„Dann bist du die Tochter von Lara Berger?", wiederholte er stockend. In seinem Gehirn ratterte es und ein erschreckender Gedanke nahm mehr und mehr Gestalt an und ließ ihn erschaudern.

Währenddessen war Sibylle auf ihn zugegangen und hatte sich zu ihm hinuntergebeugt. Sie gab ihm einen flüchtigen Kuss, während sie hauchte: „Ja, Daddy!"

Bevor Arteo regieren konnte, drehte sie sich um, ergriff die Petroleumlampe und verließ den Keller, während sie das Lied anstimmte, das sie bereits bei Arteos Geburtstag für ihn gesungen hatte:

If I invite
a boy some night
To dine on my fine food and haddie
I just adore,
his asking for more
But **my heart belongs to Daddy**
Yes, my heart belongs to Daddy
So I simply couldn't be bad
Yes, my heart belongs to Daddy
Da, Da, Da, Da, Da, Da, Da, Da, DAAAAD

Der Song von Marilyn Monroe hallte durch die Kellergänge. Immer wieder wiederholte Sibylle den Refrain.

Yes, my heart belongs to Daddy
So I simply couldn't be bad
Yes, my heart belongs to Daddy
Da, Da, Da, Da, Da, Da, Da, Da, DAAAAD

Und so wie der Schein der Petroleumlampe immer schwächer wurde, je mehr sie sich entfernte, wurde auch der Klang ihrer Stimme immer leiser. Plötzlich ertönte ein lauter Knall, gefolgt von zwei quietschenden, metallenen Geräuschen. So als würde jemand irgendwelche Hebel umlegen. Dann war Totenstille.

Tiefe Dunkelheit und Eiseskälte umgaben Jennifer und Arteo. Sie fühlten sich wie lebendig begraben. Niemand würde sie hier unten finden. Sie waren verloren.

20

Das Entsetzen, in dem sie Arteo und Jennifer zurückgelassen hatte, war von Sibylle wohl kalkuliert gewesen. Jeden ihrer Schritte, aber auch jeden, hatte sie über Monate hinweg akribisch geplant und so gut wie nichts dem Zufall überlassen. Sie hatte ein geniales Drehbuch für eine einzigartige Inszenierung verfasst, gleich einer antiken Tragödie, in der niemand der Katastrophe entgehen würde.

Jennifer war in diesem düsteren Spiel zunächst nur eine Statistin gewesen, dann aber an die Stelle ihrer Mutter Caterina gerückt. Sie war zur falschen Zeit am falschen Ort gewesen. *Bad luck!* Aber schließlich gehörte sie zur selben Sippe, in ihren Adern floss das gleiche Blut. Warum sollte sie ein Risiko eingehen, um Caterina auszulöschen, wenn es so viel einfacher ging. Und Caterinas Leben wäre nach dem Tod ihrer Tochter sowieso ruiniert. Vielleicht war das sogar die schlimmere Strafe für sie.

Koko, Isolde und Caterina waren zu Beginn tatsächlich nicht eingeplant gewesen, denn Sibylles ganzer Hass hatte sich zunächst nur auf zwei Personen konzentriert, auf Cleo und Arteo, die beiden Menschen, die das Leben ihrer Mutter zerstört hatten und somit auch ihres.

Hätte sie nicht zufällig Cleos Telefongespräch mit Koko in der Malklasse mitgehört, wäre sie wahrscheinlich nie auf die Idee gekommen, ihr Drehbuch um einige Akteure zu erweitern. Aber spätestens nach Kokos problemlosem Ableben und dieser unbeschreiblichen Genugtuung, die sie nach der Tat empfand, stand ihr Entschluss fest, keine halben Sachen zu machen, sondern die ganze WG zur Strecke zu bringen. Schließlich hatten Isolde und Caterina damals auch keinen Finger für Lara krumm gemacht. Im Gegenteil, sie hatten monatelang von Cleos und Arteos Verhältnis gewusst und nichts dagegen unternommen und sich dadurch genauso schuldig gemacht. Tatenlos hatten sie zugesehen, wie Arteo und Cleo ihre Mutter durch ihr brutales, rücksichtsloses Verhalten in den Tod getrieben hatten.

Arteo jedoch sollte nicht einfach nur sterben, er sollte Höllenqualen erleiden, büßen, bis zum letzten Atemzug. Das Wissen darüber, dass er sein eigen Fleisch und Blut voller Lust begehrt und immer und immer wieder leidenschaftlich geliebt hatte, sollte ihn in den Wahnsinn treiben. Die Idee mit Cleos Kleid war ihr erst gekommen, als sie dieses *harmonische Familienbild* in Cleos Schlafzimmer gesehen hatte. Sie fand den Gedanken ungemein reizvoll, Arteo zumindest eine Zeitlang in dem Glauben zu lassen, Cleo wolle ihn umbringen. Sie würde das Kleid so lange tragen, bis er es in einem lichten Moment wahrnehmen würde. Sie musste sich nur davor hüten, dass er ihr Gesicht nicht sah. Sie frohlockte bei der Vorstellung, wie sehr er Cleo hassen würde, obwohl sie ja gar nichts dafür konnte. Das gab dem Ganzen noch einen besonderen Kick und erhöhte seine Seelenqualen. Er sollte leiden wie ein Hund, sich die Seele zermartern, während er dahinschmachtete und keine Sekunde mehr Ruhe finden würde, bis zu seinem bitteren Ende.

Sibylle verschloss die Falltür mit dem großen Riegel, dann rollte sie den Teppich darüber und schob eines der Abstellregale einen halben Meter zur Seite, sodass es nun direkt auf dem Teppich über dem Kellereingang stand. Niemand würde darunter die Falltür vermuten.

Sie ging in die Küche und zog den großen alten Schlüssel aus ihrer Tasche, mit dem sie die Seemannstruhe öffnete. Dort holte sie den Kabelbinder und das Paketklebeband heraus und verstaute alles in Arteos Werkzeugkiste, in denen sich bereits ähnliche Materialien befanden, hier würden sie

187

nicht auffallen. Gleichzeitig nahm sie einen kurzen schweren Vorschlaghammer heraus.

Sibylle holte das blutverschmierte grün-violette Kleid aus Pannésamt und Arteos Handy, das sie schon zwei Tage vorher an sich genommen hatte, aus der Truhe und steckte es zusammen mit dem Hammer in einen stabilen roten Penny-Plastikbeutel. Sie band ihn zu. Das verdammte Zeug würde sie unterwegs entsorgen und sie hatte auch schon eine Idee wo.

Dann ging sie hinüber zu Arteos Staffelei und drückte aus verschiedenen Tuben rote Farbe auf die Palette, die sie mit einem Pinsel an die Vorderseite der Spüle und ins Spülbecken spritzte und gleichmäßig auf dem Atelierboden verteilte. Sie brachte alles zurück an seinen Platz und verschloss wieder die Truhe. Dann schlüpfte sie in ihren glänzenden schwarzen Lackmantel.

Flugs hastete Sibylle aus dem Atelier und achtete darauf, dass sie nicht in die Farbflecken trat. Sie sperrte die Tür fest zu und huschte fast unsichtbar durch den Hof, hinaus auf die Straße.

Draußen dämmerte es bereits. Obwohl sie die kurzen Novembertage hasste, war sie froh, dass sie nun eine schützende Dunkelheit umgab. Es hatte zwar aufgehört zu regnen, dafür war es aber empfindlich kalt. Kein Mensch war auf der Straße. Im Gehen streifte sie die Plastikhandschuhe ab und warf sie am Luisenring in einen Mülleimer. Sie musste sich beeilen, denn ihr Flieger würde bereits in viereinhalb Stunden in Stuttgart abheben. Der Gedanke, noch vor Mitternacht in Palma de Mallorca zu sein, machte sie fast euphorisch.

Während sie die Kirchenstraße entlangging, lächelte Sibylle vor sich hin. Aber es war kein wirklich glückliches Lächeln, denn nicht der Funken einer inneren Regung lag

188

darin, es war eher ein Verziehen des Gesichts, bei dem die Augen leblos blieben.

„Mission fast erfüllt!" Sie schaute zum Himmel. „Mama, hörst du mich da oben? Du kannst stolz sein auf mich!" Sie lächelte zufrieden. „Ich hab sie fast alle zur Strecke gebracht, das ganze Gesindel von damals. In die Hölle hab ich sie geschickt, da wo sie hingehören! Ich habe dir Gerechtigkeit verschafft!"

Sibylle konnte sich kaum an ihre Mutter erinnern, denn sie war viel zu klein gewesen, als man Lara in die Psychiatrische Klinik nach Klingenmünster eingewiesen hatte. Gleich darauf war sie zu ihren ersten Pflegeeltern gekommen. Danach hatte sie fünf Mal die Pflegefamilie gewechselt, denn immer wieder hatte es Probleme gegeben bis schließlich Tante Martina sich ihrer erbarmt und sie zu sich geholt hatte, aber da war ihre Mutter schon sieben Jahre tot gewesen.

Die Ärzte hatten schon kurz nach Sibylles Geburt bei Lara eine manisch-depressive Erkrankung diagnostiziert und sie deshalb immer wieder stationär behandelt. Sie vermuteten, dass ein traumatisches Erlebnis die Krankheit zum Ausbruch gebracht hatte. Drei Wochen vor Weihnachten 1980 hatte man Lara aus der Klinik nach Hause entlassen und ihr Pflegevater hatte die kleine Sibylle acht Tage später zu ihrer Mutter gebracht. Alle hatten geglaubt, dass der Heiligabend im Schoße der Familie eine sinnvolle therapeutische Maßnahme zur Stabilisierung von Laras Psyche sein könnte. Daheim war sie jedoch erneut in eine schwere Depression gefallen. Ihre Familie hatte ihren Zustand zu spät wahrgenommen. Lara erhängte sich elf Tage vor dem Weihnachtsfest an der Wasserleitung, die an der Decke des Badezimmers entlanglief. Die kleine Sibylle entdeckte sie. Ihr Ball war den Flur entlanggekullert und das

189

Mädchen war ihm hinterher gelaufen, dabei war ihr Blick zufällig durch die angelehnte Tür ins Badezimmer gefallen, wo ihre Mutter an dem Seil noch immer leicht hin- und herbaumelte. Sibylle war zu dem Zeitpunkt nicht einmal drei Jahre alt gewesen. Aber dieses traumatische Erlebnis hatte sie ein Leben lang verdrängt, erst als ihr das Tagebuch ihrer Mutter in die Hände gefallen war, kamen die Erinnerungen zurück.

In all den vielen Jahren hatte sie ihre Tante Martina immer wieder nach ihrem Vater gefragt, aber nie eine klare Auskunft erhalten. Ihre Tante hatte sich, so lange sie lebte, in Schweigen gehüllt. Als die Tante dann im Frühjar 2009 gestorben war, hatte Sibylle in den Sachen der Verstorbenen ein Album mit zahlreichen Fotos ihrer Mutter gefunden. Neben Kinderbildern, in denen Lara mit ihren Eltern und ihrer Schwester abgebildet war, gab es auch diverse Schnappschüsse, auf denen Leute dargestellt waren, die Sibylle nie zuvor gesehen hatte. Eine war bildhübsch, die andere sehr extravagant, wieder eine andere sehr männlich. Am exotischsten wirkte jedoch die Rotgelockte in dem grün-violetten Kleid.

Auch ein Mann tauchte immer wieder neben ihrer Mutter auf. Über eine der Fotoseiten hatte Lara geschrieben: Artur, ich, Caterina mit Jenni, Cleo, Isolde und Konnie an meinem 30. Geburtstag am 1. September 1976.

Neben dem Album war Sibylle noch ein weiteres, wesentlich aufschlussreicheres Dokument in die Hände gefallen: Laras Tagebuch.

Als Sibylle darin las, war sie in Tränen ausgebrochen, denn ihre Mutter schilderte darin, wie demütigend sie die anderen Frauen in der WG mitunter behandelt hatten. An einer anderen Stelle berichtete sie euphorisch, dass sie sich in Artur Becker, den Nachbarn vom Vorderhaus, verliebt hatte. Über Seiten hinweg schwärmte sie von ihm, bis dann das böse Erwachen kam, als sie ihn mit Cleo in flagranti erwischt hatte. Was dann folgte, war nur noch deprimierend: der Rauswurf aus der WG, in der sich niemand für ihr Verbleiben einsetzte und schließlich Monate später die Gewissheit, dass sie von Artur schwanger war. Schon damals schrieb Lara, dass sie mit dem Gedanken spiele, ihrem Leben ein Ende zu machen.

Sibylle hatte erneut das Fotoalbum geöffnet und den Mann an der Seite ihrer Mutter angesehen. ‚Artur Becker – das also ist mein Vater.' – Nein, dieser Mann war nicht ihr Vater, er war der Mann, der ihrer Mutter ein Kind gemacht hatte und sie dann wegen dieser Schlampe Cleo hatte sitzen lassen. Sibylle war in einen hysterischen Weinkrampf verfallen und hatte am ganzen Körper gezittert.

In der nachfolgenden Zeit hatten sich ihre Gedanken immer mehr verdüstert und nur noch um eines gekreist, nämlich ihrer Mutter Gerechtigkeit zu verschaffen. Mit ihren zunehmenden Rachegedanken ging eine Wesensveränderung einher, die allen um sie herum auffiel und schließlich dazu führte, dass sie sich von Sibylle zurückzogen. Nur ihr Freund Ralph hatte immer wieder versucht, sie zu einer Therapie zu bewegen. „Du bist krank, Sibylle, du musst dir Hilfe holen, du kommst da allein nicht mehr raus. Deine Rachegedanken sind zu einer fixen Idee geworden!"

Sibylle hatte sich dagegen gewehrt. „Ihr bringt mich nicht in die ‚Klapse' so wie meine Mutter, das könnte euch so passen! Mit mir macht ihr das nicht!"

Irgendwann hatte Ralph es nicht mehr ertragen und sich von Sibylle getrennt. Und deren Hass auf Cleo und Arteo war dadurch noch größer geworden. An allem waren nur die beiden schuld und die anderen aus der WG. ‚Zum Teufel mit ihnen!' Sie fühlte sich von aller Welt im Stich gelassen und verloren. Doch so leicht wie ihre Mutter würde sie nicht aufgeben.

Je mehr Sibylles Vergeltungsplan in der Folgezeit Gestalt annahm, desto mehr wuchs ihre Überzeugung, dass ihr Rachefeldzug ihre Bestimmung war. Sie war dazu auserwählt, den Tod ihrer Mutter zu rächen und eine Mission zu erfüllen. Und je näher der Tag der Abrechnung kam, desto euphorischer war sie geworden.

Bremsen quietschten, ein Fenster wurde heruntergedreht. „Du dummi Kuh, guck doch, wo de hielaafscht!"

Sibylle war so in Gedanken versunken gewesen, dass sie fast in ein Auto gelaufen wäre. Schnellen Schrittes überquerte sie nun die Hafenstraße. Mittlerweile war es stockdunkel und es hatte wieder zu nieseln begonnen. Es war noch immer das ungemütliche Novemberwetter, das schon den ganzen Tag über geherrscht hatte, nass, kalt und windig. Abgesehen von dem BMW, der sie beinahe angefahren hätte, war die Straße menschenleer.

Schon vor Monaten hatte Sibylle ihren kleinen roten Nissan in der Güterhallenstraße unten im Hafengebiet abgestellt, drüben auf der anderen Seite der Teufelsbrücke. Niemand sollte wissen, dass sie ein Auto besaß und schon gar keiner das Landauer Kennzeichen sehen. Sibylle hatte noch in der Freitagnacht ihre vermeintlich für Paris gepackte Reisetasche zum Auto gebracht und sie in den Kofferraum gestellt. Dafür hatte sie extra den Umweg über die Neckarvorlandbrücke genommen, damit sie ja niemand im Jungbusch sehen würde. Sie musste höllisch aufpassen, dass sie niemandem begegnete, denn das konnte gefährlich für sie werden.

Danach war sie schnell in Arteos Wohnung im Vorderhaus zurückgekehrt, wo sie sich ruhig verhielt, denn sie würde hier bis zum Abflug nach Palma de Mallorca am

Sonntagabend bleiben. Vom Küchenfenster aus hatte sie die Tür zum Atelier gut im Blick. Sibylle wollte sichergehen, dass nicht irgendetwas oder irgendjemand im letzten Augenblick ihre Pläne durchkreuzen würde. Schließlich fehlte noch der Höhepunkt der Tragödie: die Offenbarung.

Nachdem Arteo zwei Tage da unten gelegen haben würde, unterkühlt, hungrig, fast verrückt vor Durst und mit Schmerzen an seinem geschundenen Körper, darüber hinaus geplagt von Todesängsten, Selbstzweifeln und vor allem in dem Glauben, Cleo hätte ihm das alles angetan, war er nun reif dafür, die Wahrheit präsentiert zu bekommen.

Sie genoss es, sich das Grauen in Arteos Augen vorzustellen, wenn sie ihm sein Todesurteil verkünden würde. Der Gedanke an die Urteilsbegründung hatte schon fast etwas Erregendes für sie. Sie würde sein Entsetzen fast körperlich spüren und ihre Seele würde sich daran laben. Aber das würde sie erst kurz vor ihrer Abreise erledigen, um danach die letzten Spuren zu beseitigen und den Keller gut zu verschließen.

Gerade wollte sie hinuntergehen, da hatte sie plötzlich ein lautes Bellen im Hof vernommen. Sie war zum Fenster geeilt und hatte mit Schrecken gesehen, wie Jennifer die Tür aufschloss und mit Sly im Atelier verschwand.

„So ein verdammter Mist, jetzt hat die doch tatsächlich einen Schlüssel fürs Atelier. Und ich habe weder die Flecken richtig weggeputzt noch die Falltür ganz verschlossen. Wenn die den Eingang zum Keller findet, dann bin ich erledigt."

Sie wartete, fünf Minuten, zehn Minuten und als Jennifer nach einer Viertelstunde noch immer nicht herausgekommen war, ging Sibylle hinunter und schaute vorsichtig durch das Atelierfenster. Niemand war zu sehen, dafür konnte sie Jennifer laut nach Sly rufen hören. Und als Sibylle sie dann noch fluchen hörte: „Heute bleibt mir aber auch gar nichts erspart, jetzt kann ich auch noch da runtersteigen!", wusste sie, dass sie handeln musste. Mit Sicherheit würde Jennifer Cleos Leiche finden, die Sibylle am Freitagabend aus der Seemannstruhe herausgeholt und in ihrer Kunststoffhülle hinunter in den Kellergang gezogen hatte.

Und so war Sibylle schnell hinüber zur Truhe gehuscht und hatte sich Cleos Gewand übergestreift. Es würde zum einen ihre Kleidung schützen, zum anderen bereitete es ihr eine teuflische Freude, ihr grausames Versteckspiel bis zum letzten Augenblick fortzuführen. Dann hatte sie das Paketklebeband und die Kabelbinder eingesteckt und war Jennifer in sicherem Abstand gefolgt. Nun musste sie nur noch auf den passenden Moment warten, um sie zu überwältigen.

Sibylle hatte mittlerweile fast die Mitte der Teufelsbrücke erreicht, sie schaute hinunter in den Verbindungskanal. Das Wasser war dunkel und die Oberfläche von den vielen auf ihr tänzelnden Regentropfen gekräuselt. Die leichten Windböen, die gegen Abend aufgekommen waren, erzeugten darüber hinaus Tausende kleiner Wellen, die an die trutzige Mauer der alten Brücke schlugen. Hier war ein guter Ort, um die Tüte mit den Beweismitteln für alle Zeiten loszuwerden. Das Zeug sollte hier im Jungbusch bleiben. Sie würde es dort versenken, wo sie auch schon Koko *entsorgt* hatte. Nur dass dank des schweren Hammers dieses Mal nichts mehr hochkommen würde. Der Kanal würde alles, was sie an den Jungbusch erinnern würde, für immer verschlingen und sie würde nie mehr einen Fuß hierher setzen. Endlich würde sie einen dicken Strich unter die Vergangenheit machen können. Sie würde es wie eine Erlösung empfinden und irgendwo ganz weit weg von hier ein neues Leben beginnen.

Vorsichtig schaute sie sich um, niemand war in Sichtweite und so warf sie schnell und schwungvoll die rote Plastiktüte über das Geländer, während sie erleichtert aufatmete. Sie horchte, wartete auf das Platschen beim Aufschlagen auf der Wasseroberfläche. Aber nichts war zu hören. Sibylle lehnte sich weit über das verrostete Jugendstilgeländer und blickte hinunter zur Wasseroberfläche, aber sie konnte nichts erkennen. Erneut schaute sie sich um. Und da sah sie den Sack. Verdammt! Sie hatte schlecht gezielt, ihn nicht weit genug hinausgeworfen; denn der rote Plastikbeutel hatte sich unterhalb des Geländers an einer Eisenstrebe verhakt, die sich genau in der Mitte der Brücke befand, und zwar an der Stelle, die seit Jahren abgesperrt war. Er schaukelte freischwebend hin und her wie eine leuchtend rote Fahne im Wind.

Sibylle wusste, sie konnte den Beutel dort nicht hängen lassen, denn so wie es am Morgen hell würde, kämen hier alle möglichen Leute, meist Hafenarbeiter, vorbei. Sie würden ihn schon von Weitem sehen und es wäre nur eine Frage der Zeit, wann jemanden die Neugier packen und er ihn sich angeln würde. Der Inhalt musste den Finder misstrauisch machen und er würde seine Entdeckung mit Sicherheit zur Polizei bringen. Und das Handy würde sie unweigerlich direkt in Arteos Atelier führen.

Sie musste das unbedingt verhindern! Sibylle drückte sich zwischen dem Geländer und dem nur locker angeketteten Bauzaun vorbei und bewegte sich vorsichtig auf den lockeren Holzplanken, die bei jedem ihrer Schritte knarrten, zur Mitte hin. Sie hatte sich bis zu dem Beutel vorgearbeitet, der nun direkt zu ihren Füßen hing. Nun musste sie sich nur noch hinunterbeugen und den Sack hereinziehen. Aber

195

sie hatte Pech. Der Inhalt hatte sich so ungünstig verkeilt, dass er sich nicht durch den schmalen Spalt des Geländers ziehen ließ. Darum blieb ihr nichts anderes übrig, als sich von oben über die Brüstung zu beugen und sich weit hinauszulehnen. Sibylle versuchte den schweren Beutel mit ihren Fingern zu erreichen. Schon war sie ihm ganz nahe, nur eine halbe Handbreite fehlte noch. Schließlich packte sie ihn, zog ihn ein Stück hoch und wickelte ihn um ihr Handgelenk. „Geschafft!" Sie atmete auf. Jetzt würde er ihr nicht mehr entgleiten. Gerade war sie dabei, sich zurückzustemmen, um wieder mit beiden Füßen sicher auf der Brücke zu stehen, da zerbarst eine der hölzernen Bodenlatten. Und während die eine Hälfte einbrach, schnellte die andere Hälfte zurück und schlug mit voller Wucht gegen ihre Fußsohlen. Sibylle verlor das Gleichgewicht und der mit dem Hammer beschwerte Plastikbeutel zog sie zusätzlich nach unten. Kopfüber stürzte sie mitsamt der Tüte in die Tiefe. Dabei schlug sie mit dem Genick auf der Oberkante der einen Eisenpforte unterhalb der Brücke auf.

Kein Schrei, kein einziger Laut war zu vernehmen. Wie ein Stein fiel Sibylle ins Wasser, der schwere Beutel an ihrem Handgelenk tat ein Übriges und ließ sie in Sekundenschnelle in den dunklen Wogen des Verbindungskanals versinken. Die Wellen schlugen über Sibylle zusammen und plätscherten schon kurz darauf wieder gegen das Fundament der Teufelsbrücke, so, als wäre nichts geschehen.

21

Von Selbstvorwürfen gequält saß Jennifer leise weinend mit dem Rücken an die Kellerwand gelehnt. Sie versuchte ihre Gedanken zu ordnen, denn in ihrem Kopf herrschte Chaos. Das, was Sibylle ihnen gerade eröffnet hatte, war so unglaublich, dass sie es mit ihrem gesunden Menschenverstand kaum erfassen konnte. Einerseits war sie innerlich aufgewühlt, andererseits nicht mehr imstande überhaupt noch etwas zu fühlen, weder die Kälte, noch die Dunkelheit, noch die Angst davor, in diesem eisigen Grab zu sterben.

Nachdem die Tür ins Schloss gefallen war, hatte Jennifer in die Stille gelauscht. Doch Arteo hatte nicht den geringsten Laut von sich gegeben. Wenn sie ihn nur hätte sehen oder wenigstens etwas zu ihm sagen können. Aber noch immer hatte sie den Knebel im Mund und war zum Schweigen verdammt. Es musste schrecklich in ihm aussehen. Die makabere Vorstellung, die Sibylle gerade geboten und all das, was sie ihm eröffnet hatte, musste eine persönliche Katastrophe für ihn sein. Ein Trauma, das er vielleicht nie würde verwinden können. Aber das war wohl ihre Absicht gewesen. Sie wollte Arteo zerstören.

Sibylle war zweifellos geistesgestört. Vielleicht war sie ja eine gespaltene Persönlichkeit, war schizophren? Als sie im Sommer zusammen oben im Musikpark Cocktails getrunken hatten, war sie so aufgedreht, so exaltiert gewesen und als sie ein paar Wochen später verzweifelt auf ihrem Sofa gesessen und sich wegen ihres Freundes bei ihr ausgeweint hatte, erschien sie ihr höchst depressiv. Zu diesem Zeitpunkt hatte sie schon Koko und Cleo auf dem Gewissen gehabt. Jennifer schauderte es bei dem Gedanken.

Als Jennifer Cleos sterbliche Überreste in der Kunststoffhülle gesehen hatte, war ihr sofort klar geworden, dass ihre alte Freundin schon seit Monaten tot sein musste. Erneut füllten sich ihre Auge mit Tränen.

Was für ein Mensch war Sibylle nur, dass sie ohne mit der Wimper zu zucken einfach das Leben zweier Menschen auslöschen konnte? Natürlich waren es schlimme Geschichten gewesen, die sich damals in der WG ereignet hatten und zweifellos waren Laras Tod und Sibylles Kindheit tragisch. Aber das allein konnte es nicht sein, was Sibylle zu ihren Taten getrieben hatte. Es waren Allmachtfantasien eines krankhaften Egos, das glaubte, über Leben und Tod anderer Menschen entscheiden zu können. Sibylle war nicht nur schizophren oder manisch-depressiv wie ihre Mutter, nein, sie war wahnsinnig!

Wahrscheinlich hatte es ja Anzeichen für ihre Geistesgestörtheit gegeben, aber Jennifer war weder Psychiater noch Psychologe. Es war ihr nicht aufgefallen, sie hatte Sibylle für extrovertiert und egozentrisch gehalten, jedoch nie vermutet, dass sich dahinter eine ernsthafte psychische Störung verbergen würde. Und so war sie ihr ahnungslos ins Messer gelaufen und auf das Theater hereingefallen, das Sibylle ihr vorgespielt hatte. Jennifer hatte sich von Sibylle instrumentalisieren lassen, war die Brücke zu Arteo gewesen, der dieser Frau ohne ihr Mittun nie begegnet wäre. Sie war schuld daran, dass sie jetzt hier saßen und wahrscheinlich sterben mussten. Erneut begann sie leise zu schluchzen.

„Du musst nicht weinen, es ist nicht deine Schuld." Arteos Stimme klang gefasst. „Im Gegenteil, wäre ich nicht so ein Idiot gewesen, wäre alles anders gekommen. Weißt du", fuhr er ruhig fort, „das wirst du mir jetzt vielleicht nicht glauben, aber ich habe besonders in den ersten Jahren immer mal wieder an Lara gedacht und das, was Cleo und ich ihr damals angetan haben, tief bereut." Er machte eine Pause. „Und es ging nicht nur mir so. Cleo hätte es am liebsten auch ungeschehen gemacht. Aber es war zu spät! Lara war tot und mit dieser Schuld mussten wir leben. – Aber dass sie von mir schwanger gewesen sein könnte, daran habe ich nicht einmal im Traum gedacht. Ich erinnere mich noch vage, dass wir wegen einer Formulierung in Laras Todesanzeige Spekulationen über ein mögliches Kind angestellt hatten. Aber ich habe das doch niemals in einen Zusammenhang zu mir gebracht, denn zu dem Zeitpunkt war Lara ja schon vier Jahre ausgezogen. – Du musst mir das glauben. Ich hatte keine Ahnung." Er schwieg eine Weile.

Jennifer lehnte sich hinüber an seine Schulter, während sie weiter vor sich hin schluchzte. Schweigend saßen sie Seite an Seite und starrten in die Dunkelheit. Einzig tröstlich waren die Berührung ihrer Schultern und das Gefühl, nicht allein zu sein.

Plötzlich vernahmen sie in einiger Entfernung ein leises Bellen, dann ein Trippeln, das immer näher kam, und schließlich ein deutliches Schnauben. Fast im selben Moment drängte sich ein wuscheliges, schnaufendes Etwas zwischen Jennifer und Arteo. Sie spürte, wie ihr etwas in den Schoß fiel und ihr eine raue Zunge quer übers Gesicht fuhr. Dann wandte es sich Arteo zu.

„Sly!", rief Arteo aus. „Du bist noch hier unten im Keller?" Und als der Hund nun damit begann, Jennifers von den vielen Tränen verklebtes Gesicht abzulecken, begann sie erneut zu weinen, nur dieses Mal waren es Freudentränen. Selten zuvor war sie so dankbar über die Liebesbeweise ihres Hundes gewesen. So als würde er sie allein durch seine Anwesenheit ins Leben zurückholen.

‚Oh, Sly', dachte Jennifer, ‚warum habe ich nur nicht auf dich gehört. Dein Verhalten Sibylle gegenüber war doch so eindeutig, du hast es von Anfang an gewusst.' Sly hatte vermutlich den Geruch, der von Cleos totem Körper ausging, trotz der hermetischen Hülle wahrgenommen. Hunde hatten eben eine überaus sensible Nase. Sie wurden schließlich nicht umsonst bei der Spurensuche eingesetzt.

Jennifer versuchte, ihre Beine zu bewegen, sie wurden immer steifer. Da spürte sie, wie irgendetwas von ihrem Schoß neben sie auf den Boden rutschte. Dem Geräusch und dem Gefühl nach war es kein ganz leichter Gegenstand. Sie drehte sich ein wenig, ließ sich zur anderen Seite fallen, sodass sie mit ihren auf dem Rücken zusammengebundenen Händen den Kellerboden absuchen konnte. Es war eine mühsame Zentimeterarbeit. Sie robbte ein wenig nach oben, nach unten, nach rechts und endlich berührte sie mit ihren Fingern einen Gegenstand, der ihr ungemein bekannt vorkam. Wenige Sekunden später wurde der Kellerraum für ein paar Sekunden in ein weiches Licht getaucht. Sly hatte ihnen Jennifers Handy zurückgebracht.

Der Lichtstrahl in der Finsternis, auch wenn er noch so kurz war, ließ ihre Lebensgeister wieder erwachen. Insbesondere Arteo zerrte wieder an seinen Fesseln und bäumte sich auf. „So einfach werden wir es dieser Wahnsinnigen nicht machen. Ich weiß, dass ich große Fehler begangen habe, aber ich werde alles in meiner Macht stehende Tun, um noch größere zu vermeiden." Und zu Jenny gewandt fuhr er fort: „Dreh dich nochmals zur Seite! Ich muss versuchen, deine Fesseln aufzubeißen."

Was in der folgenden Stunde geschah, war nur Arteos Verzweiflung, seiner Wut und Entschlossenheit zu verdanken. Der Wut und Verzweiflung darüber, dass Cleo ihr Leben hatte lassen müssen und der Entschlossenheit, Jennifer heil aus dem Keller zu bringen und Isolde noch rechtzeitig warnen zu können, bevor diese Irrsinnige ihr teuflisches Werk in Mallorca vollenden konnte.

Sibylle hatte zweifellos Arteos psychische Kraft unterschätzt. Denn obwohl ihn das alles zutiefst erschüttert hatte, war sein Überlebenswille doch größer als seine Verzweiflung. Und so gelang es ihm tatsächlich, die Kabelbinder um Jennifers Handgelenke aufzubeißen. Nachdem Jennifer ihre Hände wieder bewegen konnte, befreite sie sich zunächst von dem Knebel und drei Stunden später lagen sämtliche Kabelbinder zerkleinert am Boden und Jennifer und Arteo sich weinend in den Armen.

„Wir müssen versuchen, den Weg zur Falltür zu finden und sie von unten aufdrücken. Zu zweit müssten wir das schaffen."

Langsam, indem sie das Handy immer wieder von Neuem anschalteten, folgten sie dem Gang. Sly war bereits vorausgerannt. Dabei fiel Jennifer auf, dass der Keller wesentlich kleiner war, als sie gedacht hatte. Einer der Gänge verlief im Quadrat. Anscheinend war sie in ihrer Panik und dazu noch im Dunkeln mehrfach im Kreis herumgeirrt. Als sie um die Ecke bogen, sahen sie ein dunkles Bündel auf dem Boden liegen, neben dem sich Sly niedergelassen hatte, so als wollte er es bewachen.

„Ist das Cleo?", fragte Arteo und wagte kaum zu atmen. Er knipste wieder das Handy an und sah, wie Jennifer nickte.

„Schau sie dir besser nicht an!" Jennifer versuchte, ihn am Arm zu halten. Aber er ließ es nicht zu. Arteo ging langsam hinüber und kniete nieder. Dann zog er die Kunststoffhülle mit Cleos sterblichen Überresten an sich und umarmte ihren toten Körper. „Ich Idiot!", flüsterte er, indem er sie fest an sich drückte. „Verzeih mir! Das habe ich nicht gewollt." Vorsichtig ließ er sie zu Boden sinken.

Stumm gingen sie ein paar Schritte weiter, immer von Neuem das Handy anknipsend. Doch als sie um die Ecke bogen, blieben sie wie erstarrt stehen, denn vor sich sahen sie zwar die Luftschutztür, sie war jedoch verschlossen. Arteo und Jennifer versuchten mit aller Kraft die Riegel aufzudrücken, aber vergeblich. Die Tür schien von außen nochmals gesichert zu sein, denn die Sperre ließ sich keinen Zentimeter bewegen. Nun fiel ihnen auch das quietschende Geräusch ein, das sie gehört hatten, als Sibylle gegangen war. Es war nicht die Falltür gewesen, die ins Schloss gefallen war, sondern die Verriegelung der Luftschutztür.

„Hier ist unser Rundgang zu Ende. Wir sitzen in der Falle. Das war's dann wohl!" Arteo zuckte mit den Schultern, er gab sich keinen weiteren Illusionen hin. „Ich bin mit meinem Latein am Ende."

Dieses Mal war es Jennifer, die ihm Mut machte. „Nein, du darfst jetzt nicht aufgeben. Wir müssen alle Keller durchforsten. Vielleicht gibt es ja doch ein Kellerfenster oder einen Schacht oder irgendein Werkzeug, mit dem wir die Luftschutztür aufkriegen. Arteo!" Jennifer schüttelte ihn. „Du darfst jetzt nicht aufgeben, hörst du!"

Obwohl sie systematisch sämtliche Keller absuchten, fanden sie kein Fenster und keinen Schacht, geschweige denn irgendetwas, mit dem sie die Luftschutztür hätten aufbrechen können.

Am Ende fanden sie sich in dem Keller wieder, in dem Sibylle sie gefangen gehalten hatte. Erschöpft ließ sich Arteo auf dem Boden nieder, während Jennifer sich neben ihn auf die Weinkiste setzte, die Sibylle zuvor benutzt hatte.

„Hier kommen wir nie mehr raus", stöhnte Arteo verzweifelt, während er auf den OK-Knopf von Jennifers Handy drückte, sodass das Display den Raum erneut in ein fahles Licht tauchte. Jeglicher Hoffnung beraubt, starrte er auf die gegenüberliegende Wand. „Nichts als dunkle, schwarze Backsteine, sonst gar nichts!"

Wieder erlosch das Licht. Doch im selben Augenblick hörte er plötzlich Jennifers aufgeregte Stimme zu ihm sagen: „Drück noch einmal auf den Knopf!" Sie stand auf und humpelte auf die andere Seite des Kellers.

„Sag mal, fällt dir nichts auf?"

Gerade als er hochblickte, wurde es wieder dunkel.

„Mach Licht!", forderte sie Arteo auf. „Sieh doch mal die Steine in der Mitte, die sind doch viel heller als die anderen, die haben auch eine andere Größe. Jetzt schau doch mal her!"

„Sag mal, haben wir keine andere Sorgen, als den Keller auf seine Baumaterialien hin zu untersuchen? Du hast vielleicht Nerven, Jenni!" Niedergeschlagen blickte er zu Boden.

„Mach noch mal Licht!" Widerwillig kam er ihrer Aufforderung nach. Jennifer betrachtete nochmals die Wand, während sie mit ihren Händen gleichzeitig daran entlangfuhr. Plötzlich begann sie lauthals zu lachen.

„Bist du jetzt auch wahnsinnig geworden?" Seine Stimme war voller Resignation. Er hatte sich aufgegeben.

„Nein, Arteo. Wenn es das ist, was ich glaube, dann sind wir gerettet!" Und gleich darauf schickte sie ein Stoßgebet zum Himmel: „Lieber Gott, bitte mach, dass ich mich nicht irre!"

Arteo blickte ungläubig zu ihr hinüber. „Was meinst du mit ‚wir sind gerettet'?"

Und nun erklärte ihm Jennifer, dass sie 2005 bei ihren Recherchen für die Gedenkschrift zum 60-jährigen Kriegsende herausgefunden hatte, dass man während des Krieges die Kellerwände zwischen den einzelnen Gebäuden aufgeklopft und die Steine danach nur lose wieder eingesetzt hatte, damit man bei Gefahr die Wand eindrücken konnte, um den Keller über das Neben- oder das Vorderhaus verlassen zu können.

„Und ich glaube, das ist so eine Wand", fügte sie hinzu.

Arteo stand auf und kam auf sie zu. „Meinst du wirklich?" Langsam erwachten seine Lebensgeister wieder. „Sag mir, was ich machen soll!" Und ehe er eine Antwort abwartete, drückte er ihr das Handy in die Hand, nahm die Weinkiste und rammte sie gegen die Stelle an der Kellerwand, die ihm Jennifer gezeigt hatte. Sie zerbarst in unzählige kleine Stücke, trotzdem spürte er, dass die Steine leicht nachgaben.

„Ich glaube, du hast recht! Lass es uns noch einmal zusammen versuchen!"

Beide legten sich nun nebeneinander in einem halben Meter Entfernung von der Kellerwand auf den Rücken. Sie hatten ihre Beine angewinkelt und ihre Fußsohlen gegen das Mauerwerk gestellt. Arteo begann zu zählen: eins-zwei-drei und im selben Moment stemmten sie sich beide mit der ganzen Kraft ihrer Füße und ihrer Wadenmuskulatur gegen die Backsteine, von denen ein Teil einbrach und in den Keller des Vorderhauses fiel.

Jennifer hatte sich nicht geirrt. Sie hatten den Durchgang zum Vorderhaus gefunden. Der Alptraum war zu Ende!

Sly war der Erste, der laut bellend durch den Durchbruch sprang, während Jennifer mit ihrem verstauchten Knöchel und Arteo mit seinen schmerzenden Füßen sich körperlich, geistig und seelisch erschöpft durch das Loch hindurchquälten. Sly rannte durch den Keller, der von einem schwachen Licht durchflutet war, das von der Straßenbeleuchtung her durch die Kellerfenster drang. Dann sprang er die Kellertreppe hoch, wo er so lange ein Höllenspektakel machte, bis schließlich der erboste Hausmeister in seinem gestreiften Frotteebademantel im Türrahmen auftauchte und schrie: „Zum Dunnawetta, noch amol, wo kummt dann der Köta her? Mitte in de Nacht so en Radau! Do wacht jo es ganze

Haus uf!" Und als er Arteo mit seinen blutverkrusteten Haaren und seinen blutverschmierten Socken und Jennifer in ihrer total verdreckten Kleidung sah, wie sie blinzelnd und sich gegenseitig stützend plötzlich aus der Dunkelheit auftauchten, schimpfte er weiter: „Sache se mol. Was machen Sie um die Zeit do unne im Kella? Sin des widda so kinschtlerische Ferz, so neimodisches Zeig, so was wie dem Boys sei Fetteck? – Ens will isch ihne saache", dabei drohte er Arteo mit dem Finger, „des hot Folge! Wenn Sie sich net on die Hausordnung halte, hawwe se die lengscht Zeit hier gewohnt, dass mer uns verstanne hawwe."

Die beiden nickten stumm, während der Hausmeister wieder im Treppenhaus verschwand.

22

„Sibylle Berger ist wie vom Erdboden verschluckt. Wir haben eine Fahndung ausgeschrieben, alle Flughäfen sind informiert, aber anscheinend hat sie das Land nicht verlassen." Der Kripobeamte, der nach Cleos Beerdigung auf Arteo und Jennifer zukam, streckte ihnen die Hand entgegen. „Es tut mir leid, dass ich keine erfreulicheren Nachrichten für Sie habe, nach all dem, was Sie durchgemacht haben", und zu Arteo gewandt fügte er nochmals hinzu: „Aber bis jetzt haben wir keine Spur von Ihrer Tochter."

„Ich möchte Sie bitten, diese Frau nicht als meine Tochter zu bezeichnen. Bis jetzt gibt es keinen Vaterschaftstest. Aber lassen wir das. Jedenfalls werden wir alle erst wieder ruhig schlafen können, wenn diese Wahnsinnige hinter Schloss und Riegel ist", meinte Arteo besorgt. Er wirkte von der Beerdigung ziemlich angeschlagen.

„Auf jeden Fall werde ich Sie auf dem Laufenden halten." Damit verabschiedete sich der Kommissar und ging.

„Zweifelst du tatsächlich an der Vaterschaft?" Jennifer hängte sich bei Arteo ein. Sie fror, denn es war einer dieser klirrend kalten Dezembertage. „Nein. Ich befürchte, diese Frau ist meine biologische Tochter. Aber ich kann ihr gegenüber keinerlei Vatergefühle aufbringen nach allem, was war. Das wirst du doch sicher verstehen?"

Jennifer nickte. „Ist vielleicht auch besser so."

„Aber lass uns von etwas anderem reden. Wie hat denn Caterina auf all das reagiert?" Er blickt sie skeptisch an.

„Besser als ich gedacht hatte. Sie lässt dich sogar grüßen. Ich denke, sie war total geschockt und ist heilfroh, dass uns nichts passiert ist. Aber natürlich hat sie auch Angst, solange Sibylle auf freiem Fuß ist. Mein Vater hat überall Alarmanlagen einbauen lassen und das ganze Haus gesichert. – Eine uneinnehmbare Festung", erklärte Jennifer ein wenig spöttisch.

„Und wie war Isoldes Reaktion?", wollte Jennifer wissen.

„Ungemein taff! Die hat keine Angst. Sie meinte, wenn Sibylle sich bei ihr blicken lässt, macht sie Kleinholz aus ihr." Arteo schüttelte den Kopf. „Wenn es nicht so traurig wäre, könnte man fast darüber lachen. Aber lass uns nicht weiter in trübseligen Gedanken versinken. Das wäre das Letzte, was Cleo gewollt hätte."

Und darum machte Arteo, als sie vor dem Hauptfriedhof in die Straßenbahnlinie 2 stiegen, folgenden Vorschlag: „Weißt du was, jetzt lade ich dich endlich mal in die *Onkel-Otto-Bar* in der Jungbuschstraße ein. Das hatten wir schon so lange vor. Ich wollte sie dir ja bereits vor Wochen zeigen. Aber jetzt ist ein guter Zeitpunkt. Das tut uns beiden gut und wir können ein Glas auf Cleo trinken. Das wäre sicher in ihrem Sinn. Wir haben dort früher so manchen anregenden Abend verbracht." Arteo seufzte: „Ja, lang, lang ist's her!"

„Aber ist die denn mittags geöffnet? Ich denke, die macht erst ab 21 Uhr auf", fragte Jennifer nach.

„Ich komme da immer rein. Ich kenne die Besitzer, den Eric und den Martin. Für uns beide machen die auch jetzt auf. Ich habe dort mal meine Aktbilder ausgestellt und seitdem sind wir ein wenig befreundet. Die Jungs sind echt in Ordnung und das Ambiente da drin ist wirklich toll. Original 50er-Jahre, das wird dir gefallen!"

Arteo hatte nicht zu viel versprochen. Jennifer war begeistert. Das alte Mobiliar war noch weitgehend vorhanden mitsamt der 50er-Jahre Deko. Darüber hinaus war der ganze Raum in ein rotes Licht getaucht und man konnte sich lebhaft vorstellen, was sich hier mal so alles abgespielt hatte, als es noch eine Animierbar gewesen war.

„Ja, hier ging es mal ganz schön heiß her", meinte Eric, „aber seit vielen Jahren sind wir eher eine Art Szene-Bar mit einer ganz anderen Klientel. Für viele sind wir Kult. Zu uns kommt man, wenn man einen Cocktail trinken und gute Musik hören möchte."

Arteo und Jennifer setzten sich an ein Tischchen in einer Nische und bestellten zwei *Irish Coffee*.

Jennifer zündete sich eine *Dunhill* an. „Du bist zwar ganz gut im Verdrängen, aber so ganz nehme ich dir deine Unbeschwertheit nicht ab", meinte sie zu Arteo. Und nach einer Weile fügte sie in ihrer direkten Art hinzu, während sie seine Hand nahm: „Wirst du darüber hinwegkommen?".

Arteo wurde ernst. Er zögerte. „Ich werde einige Zeit brauchen. Aber mach dir keine Sorgen, du weißt ja, Unkraut vergeht nicht!" Als er dies sagte, bekam er glasige Augen, die er nur zu gern vor Jennifer verborgen hätte.

„Habt ihr das schon gesehen?" Martin legte die Titelseite des Boulevard-Blattes, für das Jennifer eine Zeitlang geschrieben hatte, vor ihr auf den Tisch. „Das bist doch du mit deinem Hund, oder?", fragte er lachend nach. „Schönes Bild!"

Jennifer bedankte sich, während Martin sich wieder hinter die Bar-Theke begab.

„Jetzt schau dir das mal an! Haben die doch einfach meinen Familiennamen rumgedreht. Und woher wissen die überhaupt wie mein Hund heißt?" Jennifer war zwar leicht verärgert, kokettierte jedoch auch ein bisschen damit.

Arteo nahm die Zeitung, auf deren Titelseite Jennifer und ihr Hund abgebildet waren und las vor: „Klug und schlau sind sie, wie ihre Namen es schon sagen, denn Jennifer Smart und ihr Hund Sly entkamen zusammen mit dem bekannten Mannheimer Künstler Arteo im letzten Augenblick einer tödlichen Falle. Wir berichteten darüber."

Er las leise weiter. „Was die immer so alles zusammenfaseln."

„Denen ist auch gar nichts heilig!" Jennifer nahm die Zeitung und legte sie beiseite. „Käseblatt!"

Arteo schaute sich die Seite nochmals an und meinte: „Ich finde, ihr zwei seid gut getroffen und *Jennifer Smart* klingt doch eigentlich viel besser als *Jennifer Trams*, so richtig ,smart'! Ich weiß nicht, was du willst!" Das erste Mal nach langer Zeit lächelte Arteo wieder.

„Ich kann ja eine Detektei aufmachen, *Smart und Sly*, klingt doch richtig vertraueneinflößend, oder?", warf Jennifer ironisch ein.

„Warum eigentlich nicht? Ohne dich und Sly wären wir da unten nie rausgekommen. Das war schon *smart* und *sly*!"

Jennifer merkte, dass Arteo sich bei diesem Geplänkel entspannte und so entgegnete sie flapsig: „Also, wenn du meinst, dann werde ich mir das mit der Detektei doch noch mal überlegen. Bei dem investigativen Journalismus, der heute angesagt ist, kann ich auch gleich als Detektivin arbeiten. Da verdiene ich wahrscheinlich mehr."

Als sie sich eine halbe Stunde später vor der *Onkel-Otto-Bar* verabschiedeten, nahm Arteo Jennifer fest in seine Arme. „Pass auf dich auf, meine Kleine. Wenn dir auch noch was passieren würde, ich glaube, das würde ich nicht verkraften."

„Dito, pass du auch auf dich auf und mach dir keine Sorgen um mich. Ich habe ja Sly, mit diesem Mann im Haus kann mir gar nichts passieren." Sie gab ihm einen Kuss auf die Wange. „Also dann, bis morgen! Ich ruf dich an."

*

Es erinnerte an das gleichförmige Schwingen eines Pendels oder das rhythmische Wiegen eines Kindes in den Armen der Mutter. Die sanften Wellen, die ein paar Tage später ihre undefinierbare Last auf der Wasseroberfläche des Verbindungskanals spielerisch vor sich herschoben, umschmeichelten sanft dieses kaum erkennbare Etwas aus schwarz glänzendem Lack, das in dem eisigen Wasser immer wieder hin- und herschaukelte, auf- und abtauchte, bis es schließlich ganz unter der Teufelsbrücke verschwand.

WALTER LANDIN IM WELLHÖFER VERLAG

Mord im Quadrat
von Walter Landin – 192 Seiten, Euro 9,80

„Er wollte nach dem Pfefferspray greifen, doch dazu kam er nicht mehr. Lars Blank sah nur die schemenhafte Gestalt eines Mannes, sah, dass der Mann den Arm hob, dass er in der Hand eine Pistole hielt, den Zeigefinger am Abzug. Weit entfernt hörte Blank einen Knall. Etwas läuft wirklich verkehrt in meinem Leben, war sein letzter Gedanke."

Tatort Planken: Wie kommt die Leiche in die edle Lederboutique? Wer steckt hinter der Anschlagserie gegen die Mannheimer Verkehrsbetriebe? Warum liegt die alte Nachbarin tot in ihrem Bohnenbeet? Sind die gehäuften Todesfälle im Pflegeheim ‚Maria Segen' Zufall? Und dann auch noch ein brutaler Mord im malerischen Feudenheim – Gruseliger Schauer und augenzwinkernde Ironie wechseln sich ab in den zwanzig neuen Mannheimer Mordgeschichten. Was bleibt, ist ein sanfter Horror, wenn man das Licht ausmacht.

Mannheimer Karussell
von Walter Landin – 176 Seiten, Euro 9,80

Erst der Erpresserbrief im Briefkasten. Dann die Frauenleiche im Ehebett. Für Hermann Baumer kommt es knüppeldick. Anstatt die Polizei einzuschalten, macht er sich an die private Entsorgung der Leiche, was gar nicht so einfach ist. Schritt für Schritt gerät Baumer mehr auf die schiefe Bahn. Und bevor er groß zum Nachdenken kommt, ist er mitten drin in einem Korruptionsskandal, in dem es um Grundstücksschiebereien und Beamtenbestechung geht.

Das „Mannheimer Karussell" kommt in Fahrt.

www.wellhoefer-verlag.de

WALTER LANDIN IM WELLHÖFER VERLAG

Bluthitze
von Walter Landin – 272 Seiten, Euro 11,90

Gluthitze über Mannheim. Hauptkommissar Lauer ermittelt im Fall eines erschossenen polnischen Erntehelfers. Sein Kollege, Oberkommissar Meißner fällt aus, eine Praktikantin scheint ihm das Leben auch nicht leichter zu machen. Zu allem Überdruss hat Lauer gleich darauf eine zweite Leiche am Hals: eine Journalistin, erschlagen mit einem Beil – Mord im Doppelpack. Und das alles im brütend heißen Juli 2007. Lauer wirkt überfordert – nicht nur beruflich. Und als sich endlich einiges zu lichten scheint, führen die Spuren plötzlich zurück in die Vergangenheit. Ein weiterer Mord rückt in den Blickpunkt der Ermittler.

Eiswut
von Walter Landin – 320 Seiten, Euro 11,90

Januar 2009. Eiseskälte über Mannheim. Im Brunnen hinter dem Wasserturm liegt die Leiche eines Mannes, ein Anlageberater. Am nächsten Tag wird ein Obdachloser tot am alten Frachtbahnhof gefunden. Was die beiden verbindet? Beide wurden in einer Tiefkühltruhe zwischengelagert. Der Polizeipräsident ist in Aufregung. Werden weitere Morde folgen? Hauptkommissar Lauer glaubt, dass der Tod des Anlageberaters mit seinen Aktivitäten in der Single-Börse www.mannheim-flirtet.de zu tun hat, während sein Kollege Meißner davon ausgeht, dass das berufliche Umfeld des Opfers eine Rolle spielen könnte. Doch wie passt der ermordete Wohnsitzlose ins Bild, der weder Geld auf der Bank hatte noch sich im Internet auf Partnersuchseiten tummelte? Und ist Kommissar Lauer unvoreingenommen? Schließlich ist er selbst bei der Single-Börse angemeldet ...

www.wellhoefer-verlag.de

HELMUT ORPEL IM WELLHÖFER VERLAG

Tödliche Illusionen
von Helmut Orpel – 216 Seiten, Euro 11,90

Der Mord am bekannten Mannheimer Stadtrat Rehberger ist Kommissar Jürgen Bauers erster Fall. Seine Ermittlungen führen ihn in das Machtzentrum der lokalen Wirtschaft und Politik. Hinter der sauberen Fassade einer aufstrebenden Wirtschaftsmetropole scheint nicht alles mit rechten Dingen zuzugehen.
Welche Rolle spielt die geplante Erweiterung des Regionalflughafens? Wer behindert Bauers Ermittlungen?
Ist der neu gewählte Oberbürgermeister in skrupellose Machenschaften verwickelt?
Fragen, die zunehmend eine tödliche Brisanz entwickeln. Ein Wettlauf gegen die Zeit beginnt.

Erntezeit
von Helmut Orpel – 256 Seiten, Euro 11,90

In einer Maxdorfer Lagerhalle wird ein irakischer Erntehelfer tot aufgefunden – kaltblütig erschossen. Schnell entstehen Zweifel an der Identität des Toten. Parallelen zu einem Kaiserslauterer Mordfall fallen auf, nach Mannheim führt eine vielversprechende Spur.
Das Mannheimer Ermittlerteam um Jürgen Bauer und Anette Schreiber wird mit der Leitung der Ermittlungen betraut. Je länger diese allerdings dauern, desto undurchsichtiger scheinen die Zusammenhänge. Eine Herausforderung der besonderen Art für das sympathische Mannheimer Ermittler-Duo, denn eines steht fest: Skrupel vor weiteren Gewalttaten haben der oder die Täter nicht.

www.wellhoefer-verlag.de

HUBERT BÄR IM WELLHÖFER VERLAG

Der Heidelberger Campus-Mord
von Hubert Bär – 176 Seiten, Euro 9,80

Heidelberg 2007. Die romantische Stadt kämpft um die Anerkennung als Weltkulturerbe, die ehrwürdige Universität um den Elite-Status. Doch unter dem Deckmantel gemeinsamer Visionen brodelt eine gefährliche Mischung aus Karrieresucht, Intrigen und Abstiegsängsten. Im Zentrum undurchsichtiger Machenschaften stehen Akademiker des Literaturwissenschaftlichen Instituts und das mysteriöse Verschwinden einer Studentin. Und plötzlich geschieht das Entsetzliche: Der Heidelberger Campus-Mord.

Hubert Bär wirft mit spitzer Feder und gekonnter Ironie einen schonungslosen Blick hinter die saubere Fassade Heidelberger Eliten. Ein packendes Krimierlebnis der besonderen Art.

Der Heidelberger Tunnelmord
von Hubert Bär – 226 Seiten, Euro 11,90

Der geplante Bau des Neckarufertunnels erhitzt in Heidelberg die Gemüter. Sowohl im Gemeinderat als auch in der Bevölkerung schlagen die Wellen hoch. Da kommt einer der namhaftesten Befürworter und federführenden Beamten des Projekts unter mysteriösen Umständen zu Tode. Handelt es sich um Mord? Mit dem frischgebackenen Privatdetektiv Carsten Mildner macht sich der Leser auf die Suche nach klärenden Zusammenhängen, nach möglichen Motiven und Tätern.

Vieles deutet darauf hin, dass jemand aus dem Hintergrund heraus die Fäden zieht.

www.wellhoefer-verlag.de

KURZ-KRIMIS IM WELLHÖFER VERLAG

Mörderisches Mannheim
Walter Landin, Lilo Beil u. a. – 208 Seiten, Euro 12,80

Was geschah wirklich in der Schimperstraße?
Warum gab es keinen Ausweg für Sarah Leitner?
Ist die Mafia allgegenwärtig in Mannheim? Wie
endet der Show-Down in Wohlgelegen?
Fragen über Fragen, denen die Autoren von
„Mörderisches Mannheim" in packenden Geschichten auf den Grund gehen.
Neben satirischen, heiteren, skurrilen Momenten finden sich dabei auch die leisen, besinnlichen Töne.
Unglückliche Verwicklungen führen zur Tragödie, Menschen geraten auf die schiefe Bahn, verletzte Eitelkeiten führen
zu mörderischen Konsequenzen.
Begeben Sie sich auf eine Reise in die Abgründe einer Stadt, die Sie so
noch nicht gesehen haben. Und passen Sie gut auf sich auf: Denn Mord
ist eine ernste Sache. Eine todernste!

Mörderische Kurpfalz
Walter Landin, Hubert Bär u. a. – 208 Seiten, Euro 12,80

Man sollte sich nirgends zu sicher fühlen.
Schon gar nicht in der Kurpfalz.
28 Kurzgeschichten bekannter Krimiautoren
aus der Region garantieren packende Spannung
von der ersten bis zur letzten Seite. Neben heiter-skurrilen Geschichten finden sich dabei
immer auch die ernsten, leisen, besinnlichen
Töne, nicht selten lauert das Grauen hinter der
nächsten Ecke.

Passen Sie also gut auf sich auf, denn Mord ist eine ernste Sache. Eine
todernste!

www.wellhoefer-verlag.de

WOLFGANG VATER IM WELLHÖFER VERLAG

Die Flucht nach Heidelberg
von Wolfgang Vater – 320 Seiten, Euro 13,90

Heidelberg 1683 – Nur der Magd und der kleinen Tochter der Hugenottenfamilie Lamadé ist die Flucht aus dem besetzten Sedan nach Heidelberg gelungen. Auf dem Heidelberger Schloss finden sie Unterschlupf.
Die Intrigen am Hof, den Tod des letzten reformierten Kurfürsten, die Rekatholisierung der neuen Heimat und die Verwüstung der Kurpfalz durch den berüchtigten Mélac erleben sie hautnah. Als ihre Verfolger in Heidelberg auftauchen, überstürzen sich die Ereignisse.

Wolfgang Vater schildert in seinem packenden Roman das Schicksal und die Erlebnisse zweier Frauen, die sich in dramatischen Zeiten mit Mut ihrem vermeintlichen Schicksal entgegenstellen.

Der Untergang der Kurpfalz
von Wolfgang Vater – 320 Seiten, Euro 13,90

1799 – Die Kurpfalz steuert auf dramatische Ereignisse zu. Die linksrheinische Pfalz ist besetzt. Die französischen Revolutionsheere stehen vor den Toren Mannheims und Heidelbergs. Der Kampf tobt. Die Österreicher versuchen, dem Ansturm standzuhalten. Niemand weiß, wie sich das Blatt wenden wird und wem man in diesen Zeiten noch vertrauen kann.
August Hosé und der taube Künstler Peter de Walpergen haben mit Gleichgesinnten versucht, durch die Macht der Aufklärung den über sie hereinbrechenden Kriegswirren zu begegnen. Aber auch sie scheint der unerbittliche Strudel der Zeit mitzureißen, zumal sie von ihrer nicht unbelasteten Vergangenheit eingeholt werden.

www.wellhoefer-verlag.de

MICHAIL KRAUSNICK IM WELLHÖFER VERLAG

Beruf: Räuber
von Michail Krausnick – 206 Seiten, Euro 9,80

Das Buch ist so spannend zu lesen wie ein Krimi. Nur: Es ist kein Krimi. Der mehrfach ausgezeichnete Klassiker über die Räuberbanden um Hölzerlips und Mannefriedrich in überarbeiteter Neuauflage.

Krausnick gelingt es, dem Leser Furcht und Mitleid einzuflößen. (Mannheimer Morgen)

Der Pfälzer Al Capone
von Michail Krausnick – 224 Seiten, Euro 12,80

Ende der 50er-Jahre sorgte er als Al Capone von der Pfalz für Schlagzeilen: Bernhard Kimmel, berüchtigt als der „erfolgreichste Tresorknacker der Adenauer-Ära". In einem biografischen Roman erzählt Michail Krausnick die Entwicklung eines Mannes, dessen Taten einst die Republik erregten. Was als romantisches Räuber- und Gendarm-Spiel und jugendliches Aufbegehren begann, endete in Schuld und lebenslanger Haft. Erzählt wird zugleich ein Stück Zeitgeschichte: eine Kindheit und Jugend in den Kriegs- und Nachkriegsjahren, außergewöhnlich und symptomatisch für die Zeit der Halbstarken und Frühreifen, der Alt-Nazis und Wirtschaftswunderbäuche.

Der legendäre Bandenchef ist heute ein von seiner Schuld gezeichneter Mann, der über 30 Jahre hinter Gefängnismauern verbüßte und schließlich in künstlerischer Arbeit eine neue Perspektive fand.

www.wellhoefer-verlag.de

HISTORISCHE ROMANE IM WELLHÖFER VERLAG

Das Leben des J. Benedict Lemaistre oder „Wie der Mist nach Mannheim kam"
von Andrea Bergen-Rösch – 224 Seiten, Euro 14,80

Mannheim in der Mitte des 18. Jahrhunderts. Während der kurfürstliche Hof unter Carl Theodor einer neuen Blüte entgegen geht, herrscht auf dem Land bittere Not.

In diesen Tagen macht ein junger Schweizer Bauer in Mannheim Station. Jean Benedict Lemaistre ist eigentlich auf dem Weg nach Preußen, ein Heimatloser auf der Suche nach einem Stück Land. Doch in Mannheim überschlagen sich die Ereignisse.

Eine Geschichte nach einer wahren Begebenheit über einen Mann mit revolutionären Ideen. Über einen Mann, der sich selbst überwindet, Schluss macht mit überholten Traditionen und dabei sein persönliches Glück findet.

Neckarschleife
von Jürgen Knirsch – 160 Seiten, Euro 14,80

1948: Das Jahr hatte mit katastrophalen Überschwemmungen nicht gut begonnen, die Spuren der verheerenden Kriegszeit waren noch überall sichtbar. Viele Dorfbewohner lebten in Not und blickten in eine ungewisse Zukunft. Und dennoch, die meisten ließen sich von einer neuen und unbändigen Lebenslust anstecken: von den Kindern am Neckar.

Jürgen Knirsch lässt die turbulente Zeit des Umbruchs und des Aufbruchs der späten 40-er Jahre in seinen Erinnerungen wieder aufleben.

www.wellhoefer-verlag.de

MANNHEIM-BÜCHER IM WELLHÖFER VERLAG

Mannheimer Straßen
von Günther Schwarz – 297 Seiten, Euro 19,80

Suckowstraße, Elisabeth-Blaustein-Straße, Egellstraße – wer waren die Menschen, die sich hinter diesen Namen verbergen? Was verbindet sie mit Mannheim?

Antworten auf diese Fragen findet man in diesem Buch.

Über 280 Persönlichkeiten stellt der Autor Günther Schwarz anhand interessanter Fakten und Anekdoten rund um ihr Leben vor und lädt die Mannheimerinnen und Mannheimer mit seinem Buch über Mannheims Straßennamen zu einem unterhaltsamen und aufschlussreichen Stadtspaziergang ein. Und immer stehen Mannheim und seine verdienten Bürgerinnen und Bürger im Mittelpunkt.

Mannheimer Pioniere
von Hans-Erhard Lessing – 216 Seiten, Euro 18,90

Mannheim ist die Wiege des Fahrrads wie des Automobils.

Hier wirkten Karl Drais und Carl Benz. Wer sich mit der Technikgeschichte Mannheims näher auseinandersetzt, stellt fest, dass noch viele weitere Erfindungen und Entwicklungen von Mannheim aus ihren Lauf genommen haben.

Hans-Erhard Lessings Blick ist besonders auf die Menschen hinter den Erfindungen gerichtet.

So erfährt der Leser spannende Geschichten aus dem Leben von 20 bekannten und auch weniger bekannten Pionieren, die ihre bahnbrechenden Erfindungen von Mannheim aus in die Welt trugen.

www.wellhoefer-verlag.de

MANNHEIM-BÜCHER IM WELLHÖFER VERLAG

Mannheimer Erinnerungen
von Siegfried Laux (Hrsg.) – 192 Seiten, Euro 16,80

Siegfried Laux hat als junger Mensch den Untergang des alten Mannheims im Bombenhagel des letzten Krieges hautnah erlebt und diesen Verlust nie ganz verwinden können. Im hohen Alter brachte es ihn dazu, das Bild der Stadt vor ihrer Zerstörung nochmals heraufzubeschwören. Dazu verhalfen ihm seine mühsamzusammengetragenen Erinnerungen von 20 Autoren, die in Gedichten und Geschichten, in Hochdeutsch und Mundart festhielten, was sie einst in Mannheim bewegte. Sie machen damit einen Zeitraum vom Ausklang des 18. Jahrhunderts bis zum Ende der Weimarer Republik lebendig. In ihren, oft von viel Humorgetragenen Schilderungen, erleben wir den Weg des Mannheimers vom kurfürstlichen Untertan zum selbstbewussten Bürger der aufstrebenden Handelsstadt.

Hanns Glückstein – Der lachende Poet
von Siegfried Laux (Hrsg.) – 176 Seiten, Euro 19,80

Im vorliegenden Sammelband hat Siegfried Laux eine Auswahl der schönsten Gedichte von Hanns Glückstein zusammengetragen und gibt anhand zahlreicher Bilder Einblicke in das Leben des Dichters und seiner Familie und Freunde. In seinen nur 43 Lebensjahren hat Glückstein einen unvergleichlichen Schatz stimmungsgeladener, heiter-melancholischer und humorvoller Gedichte hinterlassen.

Er gilt bis heute als einer der bedeutendsten Dichter der Kurpfalz.

Hanns Glückstein durchleuchtet das Menschlich-Allzumenschliche vom Psychologischen her und traf mit seinen so leicht und locker klingenden Reimen den Nagel auf den Kopf. (Mannheimer Morgen)

www.wellhoefer-verlag.de

MANNHEIM-BÜCHER IM WELLHÖFER VERLAG

Mannheimer Zeitzeugen
von Karl Heinz Mehler – 493 Seiten, Euro 29,80

Mit einer Vielzahl persönlicher Geschichten erzählen 72 Menschen, die alle in Mannheim aufgewachsen sind, von den Ereignissen und von ihren persönlichen Erlebnissen ab Mitte der zwanziger Jahre bis zum Ende des Zweiten Weltkrieges. Der Älteste ist 1918, der Jüngste 1939 geboren. Sie stammen aus unterschiedlichen Schichten der Mannheimer Bevölkerung und waren altersbedingt mehr oder weniger stark von dem politischen Geschehen und den Kriegsereignissen betroffen. Mit ihren unterschiedlichen Erzählungen leisten alle Beteiligten einen facettenreichen Beitrag zur Zeitgeschichte. Es ist die Geschichte ihres privaten Lebens, die in diesem Buch als Ergänzung zur „Großen Geschichte" festgehalten werden soll.

Meine Flucht
von Władysław Kostrzeński – 320 Seiten, Euro 17,90

Władysław Kostrzeński hatte ein gutes Gespür für deutsche Mentalitäten, als er am Tag vor Heiligabend 1944 aus dem KZ-Außenlager Mannheim-Sandhofen floh.
Während des Warschauer Aufstandes war er Anfang September 1944 gefangen genommen, von seiner Frau und dem kleinen Sohn getrennt worden. Dann hatte man ihn nach Dachau und anschließend nach Mannheim verschleppt. Die intensive Freiheit der Fluchtzeit endete schon kurz nach Weihnachten. In Bayreuth wieder ins Gefängnis eingeliefert, geriet er ins Gestapo-Straflager Langenzenn, entging dort wegen der herannahenden Front gerade noch der Hinrichtung und kam ins KZ Flossenbürg.
Dort wurde er als Todkranker befreit und überlebte.

www.wellhoefer-verlag.de

MANNHEIM-BÜCHER IM WELLHÖFER VERLAG

Die Welt der kleinen Leute
von Friedrich Alexan – 320 Seiten, Euro 12,80

Friedrich Alexans autobiographischer Roman erzählt aus der Sicht eines Jugendlichen vom Alltag an der „Heimatfront" in Mannheim im Ersten Weltkrieg. Dieser war sowohl von Leid und Entbehrung geprägt, als auch von den kleinen Hoffnungen und Sehnsüchten nach einem glücklicheren Leben.

Im Vordergrund des Romans steht das Persönliche, Menschliche ebenso wie die Suche nach Liebe und Geborgenheit, die in einer aus den Fugen geratenen Welt gerade dort zu finden sind, wo man sie vielleicht am wenigsten vermutet.

Besser, wenn du gehst
von Frank Wündsch – 700 Seiten, Euro 22,90

Herausgerissen aus ihrem Lebensmittelpunkt in ihrer kurpfälzischen Heimat erleben die beiden Mannheimer Freunde Richard Bittermann und Heinrich Lachner als junge Soldaten hautnah die Schlachten des Ersten Weltkriegs, schlagen sich durch die unruhigen Zeiten der Weimarer Republik und leiden schon unter den ersten Anzeichen der Unterdrückung von Minderheiten und Andersdenkenden in der herannahenden Nazi-Zeit. Der Jude Richard Bittermann spürt die drohende Gefahr für sich und seine Familie. Frisch verliebt und tief verwurzelt in seiner Heimatstadt, will er Mannheim dennoch nicht verlassen. Bald steht er vor existenziellen Entscheidungen.

Frank Wündsch gelingt es, die dramatischen Zeiten der ersten Hälfte des 20. Jahrhunderts, die das Bewusstsein von Generationen geprägt haben, packend und authentisch darzustellen und erlebbar zu machen.

www.wellhoefer-verlag.de